献鱼

上册

扶华 著

青岛出版集团 | 青岛出版社

图书在版编目（CIP）数据

献鱼 / 扶华著. — 青岛 : 青岛出版社, 2020.4
ISBN 978-7-5552-8674-5

Ⅰ. ①献… Ⅱ. ①扶… Ⅲ. ①长篇小说－中国－当代
Ⅳ. ①I247.5

中国版本图书馆CIP数据核字(2019)第256657号

书　　名　献　鱼
著　　者　扶　华
出版发行　青岛出版社
社　　址　青岛市海尔路182号（266061）
本社网址　http://www.qdpub.com
邮购电话　010-85787680-8015　13335059110
　　　　　0532-85814750（传真）　0532-68068026
责任编辑　李文峰
特约编辑　崔　悦　程钰云
校　　对　胡　芳
装帧设计　蒋　晴
照　　排　李红艳
印　　刷　河北鹏远艺兴科技有限公司
出版日期　2020年4月第1版　2024年1月第10次印刷
开　　本　32开（880mm×1230mm）
印　　张　17
字　　数　340千
书　　号　ISBN 978-7-5552-8674-5
定　　价　59.80元（全二册）

编校印装质量、盗版监督服务电话　4006532017　0532-68068638
建议陈列类别：畅销·青春文学

目录
CONTENTS

献鱼

XIAN YU

上册

目录 CONTENTS

献鱼 XIAN YU 下册

第一章

大型求生副本里的咸鱼选手

邹雁发现现在的情况不大对劲儿。

她在一个古色古香、仙气飘飘的屋子里，穿着一身青裙，坐在一个蒲团上，双手结成莲花印，仿佛正在修炼。

可她不是昨晚为改设计稿加班到凌晨，回家后连澡都没洗就倒在床上，睡了过去吗？这双手未免太白嫩了，不太像她的手。她正研究着放在膝上的那双纤纤玉手，忽然听到了一阵敲门声。

笃笃笃，邹雁心下一跳。她犹豫着爬起来，做了三个深呼吸，打开了门。

门外站着一个看上去三十多岁的大哥，穿着一身灰绿色的道袍，清俊出尘，笑着对她说："廖师妹，师父唤你去竹曲幽圃。"

邹雁：廖师妹？师父？竹曲幽圃？这都是什么跟什么？如果这是

穿越，为什么没有自带的记忆，为什么没有新手引导？啊！我要死了！

“嗯……师兄？”邹雁赶鸭子上架，试探着问。

大兄弟非常和蔼地说：“师妹可是紧张？没关系的，师父只是要叮嘱你几句罢了，快去吧。”他说完，作势要告辞，邹雁连忙又喊了一声师兄。大兄弟面带疑问，邹雁硬着头皮问：“师兄能不能带我过去？”连地图都没有，没人带着，她怎么找得到地方？

大兄弟竟然没怎么怀疑，非常好说话地带着她过去了。

“廖师妹，你不用太担忧，我们清谷天不比其他地方，并不看重那些。”

邹雁跟在后面做聆听状，偶尔受教地点头，其实心里充满了疑问。这都是什么，一句话也听不懂！

路上，一些同样穿着青衣的弟子见了他们，往往会微笑颔首，偶尔有开口打招呼的，会叫他们廖师妹和苏师兄。矮小一些的童子穿着更加朴素的衣袍，则叫她廖师姐。邹雁一路走过去，观察周围那些她完全不认识的人和花花草草，从脑子里迅速抓取了几个关键词——魂穿、修仙、大门派。要死了，她要死了，她的专业是绘画，又不是表演！现在她要怎么搞，万一穿帮了，会不会遭遇什么可怕的事情？

没让她想太久，苏师兄就将她送到了一片竹海之外。他示意她进去，然后就衣袍一展，潇洒离去。

邹雁没办法，只得硬着头皮上。她走上了竹海里的一条小路，路上每隔一段就会有一扇竹制的仿佛牌楼一般的门。她连续过了九扇门，才看到里面一栋竹制的小殿。

小殿没挂匾。等等，这儿怎么能不挂匾？那这儿到底是不是竹曲幽圃？她在门外徘徊了一会儿。屋内有人说：“停雁徒儿，为何不进来？”

哦，那就是这里了，而且现在她可以得出一个结论：她这个身体，姓廖名停雁。

邹雁走了进去，见一个二十多岁的年轻人转过身来。他很是和蔼，慈爱地看着她。

邹雁说："师父。"师父这么年轻的吗？

年轻人说："入为师门下三月了，你怎么还这般拘束？为师不是说过了，你同我亲生女儿一般，将我当作父亲即可，不必见外。"

邹雁心想：你认真的？你看上去比我还年轻，说当我爹就当我爹吗？

多说多错，邹雁拿出了过年的时候应付亲戚长辈的绝招——笑。只要不是必须回答的问题，她羞涩地微笑就好了。

果然年轻的师父没有说她什么不对，只是招呼她过去，让她坐下喝茶。然后他用班主任和学生谈心的语气说："我这次叫你过来，主要是因为三日后的选拔。你不必担心，一切随缘即可。你本就入门晚，修为不高，辈分也是最低的，这次八大宫都会派优秀弟子前去，我们清谷天也就是凑数的罢了。"邹雁一阵恍惚，还以为这是班主任在因为她考试成绩不理想开解她。

她云里雾里地听了一通，年轻的师父最后说："三日后，为师会去送你，你做好准备。"

邹雁下意识地往人家的脑袋上看了一眼，觉得那里应该有个卷轴或者感叹号。她觉得这个师父好像一个发任务的 NPC（游戏中的非玩家角色）。

循着记忆回到最开始醒来的那个房间，邹雁才终于松了一口气，有点儿烦恼地抓了抓头发。

不行，冒充别人的压力太大了，她好想死回去！

邹雁无意中扭头看到了在角落里的一面镜子，忽然怔住，接着，她跳了起来，摸了摸自己的脸。

妈呀，这是什么绝世大美人！这具身体是仙女吗，吃什么长这么漂亮的？好了，她不想死了，多活一天赚一天。

反正也不知道怎么回去，她只能先当着廖停雁。

当廖停雁其实也不是很难，因为她很快从周围的弟子和小童子口中打探出了一些基础的消息：她是今年被洞阳真人收入门下的，和其他人都不熟，修为低微，才刚到炼气期，是个资质一般的三灵根。她所在的门派是修真界正道第一大派庚辰仙府。据说这个庚辰仙府非常大，弟子也多得数不清。她的师门这一小脉名为清谷天，就是八大宫其中一宫下面的一个洞天里的一个支脉。

总结一下就是，她现在修为低、辈分低，是个庞大组织里面的小小虾米。

另外，她还听到了一个小八卦，据说她的师父洞阳真人之所以会收她为徒，是因为她长得和洞阳真人几十年前去世的女儿一模一样。洞阳真人因此爱屋及乌，对她这个小徒弟很是爱护，连带着清谷天的师兄们都对她和善有加，而她是清谷天这一小支脉里唯一的女弟子。

廖停雁终于知道了师父之前跟她说的那通话是什么意思。说起来，那番话和一件大事儿有关。

最近庚辰仙府里唯一的重大事件，不仅在庚辰仙府内部人人议论，还引起了整个修真界的关注——庚辰仙府里辈分最高的一位师祖即将结束五百年的闭关，要出关了！

这位老祖宗慈藏道君，比如今的庚辰仙府掌门还长一辈，乃是掌门的师叔。若以人间的帝王作比，他就是太上皇。不仅如此，这个“祖宗”还是一语双关，双倍的“祖宗”。据说他不仅辈分高，身份也很特殊。庚辰仙府开山至今已有几十万年，最初建立庚辰仙府的始祖姓司马，后来的每一代掌权之人都姓司马，渡劫飞升的几百人里一大半姓司马，而如今庚辰仙府里最后一位姓司马的就是慈藏道君。

食物链顶端的祖宗要出关，可不是一件大事儿吗？

因为这祖宗即将出关，掌门和长老以及八宫宫主这一群顶层领导决定为祖宗提供最优质的服务。首先，他们要选一些资质好的弟子过去伺候。不知是出于什么考虑，他们只要女弟子，因此廖停雁这个新入门的清谷天唯一的女弟子也在待选之列。

廖停雁想：这怕不是皇帝选妃？

第三日，那位看上去很年轻，其实已经三百多岁的师父，亲自过来送她前往选拔场地。廖停雁这才真正见识到了庚辰仙府有多大，她的直系领导用那么快的法宝飞行，起码飞了两个小时才到地方，而途中经过的那些地方据说只是庚辰仙府的一小部分。

“瞿冬三十六仙山，延绵八千八百八十八里，全是庚辰仙府的地界。”似乎是注意到廖停雁在想什么，洞阳真人说，“我们的宗门确实是很大的，很多低级弟子一辈子都会生活在这些附属城池之中，如同凡间的国家子民一般。”

廖停雁：妈呀，这回长了好大的见识。

远远地，廖停雁看见了一个巨型的广场。那广场能算是一片平原了，几十根玉柱矗立两旁，中线上高耸巍峨的殿阙宛如一只凤凰。那里已经站了不少弟子，前来的人仍源源不断，场面之恢宏壮阔，直教廖停雁心里发虚。

洞阳真人如同一个送孩子上考场的家长，将人送到后就只能用慈爱的目光给予她鼓励，然后退场等待。廖停雁初来乍到，混在一群美人之中，站在角落里抬眼望去，只觉得自己来到了选美大赛现场。这要是选美大赛，估计得打起来，因为每一个人都漂亮得好像仙女一样，这要选出冠军真是有点儿困难，她看久了，甚至有点儿审美疲劳。

看了一会儿，她就不得不低下头做个眼保健操，这对眼睛的刺激也太大了。

场上起码有上万人，穿着各色裙子的美人轻声细语地聊天，还有人找到了廖停雁头上。

“这位，不知是哪一脉的师妹？”

廖停雁好歹也是个“社畜”，跟人打交道还是会的，她当即礼貌地表示自己是清谷天洞阳真人门下的弟子。

说话的大美人眼中露出一丝轻蔑，她掩口一笑：“哦，不是师妹，是师侄呀。”然后，大美人就不理会廖停雁了，估计看不上眼。

廖停雁只粗粗一听，就发现周围这些美人不是单灵根，就是变异单灵根，甚至是顶级双灵根，资质绝佳。修真界十年出一个、百年遇一回的天才都在这里，仿佛一堆大白菜。而且她们的辈分大多与洞阳真人一样，她们身份也高，当然看不起廖停雁这个小弟子。若不是廖停雁的脸实在好看，即使在这么多美人中也引人注目，她们才不会主动与她搭话。

廖停雁：放心了，看来确实如领导所说，我就是来走个过场的。

当——一声浑厚的钟声后，场中忽然静下来。五色流光从天外飞来，一一落在广场之上的大殿前方，变成五个人。因为离得太远，廖停雁看不太清楚那五个人的长相，只觉得那几位的身上都有一种奇特的气质，威势煌煌，令人不敢直视。这应该就是大领导了。

“竟然来了五位！”

“是呀，几年前出了祸世大妖魔，当时也只出现了四位宫主吧，怎么今日为挑选几个人就来了五位宫主？看来，长老们真的很重视这次的事儿。”

廖停雁竖着耳朵，听身边的大美人小声聊八卦。她们的语气无一不惊讶和兴奋。

高高的台阶之上，一名老者开始说话：“今日，我们会在场上众弟子中挑选百人，慈藏道君出关后，由这百人前去侍奉。”

老者又简单地说了几句，便让旁边几人出手。几人放出万道灵光，场中每一个人身上都笼罩着一层灵光，廖停雁身上自然也是。那些光芒在片刻之后纷纷熄灭，场中光芒未曾熄灭的唯有百人，这便是那些宫主选出来的人了。

笼罩在光芒里的廖停雁：说好的来走过场，我怎么被选上了？

“既然被选上了，那也没有办法，你就放心去吧。”洞阳真人安抚她，“虽然为师也未曾见过那位慈藏道君，但听这道号，大约也是个宽厚慈和的长者。你去了，只管本本分分做人，事事不强出头也就是了。”

好吧，事到临头，这也是没办法。廖停雁使出了现代“社畜”的心理平衡大法：心态放慢，一切看淡，人生没有什么过不去的坎儿——如果有，那就躺下，反正躺在终点和躺在起点，躺在哪里不是躺？

一旦看开了，什么事儿都不算是事儿。

等待祖宗出关的日子里，廖停雁发现宗门里确实人人都在关心这事儿。他们清谷天这种常年被人忽略的小地方，因为出了一个她，也开始热闹起来，仿佛小乡镇出了个省高考状元一般。

许多人不明白怎么会选上廖停雁，待选的女弟子那么多，很多落选的比她优秀。廖停雁也不清楚自己是怎么被选中的，她全程都在云里雾里光芒里，来打探消息的师姐师妹只能失望而归。

“听说白帝山与赤水渊都想遣人前来参加慈藏道君的出关大典。”

“不只是白帝山与赤水渊，那些大小门派，哪个不想来，也要看看有没有资格呀。我听说，这回的出关大典并不允许外人参与，能亲自去三圣山恭迎慈藏道君的也就只有咱们庚辰仙府内部那些弟子与各宫、各洞天、各脉之主而已。其他弟子都只能在山下，别派之人更是不能靠近。”

“那廖师姐应该也是能去的吧，她可是被选作侍奉慈藏道君的百位弟子之一呢。”童子们说起这事儿，又十分羡慕地看了一眼廖停雁。

廖停雁在他们期待的目光中点点头：“对，我应该能看到。”

“不知道慈藏道君是什么样的人物，我也好想看。可惜咱们这些小童只能在外面迎来送往，根本没资格亲眼见到道君。”

“廖师姐，你要是看到了，以后跟我们讲讲好不好？”

“行。”廖停雁一口答应下来。其实依她看，那位老祖宗估计是个白发飘飘的老人家，胡须非常长，和他的年纪成正比，从道号看，那位也该是慈眉善目、宽额厚耳，菩萨一般的，说不定眉心还有一点红痣。

她被人搭话多了，总觉得自己像是要去面见国家领导人，心里也渐渐期待起来。这可太有排面了。

在这个有着妖魔鬼怪和神仙的修真世界里，作为力量顶端的存在，慈藏道君有非常大的面子。到了他终于要出关的那日，整个庚辰仙府都热闹得好似沸腾了起来。

廖停雁一大早就见到东方云霞流动，色彩瑰丽，那并不是自然形成的景象，而是庚辰仙府内的弟子利用法宝驱使云霞流动营造出的美景。使天相出现这种美妙的变化并不是一件容易的事情，也就庚辰仙府这么大手笔，派出这么多弟子去搞舞台效果，烘托气氛。

时不时会有巨大的仙鹤和其他漂亮的禽鸟飞过，它们负责运送客人与旁观典礼的其他弟子。空气里还有如云雾一样流动的影像，那是灵力凝结成具象形成的。长老们打开了灵气地脉，让庚辰仙府底下的灵脉上冲，才会显出这些灵雾。沐浴灵雾的灵草散发出沁人心脾的幽香，而沐浴在这些灵雾中的人也会感觉全身毛孔张开，飘飘欲仙。

廖停雁来到这里好几天了，一直不知道该怎么修炼。可是沐浴在这灵雾之中，她惊讶地发现身体自然而然地开始吸收这些温和的灵气，全身都暖暖的，脑袋也更加清明了。

她第一次觉得，修炼超级爽。

可惜她并不能一直这么修炼，她作为红旗手……不是，作为侍奉者，去三圣山朝拜之前，她得先面见大领导，也就是传说中的掌门，掌门得给她们训话。她穿的并非清谷天统一的青衣，而是发放的白裙，一百个女弟子都穿这样的制服。这次也照常由师父送她过去集合。这几日来，师兄们都与有荣焉，倒是这个师父看不太出来有什么高兴的样子。师父将她送到集合的大殿后，又忧心地嘱咐了几句不要轻易与人结怨之类的话，不是亲爹，更似亲爹了。

廖停雁来到的大殿是她见过的最华丽的一座。高高的穹顶上雕刻了无数仙人浮雕，用了彩宝装饰和彩绘涂饰，令人眼花缭乱。几人高的瑞鹤金灯摆放在云纹玉柱旁，光可鉴人的地面不知是用什么铺成的，厚重而坚硬，倒映着殿内明亮的灯火，如同一个镜中世界。

与廖停雁一样在惊叹四周景象的还有一些人，不过她们都很快收敛了表情，端正地在大殿中央站好。殿内高处摆放的琉璃莲花座上陆续现出几个朦胧的人影，大领导本体没来，用了分身投影。

廖停雁：视频会议，可以的。

正中央那位神秘的大领导掌门严肃地说：“你们聚在此处，我有一些话要嘱咐你们，你们出了这道门，不要与其他人说起。

“在慈藏道君出关后，你们会被送进三圣山。进入之后，你们可能会得到慈藏道君的另眼相待。若谁能做到，不只有之前说过的那些奖励，还有千百倍的好处，乃至你出身的一脉都会得到无上荣耀，而有关慈藏道君的一切事情，你们都要详细禀报。”

廖停雁：这话听着不太对劲儿呢。

“慈藏道君并非常人，你们都要尽心侍奉，万万不可惹怒他，否则，只有死路一条！”

廖停雁开始有点儿紧张了。干吗呀，说好的温和长辈老祖宗呢？这怎么听着还有生命危险了？

可惜现在她即使害怕也不能退出。大领导训完了话，一挥袖，带着众人离开了大殿，去了三圣山。这一招袖里乾坤十分神妙，可将百人同时带走，眨眼间遁去百里之外。廖停雁只感觉眼前一暗，她再睁开眼，也就两秒钟的时间，人已经站在了另一个地方。

“这便是三圣山了？”廖停雁身旁不知道是师姐还是师伯的那位，盯着眼前的山，激动得都要昏厥过去了。廖停雁很紧张，总怕那位真一口气没上来晕倒。

她们眼前这座三圣山，是庚辰仙府里最特殊、最有意义、最神秘的一座灵山，连掌门的主峰太玄都比不上。据说三圣山之所以叫作三圣山，是因为庚辰仙府传说中最早飞升成神的三位圣人飞升之前，都在这座山中修行。如今，因为慈藏道君闭关，整座三圣山已经闭山五百年了，无一人能进入。

她们往前望去，是隐匿在云雾之中，散发着灵光的三圣山。她们往后望去，是乌泱泱的人群，都是庚辰仙府里有头有脸的弟子，每个人都规规矩矩地耐心等待着。天空中则是庚辰仙府顶尖的大能与掌权的掌门、宫主，一圈看不清脸的人影，同样在等待着。

这有点儿像阅兵，又像小时候看过的《西游记》，一群天兵天将站在十几层的云间等待着孙猴子。

这个想象把廖停雁自己给逗笑了，她紧张的时候脑洞就格外大，总忍不住想象那些场景。

嗡——嗡——咚——

在数十万人灼灼目光的注视下，三圣山中忽然发出凝重的钟磬声，旋即地动山摇，仿佛还有看不见的波动从三圣山向四面八方辐射而去。

廖停雁离得较近，只觉得脑子一蒙，鼻子一热，鼻血就流了下来。

廖停雁惊讶道："我居然流血了。"

她并不是最惨的，最惨的是高高在上的那一群顶层领导。只见一道光掠过，他们都发出惊叫，倒飞了出去，甚至还有两个踉跄落在了百人女弟子队列的前方。廖停雁清楚地看见疑似掌门的中年人哇地吐出一口血。他往前一跪，扬声喊："师叔息怒！"

既然掌门都跪了，其他人能不跪吗？虽然大家都不知道为啥师祖好似要发飙，但四周立马跪下去一大片，齐刷刷地喊"师祖息怒"。

这么多的人，喊声声震四野，饶是如此，众人也清清楚楚地听到了一声冷笑。那是一声充满了不满与戾气的冷笑。

"待我出来，你们都要死。"

这好像是那位三圣山里的老祖宗说的。

廖停雁：不是，你们确定要出关的是正道的老祖宗，而不是什么魔门的？你们的老祖宗好像要杀人哪，这个慈藏道君的"慈"好像不是"慈祥"的那个"慈"呀！

廖停雁慌，掌门与几个宫主以及年老的洞天主更慌，弟子们不知道这老祖宗为什么这么凶，这些活了几千年的老家伙自然知道，也因此更是觉得口中发苦。

怎么都五百年过去了，这祖宗不仅没收敛，反而更可怕？这事儿要是不解决，他们庚辰仙府这延绵几十万年的大宗门恐怕就要断在他们这一代手中。到那时，他们还有何脸面去见老祖宗?

掌门此时也顾不得其他了，这祖宗的怒气比他们想象中的更甚，他只能做最坏的打算。

“师叔，五百年前，您闭关后不久，师父就寿尽而逝。他老人家临去前，给您留下了一封信，弟子希望能当面呈给师叔。”掌门恭顺地跪在三圣山前的台阶上，丝毫不见先前在众弟子面前时的威严。但现在所有人都顾不上这个，大家都竖着耳朵听着老祖宗的动静。

老祖宗好像冷笑了一声，然后说：“进来。”

掌门起身进了三圣山的云雾之中，一众弟子在外面翘首以盼。

廖停雁琢磨着，这老祖宗的声音听上去似乎并不老，不仅不老，仿佛还挺年轻，就是听上去凶凶的。

没过多久，云雾忽然散去，三圣山的真面目出现在众人眼前。三圣山封山五百年了，年轻的弟子都没见过三圣山的真面目，此时一见，个个都看直了眼睛。偌大一座三圣山，丝毫不见草木，完全由玉石铺就。它们以一种玄妙的规律铺成各种图案，乍一看去如同整体，但细细看就能发现其中包含着无数阵法。

山顶中央是圆形的宫殿建筑群，亭台楼阁高低错落地围绕着最中间的一座高塔。金瓦红墙看上去十分富丽堂皇，只是宫殿群周围耸立着上百根黝黑的精铁柱，铁柱上缠绕着黑色的巨大锁链，铁柱和锁链紧紧围绕着中央的高塔，塔上飘浮着绘了符文的巨大的“封”字玉牌。

这个仿佛囚困着什么可怕东西的架势，让三圣山看上去并不像闭关的地方，更像一座镇压孙悟空的“五行山”。

廖停雁悟了，看看身边一水儿的大美人，突然觉得有些头痛。既然这祖宗是个“孙大圣”，他们不去找唐僧、如来佛什么的，找一群白骨精、蛇妖、孔雀公主过来有什么用啊?难不成她们是去给祖宗祭天平息怒火用的?

廖停雁：我感觉我猜到了什么不能说的东西。

庚辰仙府的一群徒子徒孙带着迷茫，在三圣山下等了大半日，等得廖停雁的惊恐都已经烟消云散，重归咸鱼的状态。

哪怕校长在台上喊着“等这次成绩出来，你们都要死”，她这样的差生在恐惧过后也会觉得无所谓的。反正大家都一样，她就没什么好怕了。她现在已经不想远方的死亡，只想着眼前的腿疼，有点儿想坐下歇歇。

纵观全场，大概她的修为最低，刚才祖宗还一个余波殃及池鱼，搞得她流鼻血，这怎么扛得住？她将重心从左脚换到右脚，又从右脚换到左脚，终于，那独自深入虎穴的掌门大人从“校长室”里出来了。

他仿佛被人揍过一顿，显得异常狼狈，头上戴着的玉冠碎了，看上去摇摇欲坠。那一张清俊儒雅的脸此时红白交错，异常精彩。他有气无力地吩咐：“师祖已经出关，不喜人打扰，都散去吧。”原定的后半场典礼现在看来是不用搞了。“你们，进去，好好侍奉师祖。”这一句是对百人女团说的。

领头的女弟子据说是掌门的亲戚，是内定的领头大佬。此时她视死如归，与掌门大人对了个眼神，毅然决然地领着一群姐妹，一步一步地走入三圣山。

每个人的脚步都很沉重，大家全无最开始的兴奋与期待。在这段时间里，她们已经冷静下来，想明白了，知道此事必有蹊跷，所以满心惶恐。廖停雁的脚步也很沉重，只不过她是因为腿疼，三圣山又大，那玉石铺成的地面虽然好看，可真的太宽广，人走上去像蚂蚁似的，怎么走都走不完。正所谓望山跑死马，这地方又不知道怎么回事儿，有种奇怪的压力，等到百人女子敢死先锋队到达那巨大的中心建筑群之下时，不只是廖停雁，其他修为更高的妹子都快受不住了。

“这里好像不能随意动用灵力，怎么回事儿？”有人忍不住小声地问。

还有人看着旁边高耸入云的漆黑铁柱与锁链，不安地问：“这些锁链又是怎么回事儿呀？”

“这些花好像是，好像是日月幽昙……这里为什么会有如此多的日月幽昙？”她们走过最外围的血红高墙，又有妹子发现了不对劲儿，她们眼前的一片花圃仿佛是围绕着整个圆形建筑生长的。

廖停雁看着那些花，那些花的花形如牡丹，花色雪白，花蕊为黑色，枝叶也是漆黑的，看上去怪好看的。她毕竟不是土生土长的，见识又少，不知道这名为日月幽昙的花到底是什么来历，为什么能把一群妹子吓得瑟瑟发抖，如同见鬼。她有心想问，但所有人的脸都白得和花一样，瞧着怪吓人的，于是她闭了嘴。

她们到了这里，周围寂静无声，连风都没有，不知道该往哪儿走。

“我们，是否要继续往前？”

“当然，我们要去拜见师祖。”领头大佬强装镇定。

“可是，我们该往哪里走呢？”

廖停雁听到了一点儿奇怪的声音。咝咝——咝咝——那好像是蛇吐芯子的声音。她感觉头顶上一阵凉风，抬头看去，她看见一条巨大的黑蛇盘在柱子上，赤红的竖瞳冷冷地注视着她们。这蛇大得离谱。它有多大呢？廖停雁目测了一下，觉得这条蛇吃掉她们这些人，大概只需要十口，一口能吞十个。而把她们全部吃完，它应该还不会撑着，毕竟腰身那么粗。

廖停雁一个腿软，抓住了旁边某位不知名的师姐的胳膊，师姐也一个腿软，抓住了旁边的师叔的胳膊。

廖停雁：原来我们不是给祖宗杀着玩的，而是给他的蛇送荤菜的。

她一边不停地冒鸡皮疙瘩，一边还抽空思考了一下，要是这蛇把她们吞掉，那么她们身上的首饰衣服之类的，这蛇能不能消化。

最后还是勇士领头人走了出来，对大蛇毕恭毕敬地说：“前辈，我等弟子是来拜见师祖的，掌门命我等来侍奉师祖起居。”

大黑蛇从高高的柱子上蜿蜒而下，无声地贴地靠近，巨大的身躯绕着她们转了一个圈。廖停雁站在外围，感觉那些漆黑泛光的蛇鳞几乎从自己手边过去，心脏都差点儿停摆。真是苦也，这么大的蛇，这辈子第一次见，她就要和它有这么亲密的接触。

好在蛇并没有要吃她们的意思，只用探照灯一样的眼睛照了她们一圈，就从她们旁边过去了。

沙沙——

大黑蛇往前爬行，穿过了那些日月幽昙。

“快，跟上前辈。”领头大佬低声说。众人连忙跟上。

领路的大蛇带着她们一路穿过许多迷宫一般的宫殿，来到了中心塔下。她们在山下远远地看着时，三圣山明明是清光熠熠的，明亮圣洁，可是当她们来到这座中心塔下，才发现中心塔这一片的天空是另一副模样。

阴沉的天空笼罩着这一片天地，将那些金瓦红墙的明艳建筑都铺上了几分阴沉的气息，再加上中心塔上绑着的漆黑锁链，这里就更令人毛骨悚然了。

大蛇到了这里，顺着高塔的巨柱爬了上去，众人不能去爬柱子，但她们面前有楼梯。

“上去吧。”领头大佬昂首挺胸地往上走。她俨然是个班长了，其余人跟着她往上走。廖停雁落在队伍后面，拖着疲惫的身躯爬楼梯。

这么高的塔，没电梯的吗？

廖停雁还以为要一直爬到塔顶，谁知道，也就爬了五六层的样子，前面的人就停了下来，因为再往前没有通往上一层的楼梯了。

这一层的面积很大，她们上来就看到一条走廊和一扇门。走廊两边绘着仙人乐舞图和飞仙图之类的一些巨幅彩绘，画面华丽而神秘。然而，这些漂亮的彩绘上有红色的血痕，仿佛有人将流血的某样东西从这一头一直拖拽到了另一头。更加可怕的是，那些血痕是很新鲜的。

廖停雁开始回想她们进来前看到的掌门大人是不是有哪里受伤流血了。应该不只她一个人在回想，因为她清楚地感觉到旁边某位师姐的身体颤抖了起来。

她们的脚步声在这里异常明显，心跳声也是。她们走到那扇门前，门忽然开了一条缝隙。当落在队伍最后的廖停雁走进去后，门又在她身后悄然关上。

在这里，廖停雁再次看到了那条大黑蛇，它盘在室内的一根柱子上。除了这条蛇和她们，这个空旷的空间里还有一个人。

那人坐在正前方的一张椅子上，对她们说："过来。"

廖停雁第一次发现有人能把简单的两个字说得如此阴郁森然。

"班长"带领同志们上前给祖宗行礼："见过师祖。"

廖停雁不知道怎么的，被人挤到了前排。她学着旁边的人的动作，和她们一起行礼，有点儿好奇地往前瞟了一眼，只看到了一只白得有些可怕的脚。

这人赤足踩在深黑色的地面上，皮肤下面隐约露出青色的血管，脚旁拖着带黑色花纹的宽大衣摆，衣摆微微拂动时，露出了另一只脚。廖停雁发现他的左脚踝上系着一根红线，红线上穿着一枚木色的珠子。不知怎么，那细细的一根红线竟然给她一种惊心动魄的感觉，她看着看着，险些喘不过气。

上头那位祖宗忽然站了起来。廖停雁看见他往自己这边过来了。那双脚在黑色的衣摆里若隐若现，最后停在她——旁边的师姐身前。

"真是好大的胆子。"

这一句话过后，廖停雁感觉有些什么液体溅到了自己身上。鲜红浓稠的血在黑色光滑的地面上蔓延，浸透了廖停雁铺开的白色裙摆。

廖停雁：唠——不行了，我不行了。死人了！我好怕！死人了！啊！

她有点儿想吐，但脑子又特别清楚地意识到如果现在吐出来可能会导致什么可怕的后果，于是她又下意识地咽回去了。

天哪，这感觉更恶心！

师姐的尸体软软地倒下来，倒在廖停雁的脚边。廖停雁亲眼看着师姐的脸慢慢变化，变成了另一个人的脸。

嗯？变脸？

附近有人在惊呼："这，这不是菀灵师妹，这是谁？"

其他人都很慌张："这人是怎么混进来的，怎么无人发现？"

刚搞死了一个人的祖宗再次有了动作，他踏过血和尸体，又停在了廖停雁面前。

廖停雁：他好像是在看我？不，祖宗，别看我！

"胆子真大。"

一听这话，廖停雁整个人凉了半截。

廖停雁：刚才旁边那位不知名的姐妹被弄死之前，这祖宗好像也说了这句话来着。可是我怎么胆子大了？我根本什么都没做呀！我冤枉啊，祖宗！

就好像打针之前，因为知道针头即将扎下来，整个身体都会很敏锐一样，她现在的注意力非常集中。她提着心，等着哪个地方传来痛感，少顷，等来了一只手。那只手拈着她的下巴，将她的脸抬了起来。那只既苍白又冰冷的手触到她的下巴时，廖停雁只觉得浑身汗毛直竖，背后的冷汗瞬间下来了，就好像之前那条大黑蛇从她旁边爬过去的时候一样。她被迫僵硬地抬头，终于看清了祖宗的模样。

她之前的猜测都错了，祖宗竟然是个小白脸。他的皮肤白得像雪，头发黑得像墨，嘴唇红得像血，这描述听起来就像白雪公主。

廖停雁看着他的眼睛。仿佛只过了一瞬，又好像过了很久，祖宗忽然放开手，坐回原地。他刚才看上去还好好的，可这会儿脸上就露出痛苦与暴躁之色，连眼角都带上一抹红痕。

"出去，都滚出去！"

他突然爆发，把所有人都吓到了。妹子们个个花容失色，忙不迭地告退。连那条大黑蛇都害怕得咬着那具还没凉透的尸体跟着大部队一起滚了出去。

说发疯就发疯，这祖宗莫不是有精神病吧？廖停雁脑袋空空地离开，直到下了楼梯，站在塔底下，才彻底回过神来。

廖停雁：嗯？我竟然没死？

她抬手擦了一把额上的虚汗，放下手时，看到了手掌中的红色——这是刚才旁边那位妹子死的时候溅过来的血。想到这个，她看向旁边的大蛇。大黑蛇跟她们一起被祖宗赶出来了，这会儿它咬着一具尸体犹豫不决。但它也没有犹豫多久，很快就嘴一张，把那具尸体给吞了下去。

廖停雁："……"

她现在可以合理地怀疑，那祖宗刚才没杀自己是因为要留着明天再喂给大蛇吃——当场杀的比较新鲜。

偌大的三圣山，除了一个一言不合就杀人的祖宗和一条眼睛都不眨就吃人的大黑蛇，她们没看见其他活物。只剩下九十九人的百人女团在塔底下站着。站了一会儿，领头的女修清清嗓子，说："我们先寻个地方住下，既然掌门要我们侍奉师祖，那么我们就必须留在这里。"

"可是，霓笙师叔，这里不能动用灵力，我们在这里无法修炼，这可怎么办？"

木霓笙斩钉截铁地说："不能动用灵力就不用，不能修炼就不修炼，如今最重要的是师祖。"

这里的人大部分都不敢反驳她，却也有人不愿全听她的。

"霓笙师姐，虽说我们是来侍奉师祖的，可是师祖看上去并不愿意让我们侍奉，我们留在这里，恐怕徒劳无功。"看上去清冷如仙的女修说。

这位好像是某一宫宫主的孙女，身份上和木霓笙相仿。这两位都有追随者，另外还有几个不同的阵营，此时众人各有心思。不知不觉间，原本挤在一起的众人就慢慢地分开了，一堆一堆地站着。

廖停雁：不是，这才刚到地方，都还没脱离生命危险呢，你们就要斗起来了？

听着她们话里带话，你一言我一语的，廖停雁竟然有种自己错拿了宫斗剧剧本的感觉。那什么，咱们这不是修仙吗？

一群妹子在这你来我往地说了一阵，最后的结果是把人分成三拨，分别安置。一拨是以木霓笙为首的掌门派，一拨是以云汐月为首的宫主派，还有一拨是不愿意依附两人中的任何一个人，身份又普遍不高的抱团扎堆派。

原本廖停雁应该是属于最后一拨的，然而没人愿意带她玩，因为这些人都精明着呢。今日面见师祖，一共两个人得到他的“另眼相待”，一个已经死了，还是一个身份不明的人，廖停雁保不准也是类似的情况。大家都默认她有异样，自然不愿意沾上她，免得被她连累。

眼看着其他人走了，只剩下她一个人，廖停雁干脆走到了旁边的台阶上坐下，给自己捶了捶腿。哎呀妈呀，腿可酸死了。

已经是下午了，廖停雁摸出一个乾坤袋，这是师父洞阳真人送的，传说中的修仙人士必备的随身便携储物空间。当然，这个的品级一般，装不了太多东西，里面总共也就只有一个房间那么大的空间，但已经装了她全部的身家。

她摸出一壶水，先洗手，又拿镜子出来照了照脸，把脸上不小心溅上的血擦干净，梳一下有些乱的头发，然后漱口，喝点儿水，再拿出个桃子来啃，垫垫肚子。她还是炼气期，都没筑基，当然也没有辟谷，得吃东西的。

她这身体的原主应该是个穷人，身家并不丰厚，但她所在的清谷天是专门种植灵植灵果的，所以吃的东西她不缺。她这次过来带了很多，目前看来，一年半载还是饿不死的——如果祖宗能让她活过一年半载的话。

和其他人一样，廖停雁自己也觉得自己可能活不长了。但她本来就不是这个世界的人，死了说不定会回去，所以认真来讲，她不是非常怕死，她主要是怕疼。死不可怕，死亡带来的疼痛才最可怕。

没人理会她，廖停雁反而觉出一点儿自在来。她不知道现在要做什么，走出中心塔那一片阴云笼罩的范围，干脆先找了个能照到太阳的楼顶——她准备午睡。她找的地方避开了其他人，清净，太阳又好，很适合午睡。

她习惯每天都午睡的，没有午睡，她就会感觉整个脑子都不太清楚。

换掉了沾血的裙子，廖停雁摆出了榻和一张小几子，躺到榻上后，觉得太阳太刺眼，又找出一个眼罩戴上。眼罩是找清谷天的师兄要的，是某种灵植的叶子。这种叶子的形状合适，绑一根绳子它直接就能充当眼罩，戴着会让人觉得眼睛清凉，遮光性又强。躺了一会儿，觉得口渴了，被太阳晒得懒洋洋的廖停雁连眼罩都懒得扯下来，从自己的乾坤袋里摸出饮料——清谷天出产的竹液。这竹液甘甜清冽，清热解毒还祛火。她喝一口，发出一声舒适的低叹，将剩下的随手放在旁边的小几上。

廖停雁在某个偏僻的宫殿楼顶补午觉的时候，其余人的则在讨论目前的处境，人人脸上都是沉重的忧虑。

抱团扎堆派有四十多人，她们聚在外围宫殿群的其中一座里。坐在中间的女子皱起眉："确实不能修炼了，不仅灵气无法自然汇聚在这里，用灵石也没办法营造出一个聚灵阵，我怀疑这三圣山下是有什么强大的阵法。"

掌门派的木霓笙带着人聚在另一处地方。她拿着一面镜子，愁眉紧锁。她对众人说："来时父亲给了我这灵犀镜，本想通过这镜子联系他，如今……唉，既然无法联系外界，我们现在也无法出去，恐怕还是要往师祖那边想办法。"

"霓笙师姐，我觉得师祖有些、有些可怕，我总觉得多看他一眼都会被杀掉。师姐，那个被师祖杀死的到底是什么人哪？"

木霓笙摆手："这不是我们应该关心的事儿。"

隔壁是宫主派的云汐月和她带着的十几人。她们是人数最少的，但这十几人普遍身份很高，这些天之骄女基本上是长老家的后辈、宫主家的后辈或者一脉之主。她们聚在一起，也在说那个被师祖杀死的人。

“虽然师祖看上去不太好相处，但他总归是我们的师祖，是我们庚辰仙府的前辈，总不会随意对我们出手。他杀死的肯定是什么不怀好意的外派之人，所以我觉得大家大可不必害怕。”

“对，富贵险中求，我相信大家来之前，家中都有说过那些事儿，我们和其他人不一样，我们要赶在木霓笙她们之前接近师祖，得到师祖的欢心！这可关系着我们庚辰仙府的存亡大计！”

她们各自说话，丝毫没有发现大殿的屋顶上无声地爬过一条黑色巨蛇。穿着一身黑衣的老祖宗，就坐在巨蛇身上，将她们的话全部听在耳中。

“你说这些东西的胆子有多大？”慈藏道君司马焦的语气里满是厌恶与杀意，听得他身下的巨蛇都微微地颤抖起来。司马焦站起身，踩着巨蛇的身躯，稳稳地走到它的头上：“走。”

巨蛇不知道他要去哪里，只漫无目的地载着他在屋顶上徘徊。在过去的很多年里，他时常这样，醒着的时候就会坐在它身上，让它在这空旷的无数宫殿间随意游走，白天黑夜都是如此。他做任何事都没什么意义，心情也是阴晴不定，黑蛇和他相处了这么多年，还是会时常被他的突然变脸吓得蜕皮。

“嗯？”

黑蛇卖力地往前爬，努力做好一个能自动驾驶的坐骑，忽然听到身上的祖宗鼻子里一声嗯，它立刻知趣地停了下来。司马焦看到了不远处晒着太阳睡觉的廖停雁。

别人那么紧张，那么不知所措，怎么她却能在这里躲着，一个人晒太阳睡觉？

“过去。”

黑蛇卖力地往前爬，悄无声息地爬到了廖停雁睡觉的那个宫殿的顶端。廖停雁选择的这个睡觉地点非常好。首先，这里有个观星用的小台子，能放置睡榻；其次，这里的地势不高，离中心塔不近，哪怕有其他人在附近的屋顶，也很难发现她在这边；最后就是这里的光照好。

此时的廖停雁已经睡熟了。司马焦坐着蛇，来到她身边，往她脸上的眼罩上多看了一眼，然后抬手把眼罩拈起来看她的脸。

“原来是这个胆子最大的。”他收回手，目光放在廖停雁的肚子上，脸上露出一个古怪的笑。

他自言自语：“连魔域的人也能混得进来，你说庚辰仙府如今这些东西，是故意让她来惹怒我的，还是真的没用到这个地步，完全没发现？”

其实，他本来是想杀了这个人的，这种伪装能骗过别人，还骗不过他，只是现在他突然又不想杀这人了。魔域要对庚辰仙府做什么，与他何干？他说不定比魔域的魔修更期待庚辰仙府毁灭的样子。

司马焦想事情的时候，手不自觉地划过黑蛇的鳞片，手指稍稍用力，就抠出一块黑鳞。

黑蛇：嘤。好好的，你干吗又剥我的鳞片？

司马焦想剥就剥了，剥完又嫌弃这鳞片难看，随手就丢了。

“走。”

黑蛇犹豫着摆了摆尾巴，脑袋往廖停雁旁边小几上的一个竹筒凑了凑。司马焦看它这样，将那竹筒拿了起来。他晃了晃，清澈的汁液在翠色的竹筒里晃荡。他嗅了嗅，然后喝了一口，接着就嫌弃地呸了声：“什么东西，难喝。”他把竹筒丢回小几上。

黑蛇载着他回中心塔，略带不舍地吐了吐芯子。它喜欢刚才那个味道，可惜主人是个坏人，毫无人性，竟然一口都不给它喝。

廖停雁一觉睡到日薄西山，刚醒来时，她还有些回不过神，以为是假期在家里睡懒觉。摘下有点儿歪斜的眼罩，看着周围的建筑和遥遥的远山与夕阳，她才回过神来。

廖停雁：哦，对，我穿越了。

她坐起来，揉揉眼睛，随手拿起旁边小几上的竹液，喝了一口，润润嗓子。

"呼……其实这样也还好，风景好，也有吃有喝，还不用工作，不就相当于白赚了个假期吗？"廖停雁自言自语。她咂巴咂巴嘴，又喝了一口竹液。

她睡了一觉，成功开解了自己，收起东西，准备找个地方安置下来。这里的屋子特别多，但大多是如空中走廊一般的建筑。其他人住在了外围的小楼里，她就找了个她们附近的空屋子。她住得离其他人不是很远，万一发生什么，她能听见。

她选好了房间，一个面积不大的阁楼。这里不知道怎么回事儿，到处都空荡荡的，所有的房间里都没有家具或其他物品，连灰尘都没有。廖停雁稍微布置了下，拿出照明用的万年烛和一些食物，独自看着夕阳，吃了一顿烛光晚餐。

一旦把现在看作难得的度假时光，她就感觉整个人都舒适了，还慵懒了起来。唯一不好的就是食物单一，晚餐她比较想吃点儿味道重的，比如肉类。

天彻底黑了下来，廖停雁无意间往下看，发现白天见过的日月幽昙花整个变了样子。它们白天时是白花黑叶，到了晚上竟然变成了黑花白叶。那些白色的叶子仿佛会发光一般，让人能清清楚楚地看见被簇拥着的黑色花朵。

其实这很奇怪，这么大一片地方，她看到的唯一的植物就是这些花，其他的，连一根杂草都没有。

她看着楼下的花，忽然发现有一个妹子走到了那些花旁边，似乎也在赏花。只是那妹子赏着赏着，可能真的很喜欢，就抬手摘了一朵。

廖停雁：等下！妹子！你身后！

妹子的脑袋被她身后一个鬼魅一样的人随手摘了下来，动作就像刚才妹子摘花一样。

鲜血从无头尸体上喷出来，洒在莹白的叶子上，场面异常凶残。

一天之内遭遇凶杀事件两次，廖停雁捂住了嘴，免得把刚才吃的东西吐出来。就在她扭头的那一瞬间，摘人脑袋的黑衣祖宗抬头看了她这边一眼。当廖停雁再看过去的时候，那人已经消失了。大黑蛇在那里。它把尸体吞了。

“不好！我玉家溶溶的本命之火熄灭了！”

庚辰仙府内府的灯阁里，十几人围坐在百盏灯火边上。

一个容貌秀丽的男人忽然伸出手往前一抓，口中喝道：“回！”丝丝缕缕的白色在他掌中汇聚，男人这才脸色稍好，“还好，魂魄未散。”他将掌中的白雾吹出，顷刻间，一个身躯透明的女子浮现在众人面前，正是那位因为摘花被摘了脑袋的倒霉蛋。

女子满面茫然，似乎还没弄清楚发生了什么。她见到眼前的男人，欣喜地喊了一声：“外祖！”

玉秋霄怒其不争，狠狠地瞪了她一眼：“我不是嘱咐你要事事小心吗？怎么这就死了？”

玉溶溶愕然地问：“我死了？我怎么死的？”

玉秋霄被她气笑了：“你问我？我怎么知道你是怎么死的？”

玉溶溶讪讪地说：“我，我就是看到师祖那里种了很多日月幽昙，我只是听说过，还未见过，一时好奇，就想摘一朵看看……”

众人无言。玉秋霄简直想再给她一掌，让她魂飞魄散算了：“你！我怎么会有你这种愚不可及的后辈！日月幽昙，那是你能摘的吗？啊？”

坐在他旁边的中年男人便劝他：“玉宫主，事已至此，你再骂她也无用，还是早些准备，将她送去寄魂托生，过个几年也就能接回来了。”

玉溶溶说：“外祖，你给我选个好看的孕体，一定要选个长得比我现在好看的！”

玉秋霄骂她：“成事不足，败事有余的东西！你给我闭嘴！”

庚辰仙府历史悠久，已然是仙道中的一个庞然大物，难免会有一些重要的优秀弟子意外陨落，寄魂托生之法就应运而生。原本是将那些对宗门有大用处、大贡献的弟子死后的魂魄收集起来，用秘法让他们托生在庚辰仙府的附属家族里。等到孩子出生，便唤醒他们的记忆，再将他们接回来，让他们回到庚辰仙府中修炼。

可是，如今，这寄魂托生成了庚辰仙府这些掌权者用来维持和扩大家族势力的工具。各宫宫主、脉主，一代代地为自己的血亲与亲近弟子延续生命。虽然寄魂托生一人只能使用一次，但这已经能让局势长久不变，也让庚辰仙府的顶层如同一潭日趋浑浊的死水，日渐腐朽。

玉秋霄将玉溶溶的魂魄收起来后，在场的十几人继续看向中间那百盏灯，如今还亮着的就剩九十八盏。一天不到，命灯就灭了两盏。

“第一盏熄灭的灯……”

最正中的老者闭着眼睛，笑着哼了一声：“不必管它。师祖在这个关头出关，不只是我们怕，其他各派之人还有的是害怕的。他们不管做什么，都是徒劳，师祖对我们都毫无护持之心，对待那些有异心的外派之人，就更不会留手。且看着吧，妖魔鬼怪还未现形呢。”

第二章

喜欢睡觉的选手能有效避免各种死亡现场

廖停雁的睡眠质量从来都好得一塌糊涂。哪怕是来到了修仙世界，还目睹了两桩杀人事件，她的睡眠质量也没受到影响。

大约凌晨三点，她睡得最熟的时候，房间里忽然响起了细细的咝咝声。巨大的黑蛇无声无息地爬过来，围在她的睡榻边上。

“咝咝——”大黑蛇对着熟睡的廖停雁咝咝了半天都没看到她有反应。那硕大的蛇脑袋越靠越近，越靠越近，尖锐的蛇牙就在她的脸颊上方冒着寒光，她还是一动不动。

大黑蛇：不对呀，我的存在感这么强，怎么老半天都没见人醒过来？正常人不可能这么没有警惕心，她难道是晕了吗？

大黑蛇是一条智商不太行的黑蛇，它甚至不是妖兽。有一年，司马焦醒过来，抓到它这条误入三圣山而快要死了的普通小蛇，无聊至极，就给它喝了点儿自己的血，它才得以在这里存活下来。黑蛇最开始其实是一条花蛇，也就手指那么粗，手臂那么长。有几次，司马焦发起疯来自残，黑蛇又吃了点儿他的肉，慢慢就变异了，它的身躯变得越来越大，身上漂亮的花纹也没了，黑成了一片伸手不见五指的黑夜的颜色。

它在这里没什么吃的，虽然不会死，但一直都觉得很饿。今天下午，它嗅到廖停雁喝的竹液，就惦记上了，晚上悄悄过来，想讨点儿吃的。它的脑子就那么点儿大，半晌没想到什么好办法，就吐出芯子，在廖停雁手上舔了舔——它以往实在饿得狠了，就会压下心里的害怕，犹犹豫豫地爬到司马焦的手边。只要像这样舔舔他的手，司马焦就会漫不经心地用手指划一划尖锐的蛇牙，刺破手指，放几滴血给它充饥。现在，它又把这方法用在了廖停雁身上。

廖停雁在睡梦中感觉到了手上的湿润，模模糊糊地往旁边一推："大宝贝，臭狗子，别舔，走开！"

她曾经的室友养过一只狗。那狗叫大宝贝，特别爱半夜发疯，会跳到床上给人来一个"泰山压顶"或"旋风洗脸"。只是这次她的手推出去，推到的不是毛茸茸的狗，而是冰凉滑溜的东西。

廖停雁睁开眼，看到自己的头顶上有一张狰狞的血盆大口。黑蛇的一双红眼睛不带一丝温度地凝视着她，仿佛在考虑要不要从头开始吞。廖停雁一下子被吓清醒了，下意识地捂住了自己的嘴，免得尖叫出声。她的心跳得像擂鼓，头皮都起了一层鸡皮疙瘩，总之整个人都不好了。大蛇则开心极了。它一开心，嘴就张得更大，廖停雁更害怕了。

廖停雁：牙！你的牙！别再靠近了！我不能呼吸了！

廖停雁躺在床上，差点儿淌出眼泪来，心想：这蛇兄弟是半夜过来吃夜宵的吗？它就不能省着点儿吃吗？一共一百个人，一天一个的话，能吃三个月，像这样一天吃三个，也就能吃一个月呀！

然而，她误会大黑蛇了，大黑蛇其实不爱吃人。和司马焦这奉山一族最后的血脉比起来，其他人的血肉像是石头、木头一样，它压根儿不爱吃。只是司马焦讨厌尸体被随便地丢在那里，要它收拾干净，它没办法，只能自己充当垃圾桶，把尸体处理掉。

廖停雁还在进行生命最后的走马灯环节，走了半天，这一辈子二十几年都回忆完了，大蛇还没开吃。

廖停雁：所以，蛇兄弟，你到底是吃还是不吃？

大蛇也想问：朋友，能不能给点儿吃的？

可它又不会人话，也没有聪明到能准确地表达出自己想蹭点儿吃喝的意思，于是，一人一蛇僵持住了。灯笼眼对灯泡眼，炯炯有神地看了大半天，双方都感到很憔悴、很无助。最后，大蛇嗅到一点点味道，把廖停雁打翻在睡榻底下的一个竹筒衔出来，放在她面前，又朝她晃了晃尾巴。

这竹筒是放竹液的。廖停雁突然机智了一回，试探着拿出了另一筒竹液。这东西是清谷天最普通的饮料，清灵竹会源源不断地生出竹液，只要有一节清灵竹，就不愁没有竹液喝。因为她把这玩意儿当奶茶喝，所以备了不少清灵竹，竹液当然也有不少存货。

她刚把竹液拿出来，就看到蛇摇摆尾巴的速度加快，它甚至摇出了呼呼的风声。可是，蛇类表达开心似乎不是靠摇摆尾巴的吧？祖宗养的这条大蛇怎么有点儿像……狗？能把一条巨蛇养成狗，祖宗真不愧是祖宗。

蛇喝水是不用芯子的，它的整个脑袋都得扎水里，所以廖停雁贴心地给它换了一个大盆，坐回床上听着黑蛇咕咚咕咚地狂喝竹液。

廖停雁：妈耶，我好像捡回了一条命。

她擦擦汗，手软腿软地躺回了床上。

从这天开始，连续好几天，大黑蛇都半夜摸过来讨竹液喝。廖停雁给它一个盆，每天睡前倒几筒竹液进去。

“蛇兄，咱们打个商量，你晚上来了就自己喝，别叫醒我了行不行？”

蛇兄听不懂太复杂的意思，依旧我行我素，非常懂礼貌，每天晚上吃夜宵前都要喊醒她，跟她打个招呼。再一次被大黑蛇从睡梦中唤醒，廖停雁勉强睁开一只眼睛，敷衍地嗯嗯了两声，转头继续睡。

她这几日压根儿没出去，每天就是安生地待在这儿，睡睡午觉，看看夕阳，贯彻落实度假的思想，也没和其他人来往，所以并不知道这短短几日工夫，百人女团已经有二十多人出局了。老祖宗司马焦是个即使别人不去招惹他，只要他的心情不好，他就要搞事情的，更别说百人女团里还有些不甘寂寞的野心家上赶着给他送菜。

其中以云汐月为首的高干子弟派出局最快，出局人数最多。云汐月作为老大，“当仁不让”，首先出局。在廖停雁开始“度假”的第三日，云汐月带着两位同派系的师妹前去中心塔求见师祖。如果廖停雁看到她们的行为，肯定会夸赞她们勇于直面死亡。

司马焦见了她们就问：“你们来干什么？”

云汐月娇柔而温顺地低头说：“弟子来侍奉师祖起居。”

司马焦走到她身边。他走起路来和那条黑蛇一样没有声音，宽大的袍子拖在身后，就如同蛇尾一般，他的目光也如同蛇目一样冰冷。云汐月绷着身子，努力不表现出任何异样。司马焦缓缓地朝她伸出手，一指虚虚地点了一下她的眉心。

他再度问：“你是来干什么的？”

云汐月不自觉地张开嘴，说出了和刚才完全不同的回答：“我是来成为师祖侍妾的。我要得到一个有司马家血脉的孩子。一旦奉山一族的血脉有了其他继承者，我们就能困杀师祖，为庚辰仙府解决一个大患，我们云之一族所在的宫也就能成为庚辰仙府的主人……”她面露惊恐之色。她想要停下，却毫无办法，她的身体仿佛有自己的意识一般，将心底掩藏的想法原原本本地吐露出来。

司马焦听着云汐月的话，毫不觉得意外，甚至连脸色都没变。他又朝另一人点了点，接着问：“你呢，来干什么的？”

那女子同样是满脸的恐惧与抗拒，可是她与云汐月一般，根本不能控制自己，还是说出了真话，说的也是和云汐月差不多的说辞。

还有一人则不能自控地说：“我是来抢夺云汐月的机会的，我要为莫家取得另开一宫的契机，超越云家。”

云汐月恨恨地瞪着她，若是能动弹，恐怕恨不得立刻一剑杀了这往日看上去老实的跟班。

“怎么过了这么多年，他们还是这个没长进的套路？”司马焦语带讥诮，瞧着她们三人的神情，拊掌大笑起来，“司马家就剩我一人了，我一死，庚辰仙府就都完了。什么宫主，什么脉主，你们所有人，整个庚辰仙府都得陪我一起死，知道吗？”

三人瑟瑟发抖，仿佛看到了他话中那个可怕的未来。不过，她们终究没看到，因为司马焦笑完就随手将她们三人都提前超度了。

灯阁内的命灯一下子灭了三盏，接着，就在众人沉沉的目光下，又陆续灭了好几盏。

“这个魂魄已经散了。”说话的女人脸色不太好。她送过去的两个弟子都死了，那可是她精心挑选培养的！

她不甘地说：“师祖……司马焦，他就真的这么毫无顾忌吗？”

“呵，他如今还有什么顾忌？如果不是现在他还未恢复，无法从三圣山出来，恐怕……”老者虽未说完，但未尽之言众人都明白。一时间，灯阁陷入沉默。

廖停雁是在去取水的时候才发现人少了的。她们在这里生活，当然需要水，而这座大宫殿里面，她发现的活水只有一处，所有人都在那儿取水。她数来数去，发现好像少了十几个人，心里就有些毛毛的。

除了第一天那两个，之后她再没见过杀人场面，因为她对这里不好奇，对师祖和其他人也不好奇，只是来享受孤独的假期的。

事实证明，没有好奇心是一件很好的事，她不知不觉地就苟活了好几天。

“你怎么还没死？”一个廖停雁略觉眼熟的师姐看到她来取水，很是惊讶地问。虽然这话不中听，但好几天了，难得有人和她说话，廖停雁还是回答了师姐的问题：“惭愧，我比较低调，就没遇上什么危险。”那师姐鄙夷地瞧了她一眼，扭头就走，不愿意与她多交谈。

廖停雁：好吧，她们都很有上进心，当然看不上我这个落后分子。谁管她们呢，我还要继续苟活的。

然而，世事无常，就算咸鱼不想翻身，也总有那么些外力迫使咸鱼翻身。

这一日晚上，廖停雁醒了。她不是被大黑蛇吵醒的，而是被肚子疼醒的。这种感觉她非常熟悉——“姨妈”疼。在现代她也会“姨妈”疼，有时候疼起来要命，没有布洛芬，整个人就废了。没想到，她都穿越了，竟然还要承受这种疼。这次不仅比以前更疼，还没有布洛芬，她简直要疼死了。

廖停雁：修仙之人为什么还会有“大姨妈”这种困扰？修仙之人的“大姨妈”也这么疼的吗？

她疼得死去活来，只感觉肚子里有一把电钻在嘟嘟嘟地钻个不停，打水井似的。好在这疼痛只持续了一会儿，过后她就好了。廖停雁满头虚汗地爬起来，发现自己并没来“姨妈”。

修仙女士的身体构造这么奇怪的吗？这里的人来“姨妈”，光肚子疼却不见“姨妈”红？她满头疑问又找不到答案，甚至开始怀疑自己是不是吃错了什么东西，最后她什么都没发现，一头雾水地重新睡下了。

庚辰仙府里，与三圣山相隔不远的一座山峰下，一个人坐在树影中等待着。等待许久都不见任何动静，这人冷哼一声：“听到召唤竟然毫无反应，也未曾送出消息，莫非她真以为攀上庚辰仙府的师祖就可以摆脱我们的掌控了。好，我且看你还能忍这蚀骨之毒几回！”

对此，廖停雁毫不知晓。

三日后的夜晚，她的腹部再次传来剧痛。这一回的痛感比上回的更甚，她没坚持一会儿就疼晕了过去。晕过去之前，她想：这肯定不是“姨妈”疼了！

大黑蛇这一晚照常过来蹭喝，过来了却发现廖停雁倒在地上。她口吐鲜血，昏迷不醒。大黑蛇虽然不聪明，可也知道这看上去并不正常。它用脑袋拱了拱气息奄奄的人，发现她毫无反应。它犹豫着摆了摆蛇头，最后捆着昏迷的廖停雁爬回了中心塔。

司马焦坐在中心塔的最高层，遥望远方山脉中一丛丛、一簇簇的星火，听到身后的动静，扭头看了一眼：“小畜生，带了个什么东西回来？”

黑蛇是一条不怎么聪明的黑蛇，虽然心里是害怕司马焦的，也觉得他是个坏主人，可是遇到了难题，它还是会过来找他。它活了这么多年，喂过它东西的，除了司马焦，就只有廖停雁。它还想以后继续去蹭好喝的水，所以才会冒着生命危险把昏迷的人带到了中心塔。

可司马焦没那么好的心。他不会去救人。他的名号是慈藏道君，是一个老秃驴给他取的，可笑得很，他这辈子的所作所为就从没和“慈”这个字有过任何关系。哪怕是养了些时日的畜生大着胆子凑过来嗞嗞两声，他的反应也不过是厌烦地抬手把那颗大蛇头拍出去。

大黑蛇被主人丢出去，摔了个结实，顿时退缩了。它还没那么大的胆子，不敢继续在司马焦身边纠缠，只能默默地爬到一边的柱子上盘起来。地上只剩下昏迷不醒的廖停雁。

没过一会儿，廖停雁恢复了一点儿意识，只觉得怪冷的，于是缩起身子拉了拉旁边的“毯子”，把“毯子”盖在了身上，然后又没了动静。司马焦再次瞧了她一眼，觉得这魔域奸细的胆子是真的大，他的袍子都被她扯到身上盖着了。他不知道怎么的，突然又来了兴趣，用一根手指挑起她的脸颊看了看。

“过来。”这一句是对大黑蛇说的。在柱子上盘着的黑蛇屁颠屁颠地爬了过来。

“她做了什么，你为什么想救她？”

大黑蛇摇摇头，不知道是听不懂还是不知道。

“你知道她是来做什么的？”

大黑蛇又摇头，仿佛只知道摇头。司马焦露出烦躁的神色，骂它：“什么都不知道就把人带到我面前，你想死吗？”

黑蛇瑟瑟发抖，怕他又发疯。

司马焦突然将廖停雁拉了起来，冰凉的手掌摸着她的肚子，一副准备救人的模样。黑蛇不知道喜怒无常的主人又要搞什么，谨慎地在一旁乖巧地看着。司马焦并不将魔域那点儿小手段看在眼里。那不过是一些控制人的东西，他要是想搞定，自然有无数种办法，他选了最简单的一种。

他捏着廖停雁的嘴，将一根冷白的手指塞进她口中，摸到她的牙齿……他动作一顿，神情莫测地收回手指。他拽过旁边的大黑蛇，用同样的姿势捍开蛇口，熟门熟路地摸到它尖锐的蛇牙，用蛇牙将手指刺破一点儿，然后才收回手指往廖停雁嘴里随便涮了涮。

他给廖停雁喂了一滴血。之前把手指塞进她嘴里的动作是下意识的，毕竟这么多年来，他喂蛇就是这样喂的。他只是一下子没反应过来人和蛇是不一样的，没用的人类的牙齿，连他的手指都刺不破。

廖停雁不知道自己被这个不讲道理的祖宗嫌弃了。原本她在昏迷中也感觉浑身发冷，特别是之前剧痛的肚子，它不痛之后就开始散发凉气，仿佛塞了沉甸甸的冰块，凉透四肢百骸，但是，突然间她口中仿佛尝到一点儿甘甜，接着一股霸道的暖意就冲进了体内。那股暖意好像一队士兵，喊打喊杀地把那些凉飕飕的东西都清理了，并且一路打到大本营，在腹部最凉的地方汇聚，原本嚣张的冰冷寒气，被这灼热的气息压得瑟瑟发抖，不断缩小，最后蛰伏不动了。

廖停雁终于舒服了一些，感觉浑身暖洋洋的，恢复了自己绝佳的睡眠质量。

司马焦等了一会儿，他准备等人醒了问些问题，可半天不见人醒。

怎么回事儿，难道他的血还治不了那区区一点儿魔毒？她应该马上能醒过来才是。

然后他就发现，这人确实没事了，只是她也没醒，而是直接睡了过去，睡得还……挺香呢，仔细一听，还有细小的呼噜声。

司马焦的表情变幻莫测，一旁的黑蛇脑袋一缩再缩。如果它有耳朵，此刻它的耳朵可能已经变成了飞机耳。

看来这人不是胆子大，而是心大。司马焦想到那天她晒着太阳睡觉时一派比他还优哉的样子，脸色更加古怪了。魔域要想送人进这里可不简单，这样千方百计送进来的……就是这样的玩意儿？莫非魔域这些年已经败落了，所以都没什么拿得出手的奸细？这种不思进取的人也用，这人还比不上庚辰仙府那些人积极呢。但他转念一想，又觉得这人定然不简单。她恐怕比那些蠢货更加聪明，不仅没到他面前来找死，甚至悄悄笼络了那条蠢蛇。或许今天这一出也是她故意安排的，果真好手段。

司马焦想明白了，点点头，露出一点儿满意之色："不错。"这样深沉的心机配得上这张妖艳的脸。

心机深沉又妖艳的廖停雁终于醒了过来。她一睁眼就见到俯视自己的那个杀人狂魔祖宗。这一幕给她造成的阴影，不亚于那天她半夜醒过来就看到大黑蛇对着自己张开血盆大口时造成的，所以她的反应也很真实——她捂住胸口，倒抽了一口凉气。那口凉气实在太大，吸气声也很响亮。

司马焦看着她的表演，表情似笑非笑，心说：演技着实不错，十分真实。

廖停雁差点儿给他当场表演一个吓出鹅叫。她完全不知道发生了什么，隐约想起自己因为"姨妈"疼晕了过去。不对，那好像也不是"姨妈”，谁家“姨妈”也没这么躁的。

她为什么会出现在老祖宗的中心塔？她看到老祖宗身后那扇打开的大窗户，外面的景色很明显地告诉了她，自己此刻身处何方，但是她不知道自己为什么会在这里——她总不可能是患了夜游症自己爬上来的。

她一个紧张，就死死地拽住了身上盖着的被子。被子……是祖宗的袍子。

廖停雁觉得自己苟活不下去了，要死了。

在祖宗复杂的目光下，她放开祖宗的衣服，给他拍了拍，然后诚恳地认错：“师祖恕罪。”

司马焦坐在那儿，像一条欲择人而噬的蛇——不是大黑蛇那种假蛇，而是可怕的毒蛇。他用那种下一刻就要暴起杀人的语气夸奖她：“你的胆子着实很大。”

廖停雁：哈？这祖宗好像已经是第二次说她胆子大了，可他是从哪里看出来的？她要是真的胆子大，这会儿也就不会有想上厕所的冲动。

司马焦看着廖停雁那毫不作伪的愣怔表情，眼神凉凉。演技不好的他不喜欢，演技如此好的他更不喜欢，甚至很想动手超度一番，于是他发出死亡之问：“你来这里做什么？”

廖停雁犹豫片刻，最终选择了答案页的标准回答：“弟子是来侍奉师祖的。”

司马焦丝毫不觉意外，抬起一根手指，在她眉心虚虚一点，再问：“回答我，你是来做什么的？”

廖停雁说：“来调整作息，放松身心。”简言之，度假。

廖停雁：啊——怎么回事儿？怎么话到嘴边就变了？肯定是这孙子搞的鬼，修仙世界害我！这里竟然还有真话 buff（增益效果）这种东西！

司马焦原以为自己会听到什么阴谋诡计，结果等来的却是一句毫不相关的话。他一愣，难得露出点儿意外的神色。他忍不住又问了一遍，结果廖停雁说的还是那个回答。

司马焦很相信自己的能力。在他的血脉之力下，无人能在他面前撒谎，至少面前这个人绝不可能，所以她说的是真话。可是，就是这样的真话才格外令他无言。

听听，她这说的是人话吗？他从前就听说魔域的人修魔经常把脑子都给修坏了。从前他还以为那只是谣传，都是正道修士因为正邪不两立而编出来的，直到现在他才真的相信了。这人大摇大摆地跑到他这里放松来了？他这里可是龙潭虎穴，庚辰仙府那些老东西都不敢过来，魔域的人但凡没毛病，也不会到这里来放松。

他还心存怀疑，于是走到廖停雁身边，捏着她的下巴，凑近了，看着她的眼睛问："你不想杀我？"如果她是魔域的人，身上带着的唯一的任务应该就是这个了。

廖停雁僵着一张脸，摇头吐出两个字："不想。"这又是什么令人摸不着头脑的问题？

司马焦越发不明白了："你为什么不想杀我？"

廖停雁是真的觉得这个祖宗脑子有病，听听，他这说的是人话吗？

她为什么想杀他？她不过是一条无辜的咸鱼罢了，修为低成这个样子，她得多想不开才会去杀他？他是不是有被害妄想症？他被关在这里，其实是因为他修炼走火入魔，搞坏了脑子吧？

她脑子里在大声抱怨，嘴上却小声地回答了司马焦那个近乎自言自语的问题："因为无冤无仇，无缘无故。"

她为什么不想杀他？因为无冤无仇，无缘无故。

司马焦看着她，表情又变了，他仿佛回忆起了什么不好的事情，表情隐隐有些狰狞。他说："这世上杀人，不需冤仇，也不需缘故。"

廖停雁：怎么讲呢？我是法治社会成长起来的守法公民，我们的世界观设定是不相通的。

司马焦身上的杀气都能溢出来了。他接着说："比如现在，无缘无故，无冤无仇，我就是要杀你，你觉得怎么样？”

廖停雁的嘴巴继续不听使唤：“我觉得可以，毕竟我也打不过你。”

廖停雁说完这句就满脸郁闷。她身上这个真话 buff 什么时候能解除呀，给她一个求饶的机会好吗？万一听到这话，这龟孙直接给她一掌干脆的，她不就死翘翘了？能不死的话，她还是想尽量争取一下存活机会的。

司马焦的手都抬起来了，又忽然慢慢地放了回去。他说：“你要我杀，我却不想杀了。”

哈……你是“中二”少年吗？

这个脑子疑似有问题的祖宗的思想非常跳跃，他一下子要杀人，一下子又不杀。不仅不杀，他甚至对廖停雁说：“日后你过来伺候。”

廖停雁心里是拒绝的，但祖宗是没人能拒绝的。他老人家现在就是她的顶头大老板，为了生存，“社畜”妥协了。上司让她一个设计方案改十遍，她不愿意，不还是要改吗？祖宗让她过来干活，她不愿意，不还是要来吗？

于是她就莫名其妙地成了大黑蛇的同事，同时也成了百人女团里第一个成功靠近师祖的人。

半个月过去，百人女团人数锐减，眼看着就只剩下一半了。

最积极的“当师祖小老婆派”，只剩下了小猫三两只。掌门系的“当师祖弟子笼络他有机会就搞他派”仍然有十几个人在坚持战斗。人数最多的是来侍奉师祖，却不知道自己每天在搞什么玩意儿的“我好迷茫只能随便度日派”。这最后一派如今还有三十人，她们抱在一处惶惶不可终日。

前面两派死的人大多是上门送菜的，因为太过主动变成了送命，还有一部分人则是无意中触发了什么死亡条件，被每天神出鬼没的师祖取了命。整座三圣山宛如一个大型的绝境求生现场，一个杀人狂魔对上一百个迷途羔羊。

如今还剩下的这五十人，日日看着身边的人不断减少，面对着巨大的死亡威胁，都显得有些憔悴和恐惧。她们谁都不知道自己会在什么时候、什么地点遇到那个仿如魔头一般的嗜杀师祖，然后死在他手里。她们在这里无法动用灵力，连自保都做不到，而且她们面对的还是师祖，哪怕她们有灵力，在师祖面前，大约也只是蝼蚁，这更增添了她们的心理压力。

司马焦对人的情绪感知极为敏锐，恐惧、厌恶、嫉妒、贪婪……这些负面的情绪他能轻易地感知到，再加上司马氏独特的能力——真言之誓，所有人在他面前都是透明的。

“我不敢去见师祖，师叔，你放过我吧！”

木霓笙，这个最开始站出来带领大家的人，此时表情难看。她对跪在自己面前哭哭啼啼的女子说：“你这是什么话？来侍奉师祖，难道不是你自己当初求来的？”

女子满脸悔恨地说：“我不想了，师叔，我害怕。师祖他是不是已经入魔了？不然他为什么会这样残杀我们宗门内的弟子？他能杀几位师叔、师姐，也会杀了我的！”她亲眼看见两位试图偷偷逃离三圣山的师姐在那宽阔洁净的玉石平台上被炸成了两蓬血花。能在这里这样做的，除了师祖，还能有谁？他杀人随意，这样残忍的师祖根本不是她想象中的师祖。

见她眼中惊惧，木霓笙黑着脸，一挥袖：“你既然害怕，便不要跟着我了。我早就说过，我是为了师祖而来，他一日不愿意接受我，我就一日不会放弃。你们这些胆小如鼠之徒，连这一点儿考验都受不住，如何有资格入得师祖法眼！”

木霓笙是掌门一系的后辈，比其他人知道得更多。因为天资聪颖，木霓笙从小就在掌门座下长大，得掌门亲自教导，因此她常常会见到掌门满目忧虑地遥望三圣山。她从一出生就知道，三圣山中有一位师祖，他的存在关乎着庚辰仙府几十万年的存续，而她，就是掌门特地为了这位师祖而养大的。掌门希望她有朝一日能成为师祖的弟子，就算她不能成为师祖的弟子，能在师祖身边侍奉也好。

“如果你能得到师祖的看重，就能拯救庚辰仙府，若是不能，恐怕我们庚辰仙府将毁在他手中。”掌门曾这么对她说。

木霓笙从掌门口中知晓了师祖的奉山一族血脉，知道了他出生的禁忌，知道了他当初酿成的惨剧，也知道了他的性格。她自信比这里的任何人都了解师祖。在她看来，她也确实得到了师祖的另眼相待。这些时日里，师祖常常会亲自动手杀人，连云汐月这个她最大的对手都被杀了，只有她还好好地活着。她每日都会去中心塔，在那扇不再打开的大门前等待师祖。她曾撞见过师祖好几次，但她并不急着献媚，而是用自己的诚心去打动师祖，想让他看到自己的诚意。

掌门曾说过，在这位师祖面前，试图掩藏自己是没用的，她只能用最虔诚、最谦卑的状态，将自己的心思暴露给他看。木霓笙照做了，然后她发现师祖并不像其他人想象中那般嗜血。他并不会随意动手杀人，他若要杀人，必是那人做了什么。而她没有她们那些心思，师祖即便看见她跪在塔下，也没有对她动过手，他只是喜欢忽视一切。木霓笙越来越笃定自己的想法，并相信只要继续坚持下来，最后师祖定然会被她触动。

原本与她一同坚持的人，如今都不愿意再与她一起日日去中心塔下等待。师祖见了她们，极不耐烦，偶尔还会动手杀一两人，这样一来，谁还敢再去？唯独木霓笙仍然日日坚持。

这一日，木霓笙照常来到中心塔下，挺直脊背跪在那扇紧闭的门前。廖停雁带着周一上班的郁闷的“社畜”之气来到中心塔，就见到了她们百人女团里的大佬班长跪在那里。班长时不时还喊一句：“弟子前来侍奉师祖，请师祖收下弟子。”

廖停雁：这真是个勇士。廖停雁恨不得躲得远远的度自己的假，这位大佬竟然主动要求去面对那喜怒无常的祖宗，这是何等的心理素质。怪不得人家能当领头大佬，这个思想觉悟真不是盖的。

廖停雁：如果我能和大佬换一下就好了，让她去伺候那祖宗。

然而，廖停雁只是想想，这又不是她自己能决定的，祖宗让她过来，哪怕是送死她也得来。这世间大概就是这样不如人意，想要的求不得，求不来的偏想要。

廖停雁的脚步声吸引了那位大佬的注意，大佬扭头看她，原本诚挚如火的目光变成了冷淡与不屑。

大佬说："你竟然还未死。"

廖停雁本来还想和她打招呼，现在不想了。这些人真是不知道怎么回事儿，见了她都说这句话。死？不存在的，她还能继续苟活一天。

见廖停雁径直往中心塔的大门走，木霓笙眼中流露出一丝诧异，那一丝诧异随即便变成嘲讽。木霓笙觉得就算这人能苟活到现在，今日怕是也得死在塔下。木霓笙没有叫住廖停雁，只冷眼等着廖停雁的死。近日所有贸然靠近中心塔的人都死了，能在这么近的地方好好待着的唯有她一人。木霓笙心中有些自傲。

廖停雁一步步走到大门前，略感棘手。虽然祖宗让她入职，但工作牌也没给她，现在有门禁，她进不去。廖停雁在心中想了想现在扭头回去睡觉可能会有的后果，还是举起了手敲门。她身后传来木霓笙的嗤笑。

师祖所在的中心塔，难道是随便什么人敲门就会开门的吗？

门开了。

看着廖停雁淡定地进了那扇门，木霓笙脸上高傲不屑的笑容顿时僵住。

怎么回事儿？她进去了？那扇门是敲一敲就会开的吗？不是自从云汐月惹恼了师祖后，这扇门就再也不随意开启了吗？刚才那个小弟子为何能进去？木霓笙想到靠近就死的那些人，再想想刚才就在她眼皮子底下进去了的廖停雁，目眦欲裂。

木霓笙霍然站起来，奔上前去。原以为自己是特殊的，幻想却突然被打破，木霓笙如何能受得了？她当即也想跟着一同进入，看看那廖停雁到底搞什么鬼。就在木霓笙踏入中心塔那扇门的时候，口中猛然发出一声惨叫，整个人炸成了一片血雾。

咔。

廖停雁毛骨悚然地扭头看了一眼。刚才是不是外面那个妹子在惨叫？可是门已经关上了，廖停雁看不到外面。

楼梯上站着幽灵一样面无表情的祖宗。见到廖停雁的表情，他幽幽一笑："外面那人死了。你知道我为什么杀她吗？"他转身往楼梯上走，廖停雁只能咽咽口水，艰难地让自己跟上去。

"我杀的其他人，大多是心里有着贪婪的野心、愚蠢的心思，我看着碍眼，所以杀了。但刚才那个不是，她什么都没有……一个特意培养出来的傀儡，当然什么都没有。比起那些一眼能看透的贪婪，我更讨厌这种失去了脑子与灵魂的傀儡，连杀她的兴致都提不起来，然而她太吵了，令我有些厌烦。"他不知哪来的兴致和廖停雁说起这些。他亲自下来带她上楼，还很是好说话的样子。

廖停雁第一次来这里的时候，爬到五层就没了路，可这回跟着祖宗，她一直往上，一直往上，爬了十二层还没有止境。她好累，累得受不了了，这个身体虚成这样还好意思被称作修仙人士吗？在爬完十层楼梯之后，面对祖宗的恐惧和再次目睹杀人场面的恶心已经什么都不剩，她只觉得很累，快要虚脱了。她待在这个楼里面，好像比待在外面更难受。

前方的祖宗还保持着那么悠然的脚步，连一眼都没回头看。廖停雁抓着栏杆学乌龟爬，时不时看一眼祖宗的背影。他的头发披着，又黑又长，衣服还是那一件。廖停雁有点儿怀疑他从来没换过衣服，如果是这样，拖在地上的衣摆不就很脏了？黑色的衣服果然耐脏。

司马焦恰巧在这个时候转头看了她一眼。

廖停雁脸皮一紧。等一下，他会用真话buff，应该不会用读心术吧？她忐忑得如同当年刚毕业去第一家公司面试。

“你今日的胆子没有昨日的大，吓成这般。”

廖停雁擦了一把汗，心说：还好，怕还是昨天更怕，今天我出这么多汗不是怕的，主要是累的。

“你很怕吗？”

廖停雁觉得自己的嘴巴有自我意识，回答说：“不怕，是爬楼梯太累。”

这孙子又来真话 buff！这真话 buff 难道有听到疑问语气就强制回答的设定吗？

司马焦的表情就有点儿奇怪。

“累？”就这么一点儿楼梯吗？魔域的人太虚了。

廖停雁清楚地在祖宗的眼睛里看到了鄙夷。这么明显又易懂的情绪，她还是第一次在他身上看见。

又往上走了五层，廖停雁累趴下了。她还以为自己要被不耐烦的祖宗干掉，可是这祖宗好像跟她杠上了。他在一旁等着，似乎准备看看她还能坚持爬几层楼。

廖停雁慢吞吞地爬楼梯，感觉这祖宗就像一个看着仓鼠爬楼梯打发时间的无聊人士。

终于爬到第二十二层。这里仍旧是个空旷的空间，而且是封闭的，室内最引人注意的就是一簇在红莲中燃烧的红色火焰。那火焰燃烧着，照亮了整个空间。

廖停雁被那簇红色的火焰吸引住了，那实在是一簇很漂亮的火焰，仿佛有魔力一般。她不知不觉地看得入了迷，后脖子突然传来一阵凉意，整个人一激灵，这才清醒过来。

司马焦的手搭在她的脖子上，死人一样冰凉的温度。他按着她的脖子，微微往前带了带，廖停雁只能梗着脖子被他推到了那簇火焰前面。

这一层里唯一的东西就是这么一个小小的碧水池子，池子里只长了一株红莲，火焰就凭空燃烧在红莲之上。即使以廖停雁那微薄的对修仙世界的认识，她也能确定这东西一定十分珍贵。司马焦却很随意，将她带到那簇火焰前面，毫不客气地伸手揪了一片红莲花瓣下来。

廖停雁听到了哇的一声哭声，但只哭了一下就立刻消音了。

孩子的哭声？一簇火焰发出了孩子的哭声？她怀疑自己幻听。

“知道这是什么吗？”司马焦动作随意地把那片花瓣揉碎了，随手丢在了地上。廖停雁又隐约听到一声啜泣。

廖停雁说：“呃，花？”

司马焦奇怪地看了她一眼：“什么都不知道，他们就让你这么进来了？”魔域果然日渐败落。

廖停雁说：“是的，没人和我说过什么。”主要是她和师父师兄其实不太熟，他们也不知道什么内幕，要是早知道，她装死也不会来这里呀。

司马焦没想解释，只说：“这东西，你每日过来浇水。”

廖停雁：你认真的？虽然火焰底下有朵花，但这花顶着火焰，不会把火浇灭吗？

但是，司马焦完全不像在开玩笑，甚至说完就走了，将她一个人留在了这里。

无良老板在新员工入职第一天就扔下个莫名其妙的任务，大摇大摆地扬长而去！浑蛋老板，你没良心！

廖停雁没敢追，头痛地看着那簇好像长大了一点点的火焰。很快，她发现那并不是错觉，随着祖宗的身影消失，那原来小小一团的火焰瞬间增大两倍，好像一个瑟缩的弱者从抱头蹲的姿势恢复到正常的姿势。

骤然增大的火焰烧掉了廖停雁胸前的一小撮发尾，而那火焰似乎在很得意地摇摇摆摆。

火焰？得意？廖停雁再度怀疑自己的眼睛是不是出现了什么问

题。不过她不再犹豫了，浇水就浇水。红莲底下的小池子里就有水，她从锦囊里摸出一只竹筒，舀了水就准备往火焰上倒。谁知道那火焰猛然跳起，出现了一个像一张大嘴一样的裂口，裂口里喷出的一股火焰直冲廖停雁。廖停雁迅速一矮身，同时手里的水浇上了火焰。

只听吱的一声，那火焰哇哇大哭："坏蛋！坏蛋，你浇我！我要烧死你！"那声音像个坏脾气的奶娃娃，是和祖宗不同的凶法。

廖停雁：修仙世界，火焰会说话也是正常的。不要慌，坚持住，我能赢。

噗——那簇火焰好像真的怒了，噗噗地往外吐火，非常嚣张。

廖停雁没想到浇个花还要冒着生命危险。她离远了点儿，思考半晌，从锦囊里找出一个葫芦形的洒水壶。不好意思了，清谷天是专业种地的，作为清谷天弟子，这具身体原本的主人也有全套的工具。虽然那位似乎并不怎么用这些工具，但把全副身家带在身上的现任主人找到了它们的用武之地。她灌了水，将葫芦喷壶对准噗噗吐火的火焰一个扫射，接着矮身躲过火焰的追击，回身又是一个扫喷——浇个花像在打游击战。

小火焰最开始的嚣张愤怒很快变成了委委屈屈的哭唧唧。它打不过就认输，非常能屈能伸。它用可怜兮兮的语气说："不要再浇我了，我好难受，呜呜呜……"它边说边特意咳嗽了两声，火焰形成的缝隙里喷出两点儿小火星。噢，浇多了水，这家伙吐不出火了。

廖停雁收起葫芦喷壶，想着今天的浇花任务算不算完成。这个时候，火焰又和她说话："我从来没见过你，我好久没见过其他人了。你是谁呀，怎么会被那个人带过来？"说到"那个人"的时候，火焰把声音收得非常小，好像生怕被听见了似的。

来这里这么久，廖停雁都没跟人说过两句话，都快自闭了，哪怕现在面前是一簇火焰，她也还是接了话："我来这里不久，是来侍奉师祖的。"

火焰猛然一跳："你是庚辰仙府的弟子！我就知道，一定会有人来从那个人手里拯救我的。好了好了，既然你也是庚辰仙府的弟子，那你下次不许给我浇水了！”

这是什么公司内部倾轧的戏码？大佬给她的任务大概会损害这公司里其他人的利益，于是这人站出来威胁她让她不能这么干，她拿的原来是职场求生剧本吗？

廖停雁说：“如果不给你浇水，我怎么应付师祖？”

火焰仿佛叉起了腰，理直气壮地说：“你不是他的女人吗，跟他撒个娇不就没事儿了？”

廖停雁：你等会儿？请问你这结论是怎么得出来的？

火焰说：“他敢带到这里来的，肯定都是他的人。你是女人，就是他的女人，有什么不对？送你来的人没教过你色诱吗？你快点儿去色诱那个人，把他搞定，我已经再也受不了这种生活了，呜呜呜！”

不愧是祖宗的火，脑子也有病。听说他们在这里被关了五百年，这么看来，病情真的很严重。廖停雁没理会火焰的叭叭叭，继续给它浇水。比起一簇只会喷小火星的火焰邪恶势力，她还是要向更邪恶的祖宗势力低头。公司站队，就是这么残酷。

火焰被她洒水洒得吱哇乱叫，开始骂人。

“司马焦你这个没良心的！你欺师灭祖，你大逆不道！你疯了，你把我浇灭了，你自己也要一起死！还有你这个臭女人，敢浇我，有朝一日等我恢复了，我一定要把你烧成骨灰，撒在司马焦那个浑蛋眼前！”

廖停雁听它骂“司马焦”，猜测这很有可能是祖宗的名字。

突然，火焰瞬间收声。

廖停雁察觉到什么，扭头去看，果然见到一身黑袍的祖宗出现在门口。他很是暴躁，目不斜视地走上前来，一片一片地扯掉火焰下方的红莲花瓣，一共扯掉了六片。他扯一片，廖停雁就能听到一声低低的抽泣，那抽泣声里又带着满满的肉痛。在祖宗面前，那簇嚣张的火焰再也不敢像刚才那样大声吼叫了，弱气得很。司马焦扯完花瓣，又像幽灵一样飘出去。

“呜呜呜，我的花，我好不容易养出来的花。”火焰小声地哭起来，又狠狠地对廖停雁说，“你帮我，我给你好处！司马焦这个疯子，任何人跟着他都不会有好下场，你就算帮他，他以后也一定会杀了你，但是你帮我的话，我能给你很多宝物。看到我的红莲了吗？一片花瓣就是千年修为，只要你帮我，我给你二十片花瓣！”

廖停雁：这火焰是白痴吗？也难怪，它毕竟是一簇火焰，火焰又没有脑子。

她收起被司马焦扯下来随手丢弃的六片花瓣，加上他最开始碾成一团的那片，一共七片花瓣。她把它们好好地收了起来。

“谢谢，现在我知道这是宝贝了。”这应该算工资。没想到能有工资，廖停雁顿时觉得精神一振。不管什么艰难的工作，只要有足够的工资，都好商量嘛，“社畜”都是这么有原则的。

火焰愤怒地说：“只要你帮我，我给你更多。你要知道，这世界上除了司马焦，只有我能摘取红莲花瓣！”

廖停雁说：“不用了。”人心不足蛇吞象。这样的宝贝，说真的，她还不太敢用呢。什么千年修为，一听就很厉害，万一她用了就受不住死了怎么办？小说里这种套路很多的。

火焰继续游说，仿佛一个传销人员。廖停雁掏出自制的睡眠用耳塞，塞进了耳朵里。

浇花任务完成了，她应该能暂时休息一下吧。随身带全套床上用品和床的人，就是能这样随时随地地享受悠闲的休息时光。

大黑蛇在这个时候爬了进来，它看到了自己最近找到的饲主，很是高兴。而那簇火焰看到黑蛇，则尖叫起来：“浑蛋蛇，滚开呀！”

大黑蛇爬到火焰旁边，咕咚咕咚地喝水，然后昂起脑袋，把那碧潭里的水都喷在了火焰上。

原来同事大黑的工作任务也是浇花，廖停雁懂了。

被浇了两次的火焰，就像一个被欺负的熊孩子，大喊，大叫，大哭。火焰尖叫着喊：“那个女人都浇我了，你这条傻蛇为什么还要来浇我！”

大黑蛇又喷了它一口，等它蔫了下去，才缓缓地爬到廖停雁身边，用老大一个脑袋拱了拱她的手。

廖停雁：兄弟，你是蛇，真的不是狗。

她拿出大黑蛇用的盆，给它倒竹液。大黑蛇开心地喝竹液，廖停雁问它：“兄弟，你知不知道我什么时候能下班？”

大黑蛇：咕咚咕咚。

廖停雁瘫回去：“算了，再等会儿吧，爬楼梯累死了，等我先养精蓄锐。”

大黑蛇不知道是不是突然听懂了，竟然吐了吐芯子。它扭头往外爬，还转身朝她嗞嗞叫。廖停雁见状，收起东西跟上去，被蛇尾巴卷着坐到它身上。

大黑蛇经常这样载着司马焦，很习惯身上坐着一个人。廖停雁却第一次坐这样炫酷的“车”，心惊胆战地摸着身下光滑的鳞片，有点儿晕“车”。

黑蛇载着她往外走，穿过一根根高高的廊柱和一扇扇大开的窗。他们在很高的地方，窗外就是那些纵横交错的粗大铁链和悬浮着的“封”字玉牌。它们散发着令人压抑的气息，廖停雁毫不怀疑这些是用来囚困大魔头师祖的。这里确实如她猜测的，是一座监牢。

廖停雁有点儿恍惚，一个没注意，就被“黑车”拉到了一个房间里。这房间同样空旷，只是比其他地方多了些东西，有长几，有架子，有床榻，还有一个长方形的池子。

池子里的水在冒寒气，将整个房间的温度都降了下来，池子中间漂浮着一个人。他宽大的黑色衣摆与漆黑的头发像海藻一样，在水中散开，过分苍白的脸在水中显出一种妖异的冷色。那人大敞着衣襟，露出颈、锁骨与大片胸口，如同一只能勾魂夺魄的水妖。廖停雁甚至看到了师祖胸口那两点……不行，要死！她两手猛然抓住大黑蛇的鳞片，将它的脑袋往后拽。

廖停雁：快走哇，被发现偷看祖宗泡澡，会死人的！你这心机蛇是不是故意陷害同事呀！

大黑蛇不知道她在惊恐什么，疑惑地咝咝两声。廖停雁就眼睁睁地看着池子里泡着的祖宗被吵醒，他睁开了眼睛，坐起来看着他们。

“师祖，花浇过了。您看，我能下班了吗？”廖停雁用这辈子最温柔的声音问。

司马焦盯了她一会儿，盯得她头皮都快要炸裂，他才缓缓地嗯了声。他看着那条蠢蛇被廖停雁连拖带拽地扯了出去，突然笑了一声。

第三章
都穿越了还要揣摩老板的心意也太惨了

大黑蛇脑子不清楚，它把廖停雁带到老板房间，还让她不小心看到了老板泡澡，差点儿翻车。这让廖停雁一度怀疑这个黑蛇同事是不是想借刀杀人，干掉她这个新来的同事。但是经过几日的观察，她得出结论，在智力上，这家伙和从前室友养的狗狗大宝贝在伯仲之间，职场倾轧这种拥有技术含量的事，以它的智商很难完成。于是，她单方面原谅了它的开黑车行为，仍然在它来讨食的时候给它分点儿竹液。大家都知道，上班的时候吃零食，是要和同事分享的。

短短三日，廖停雁就熟悉了这份新的工作。同事好相处，老板经常不出现，工作对象虽然喜欢骂人、喜欢吐火，但很好解决，总的来说她没什么不满意的，唯一不满意的就是上班的路途太艰辛，那二十多层楼梯爬得她欲生不得，欲死不能。

三天后，廖停雁就受不住这楼梯了，只好想了个解决办法——她把自己的铺盖一卷，搬到了二十二层，干脆在中心塔生活，这样就不用上楼下楼每天折腾。虽然她有点儿怕那个祖宗，但害怕这种情绪是可以克服和习惯的，劳累就不行了，她克服不了。

住进第二十二层的第一天，她还担心师祖发怒，把她贴在墙上当壁画，结果对方压根儿就没管她。

这天晚上是新月，廖停雁躺在床榻上，看外面一轮细细的月亮。隐没在云层里的月亮，显得朦胧暧昧。

她在这一层的一片角落里给自己布置了一个住的地方，采光和通风都很棒，风景也好。她从最开始的紧张，到现在已经能这样放松地瘫着，对外面的巨型锁链无动于衷，还能在睡前赏月，可见人类的潜力是无限的，适应能力也是一流的。

这个晚上没有风，哪怕开着窗子，她也能感觉到窗外扑进来的热气。廖停雁莫名有些心绪不宁，所以过了往日入睡的时间，她还瘫在那发呆。

“今天是新月。”不远处那簇火焰突然开口说话，孩童的嗓音里带着一股兴奋，“五百年来，三圣山见到的第一个新月。”

从今天早上开始，火焰就一改往日的满口脏话与威胁，变得沉默下来。廖停雁给它浇水，发现火苗比平日要小。现在，她的目光被火焰吸引过去，她发现火焰的火苗更加小了。如果用火焰的大小来对比它的状态，那它现在的状态肯定是很差的，可它不仅没害怕，反而听着像是很期待。它期待什么？

廖停雁忽然感觉到一阵凉意。寒冷的气息从门外涌进来，一个漆黑的身影随即出现在门口。随着他的走动，刚才还让廖停雁觉得燥热的空气顿时凉了下去。

师祖这个时候怎么会来这里？

廖停雁从放松地瘫着变成了紧张地瘫着，甚至不自觉地屏住呼吸。

走进来的司马焦表情阴郁而森然，鲜红的嘴唇却是往上勾着的。

其实，廖停雁之前看到过这祖宗在大半夜出现，就是从前大黑蛇来喝竹液把她吵醒的时候，她无意间往窗外看，看见过两次司马焦。那时他也是这样一身漆黑，游魂一样独自一人走在那片洁白的玉石之原上。

他往三圣山下走，到了一定距离就停下脚步，望着远方。禁锢中心塔的锁链在他往山下走的时候会哗哗作响，片刻，他就会转身走回来，随着他走动而卷起的衣袍像是一片黑云。

此时的司马焦也有那种压抑感。他直接走到了火焰跟前，伸出手，摘取了那簇火焰。赤红的火焰无声无息地蔓延，笼罩住他的整个身体，接着迅速融进他的身体里。廖停雁瞧着这个不同寻常的场面，慢慢地捞起之前踢在一边的毯子，把自己盖好。冷气太充足了，现在还怪冷的。不知道是不是因为她的动作，司马焦猛地看向她。

廖停雁：看我装死大法。

司马焦额上短暂地现出了一团红色的火焰印记。就算融合了一团火焰，他还是个气质阴沉得仿佛抬手就要杀人的冰冷魔头样儿。廖停雁露出一双眼睛看着他，不敢动。

司马焦抬起手。他摘下了还在水池里的那朵孤零零的花。

廖停雁：那簇暴躁的火花一定会哭的，等等，那一潭碧水不会就是火花兄哭出来的眼泪吧。

司马焦拿着那朵红莲，走近了廖停雁，最后一屁股坐在了她的榻上。廖停雁只感觉那朵红莲在她脸上一拂，一股幽幽的清香钻入鼻尖，令她瞬间神清气爽、精神百倍，仿佛喝了三箱红牛。

“知道这是什么吗？”坐在榻上的司马焦摇晃着那朵漂亮的红莲。

廖停雁发现自己又中了这厮的真言buff，身不由己地老实回答：“红色的莲花。”

司马焦说：“不对，这是奉山血凝花。”他接着问，“你知道这东西有什么用吗？”

廖停雁继续有问必答：“知道，一片花瓣增千年修为。”

司马焦随意地玩着手上的花：“对，一片花瓣增千年修为。不过，如果没有和我的血一起服用，哪怕只吃了一点点，人也会炸成一片血花。”

廖停雁的冷汗下来了。感谢咸鱼的本性，这东西她放着没敢用，她要是用了，早就变成满天飞的血花了。

司马焦的眼中有奇异的迷惑，他看着她，又问：“你想杀我吗？”

这个问题你好像以前问过的。难道我看起来就那么像杀人狂吗？廖停雁瘫在那里，发出咸鱼的声音：“不想。”

司马焦忽然大笑，将手里的那一大朵红莲丢给了她：“给你了。”

这虽然是宝贝，但我又不能用！廖停雁抓着那花，心中扼腕。这浑蛋老板，给她一个宝箱，又不给钥匙，这不是逗她玩呢吗？

司马焦一手托着下巴，忽然问她：“你是不是在心里骂我？”

廖停雁说：“是呀。”啊——真话 buff 杀我！

司马焦没有抬手给她一掌。他不知道哪根筋不对了，居然坐在她旁边就哈哈大笑起来。

今晚的老板好说话过头了，廖停雁怕了。她缩在毯子里暗中观察，战战兢兢地问了句：“您……这是怎么了？”

司马焦问：“是不是觉得我今天很好说话？你猜我为什么这么好说话？”

廖停雁发现真话 buff 没了，她谨慎地思考片刻，试探着问：“因为我快死了？”除此之外，她不作他想。

司马焦诡异地一笑：“你猜对了，真是聪明。”

廖停雁：哦嚯。

司马焦忽然抬起一只手，向空中一挥。

呼呼风声里，虚空中传来几声闷哼，听声音有好几个人。

廖停雁见到几个婀娜的身影凭空出现。她们落在殿中另一侧，恨恨地望过来。她们的面容廖停雁都有一点儿印象，她们好像是百人女团里的。这几位姐妹这么剽悍的吗？她还在祖宗的阴影下瑟瑟发抖的时候，她们已经不服就干了——虽然现在好像是被干了。司马焦坐在廖停雁铺了软垫的榻上根本没动弹，只挥了挥手而已，那几人就狼狈地退后。她们的眼中闪烁着惊愕畏惧的神色。

“怎么会……不是说他这个时候是最虚弱的吗？”一个年轻的姑娘忍不住说。

“不要后退，上！”领头的妹子带着视死如归的气势冲上来。跟在她身后的三人对视了几眼，也坚定了眼神，拔出灵剑。

在廖停雁看来，这场面并不紧张，因为旁边坐着的这祖宗甚至还有些神游天外。他颇无聊地拈着她的毯子搓手指。廖停雁眨了一下眼的工夫，那些气势凌厉的妹子就全部撞在了一侧坚硬的柱子上，吐了好几摊血。廖停雁默默地用手里的红莲花盖住了眼睛。

司马焦说：“我在这里被困五百年，修为被压制，日日遭受折磨。如今这第一个新月夜，就是我最虚弱的时候，再不出来动手，过了今夜，就没有机会了。”第一次看到人自动爆出弱点要人来杀的，廖停雁觉得这祖宗要么真的脑子有问题，要么就是实在嚣张欠杀。

就在她暗自嘀咕的时候，一股强烈的杀气猛然凭空逼来，压得人喘不过气。

“师叔，得罪了。”虚空中现出一个白衣女子，她状似恭敬地对司马焦行了一礼。

廖停雁见过这女子，这女子好像也是百人女团的其中一个。这女子也是不怎么起眼的，似乎进来的时候辈分不高。可现在听着人家喊师祖为师叔，廖停雁就明白，这位白衣姐姐辈分真的很高，竟然是和掌门一辈的。与掌门同辈的角色，这姐姐的修为怎么也该到合体以上，这样的超级能人竟然隐藏身份扮成一个小弟子混进来？这好像还是为了杀师祖司马焦，这集团的情况是真的复杂。

“虽然师叔是庚辰仙府的命脉，但师叔杀我师父，此仇我不能不报。待杀了师叔，我再去向掌门请罪。”这位大佬说着，杀招陡现。

说好的在这里无法动用灵力呢？你们还打得这么夸张！廖停雁因为和司马焦靠得太近而被迫承受了压力。无故被卷入战场，她要崩溃了。

司马焦挥袖，看不见的风骤然从平地而生，飞旋卷起，将刺来的千万利剑搅碎，又将无数碎片射向四面八方。那姐姐一击不中，眼中反而生出亮光。她大喜，说："果然你修为已经大损！"紧接着，她下手更重。可司马焦只是坐在那里一下一下地抵挡她的攻击，始终是那一张似笑非笑，又有些阴郁厌世的脸。

廖停雁全程安静，连"六六六"都不敢喊。

噗——白衣女子倒飞出去，想是伤重了，再也爬不起来。她可以呼风唤雨，移山填海，但是在这里，在这个特殊的地方，她的修为受制许多。和白衣女子比起来，司马焦受制更多，然而即使这样，她还是连近他的身都不能。倒在一侧，口吐鲜血的白衣女子，表情凄然愤恨，满怀不甘。

"你……其实根本没有元气大伤，也没有受到新月影响。你是故意，故意引我们这些人动手的。"白衣女子声音沙哑，"我还以为，你没有发现我们。现在看来，你早就知道，你是故意的。可怜我，为人当了马前卒。"

"你错了，我确实元气大伤。今日是我最虚弱的一日，想要杀我，确实是千载难逢的好机会，只是……"司马焦一笑，"就算我虚弱至此，你们对我来说还是太弱了。"

廖停雁：祖宗，老板，您说这种酷炫台词的时候嘴角流血了。

廖停雁用一言难尽的眼神看着祖宗嘴边缓缓流下的血。他这是受伤了？

司马焦抬起手，用拇指擦了擦嘴边的血迹，露出一个毫不在意的笑容，看着那边的白衣女子："当年我几乎杀光了庚辰仙府的宫主，如今你一人就想杀我，未免太不自量力。"他明显是没把最开始那几个不堪一击的妹子算上。

看来，这还是两拨不同背景的妹子。

白衣女子勉强坐了起来，从袖中拿出一个玉瓶，倒出里面的一枚丹丸，咽了下去。她整个人肉眼可见地恢复了，甚至看上去比之前更危险几分。接着她又抽出一把通体莹白的长剑。

“这是我师父的剑，我们月之宫传承的月华，今日我与你不死不休。”白衣女子一字一句，目光中的仇恨和坚毅令人动容。她像个即将绝地反击，吊打 boss（游戏中首领级别的守关怪物）的女主角，深沉地说：“司马家这腐朽的奉山一族，早就该断绝了。”

廖停雁听到外面巨大的锁链传来的唰唰声，那些“封”字玉牌也发出嗡嗡轻响，整座中心塔都有轻微的震荡。女子的攻势比刚才更犀利几分，完全是不要命的打法，那疯狂的姿态令人只能想到“同归于尽”四字。司马焦仿佛抵挡不住，在这样的攻势下又喷出一口血。他甚至站了起来，表情终于凝重了些。

整个中心塔充斥着他们爆发的灵力，以廖停雁这个修为，她丝毫无法自保，一旦有异动就是个死。好在，在司马焦身后比较安全，廖停雁躲在安全区等待这场战斗结束。

他们打得并不久。在一声轰然巨响后，白衣女子全身染血，摔在远处，整个人就只剩下一口气。司马焦也没好到哪里去，他退后两步，恰好倒在了廖停雁的榻上。他微微垂着眼睫，同样一副出气多进气少的模样，嘴边的血流得更加汹涌了。

廖停雁抓了一把头发，发现战场上好像就剩下自己能动了。她从榻另一边的空隙里站起来，试着问老板：“师祖？你还好吧？”

“廖停雁。”喊她的不是师祖，是那边就剩一口气的白衣女子。白衣女子说：“我知道你是清谷天的弟子，你的师父要叫我一声师叔祖。”

廖停雁：什么，姐妹，你的辈分这么高的吗？修仙人士活得久，都不知道多少世同堂，辈分真的难搞清楚。

女子一双灼灼的眼睛带着末路的疯狂，她说：“司马焦已经没有反抗之力了，你快点儿杀了他！”

廖停雁：哈？

“只要你杀了他，日后我们月之宫就是你的靠山。不论资源还是地位，你都能轻易获得。”女子挣扎着说，“你不用怕，现在你用奉山血凝花沾上司马焦的血服下，立即就能拥有深厚的修为。你再拿我的月华剑，可以剖开他的胸膛，取出心脏。你把他的心脏放进那边的碧潭，他就能彻底死去。”步骤解释得很详细，听着都很可行的样子。但凡是有野心的人，恐怕都会忍不住按照她的话去做。

廖停雁看了一眼毫无反应的司马焦。其实说来惭愧，刚才看他流血，廖停雁也有那么一瞬间想试试红莲花瓣蘸血，看看经验值会不会噌噌地往上涨。

司马焦睁开了眼睛，脸上带笑。他注视着廖停雁，无声地说了几个字——来杀我呀。

廖停雁：这祖宗说的是什么？不舒服哇？他躺在那里硌着腰了，看着确实不太舒服。

廖停雁犹豫着朝他伸手，用力地把他抱起来。她把他好好地放在榻上，顺便给他盖上了毯子。

廖停雁说：“这样？”

司马焦：“……”

白衣女子：“……”

白衣女子咳嗽得快要断气了，她用嘶哑的嗓音大喊：“你做什么？快！快杀了他呀！他是个魔头，今日不死，有朝一日就会死更多人！”

廖停雁戴上了耳塞。廖停雁不会按照那妹子说的做，因为她只是个无辜的旁观者，不想参与这个世界的斗争。别人杀人她不管，让她杀人她不敢。在廖停雁二十多年的人生中，别说杀人了，她连鸡都没杀过。几句话就想让廖停雁杀人，不可能的，这么多年的守法公民白当的吗？

但廖停雁哪怕戴上耳塞，也还是能听到那边的白衣妹子临死前的大喊：“你这是助纣为虐，迟早会悔不当初——”

廖停雁不认同。这个世界和她没关系，这些人也和她没关系。那边的妹子和她无亲无故，她不会听那个妹子的，司马焦和她无冤无仇，她也不会杀他，这事儿很简单。

妹子似乎断气了，这一层楼都安静下来。廖停雁坐在榻边上，瞧一眼被自己安置在榻上的老板。他在用一种奇怪的似笑非笑的表情看着廖停雁。

廖停雁说：“您老人家没事儿吧？”要是老板有事儿，她还是要考虑一下以后的出路的。

司马焦吐了一口血给她看：“你觉得呢？”嗓音听起来很虚弱。

那是真的不好了，他似乎连动弹都没办法动弹，只能躺在那儿一动不动，连说话都费力。

“我觉得这个时候应该有什么疗伤圣药之类的。”廖停雁说。

就在这一刹那，她看见司马焦的眼中忽然出现一点儿亮光。猛然间，她感觉自己被一只手用力地拽下，整个人撞进司马焦的怀中。接着眼前一花，再睁开眼时，她已经被司马焦抱着飘浮在了窗外，而他们刚才待的地方，连墙带榻，全被炸得粉碎。

廖停雁：发生了什么？

刚才还气息奄奄，好像要死了的司马焦，现在一改虚弱的样子，稳稳地飘浮在中心塔外的空中。从他抱着自己的手臂的力道来看，廖停雁觉得这人刚才的虚弱绝对是装的。廖停雁僵着一张脸，抱着司马焦的腰，只求不要摔下去。她现在脚下可是空的。

司马焦的手中出现一团火焰，那团火焰骤然化作一片火海，瞬息间铺满了整个中心塔与周边百米的天空。

廖停雁看到天空中浮现出数十个人影。这些人有男有女，有老有少，都带着一种危险的气息。他们将司马焦团团围起来。虽说他们人多势众，司马焦只有一个人，但廖停雁发现他们所有人的表情都特别难看。与他们的如临大敌相比，孤身一人的司马焦就显得张狂而从容。廖停雁自觉把自己当个挂件，安静地挂着。在这种场合，她就算是白痴也该知道今夜这里是个危险的战场。如果刚才这祖宗没顺手护她一把，她现在就死翘翘了。

在场十几人，面上难看，心里也是直发虚。说实话，他们这些人也并不是铁板一块，而是各有心思。庚辰仙府延续这么多年，又有这么大的势力，哪怕小小的一个支脉里都有不同的声音，更何况整个庚辰仙府。对于司马焦，知情或者不知情的各宫各脉都有不同的想法：有的人因为五百年前的仇恨主张杀死司马焦；有的人垂涎奉山族人的血肉，想分一杯羹；还有人想要让庚辰仙府像从前一样延续下去，又忌惮司马焦的不安分与修为，所以希望控制司马焦。

今夜是新月，他们这些知晓司马氏秘密的人悄悄潜入这里，已经看了许久，方才那白衣女子确实就是个马前卒而已。直到刚才仍有许多人犹豫不决，但他们之中有一人与司马焦有杀亲之仇，所以才迫不及待地出手。谁知道司马焦那虚弱的姿态竟然是伪装出来的，现在他们被他反将一军，身陷火海。其他人都不免暗骂那沉不住气动手的老者。

这火焰与其他火焰不同，就是修为最高的人也不敢轻举妄动，所以现在看似是他们包围了司马焦，实则是他们被司马焦的火海阻隔。

“慈藏道君，这恐怕是一个误会，我们并无恶意。”一个高挑瘦削的男子首先说，“至少我们天之宫并无对您不敬的意思。”

司马焦把目光放到一个气质阴鸷的老者身上：“你是哪个宫的垃圾？被你们关了五百年，我都不记得了。”

廖停雁：这个时候了还要拉仇恨，不愧是祖宗，我真的佩服。

老头儿鼻子都气歪了，显然刚才那一下是他出的手。现在他仍仇恨地瞪着司马焦，却没有要和司马焦说话的意思，而是煽动其他人：“你们可不要被他骗了，他分明已是强弩之末，今夜我们联手，定然能解决他！若是今夜不杀他，日后我们谁能逃得掉！”

有人意动，眼神闪烁，也有人退后低头，表示不愿参与。最后退却的有一半，他们都曾见过五百年前司马焦发狂的模样，心有余悸，不敢轻举妄动。其余的则因为贪婪与仇恨，或者只是单纯的立场不同，最终还是选择对司马焦动手。

廖停雁忍不住更紧地抱住了司马焦的腰。一下子身处战局中心，她真的慌了。这好像不应该是她的戏份，祖宗非要带上她，她真的压力好大。

"怕什么？"

廖停雁后知后觉地抬头，发现这句话是师祖和她说的。这人垂头看了她一眼："我不想让你死，你就死不了。我不是说了，就算我虚弱至此，他们对我来说还是太弱。"

厉害。

接下来出现的场面让廖停雁明白了什么叫作真的厉害——司马焦以一人之力搞死了七个在庚辰仙府内数得上号的大佬。这让廖停雁意识到，之前在塔里面对那个白衣女子时，他可能是在演。

真是好一个戏精，他没事儿闲得慌吗？他还吐血，搞得像真的一样，如果她真的在那个时候听了妹子的话，现在估计就已经变成一把骨灰了。

那七个人被烧成人形干尸的时候，围观的九人忍不住用惊恐的目光看向司马焦。他们本以为被镇压在这里这么多年，司马焦只会更虚弱，没想到他竟然还是这么可怕。莫非奉山一族真的如此强大，竟连这样一重重的阵法和一层层的禁制都奈何不了他？

"慈藏道君，这些人对道君不敬，理应受惩罚，我等回去之后，会好好处置这些人所属的支脉。"说话的人显然更加小心翼翼了。

但司马焦没有要让他们离开的意思。他的目光掠过场上还活着的九人，突然笑着说："我还需要一个人留下来。"

所有人一愣。

最开始说话的那人猛然发出惨叫，整个人瞬间变成一个火人，竟然没来得及反抗。其余人脸色难看，一个面貌憨厚的老者猛然睁大眼睛，低呼：“不好！难道是……”

话未说完，只见塔中那个白衣女子的尸体飞了出来，九具尸体飘在中心塔各处。这九人正好有着五百年前的庚辰仙府掌门与八大宫宫主一共九脉的血脉，当年就是这九道血脉的祖宗在这里布下囚困大阵。

“我忍这些碍眼的封印已经很久了。”司马焦这句话一出，九具尸体飞快坠落，落进特定的方位。刹那间地动山摇，中心塔那些巨大的锁链互相撞击，不断发出咣咣巨响，随即齐齐断裂，轰然砸向底下的宫殿，瞬间将这座宫殿变作废墟。

在一片惊呼与巨响中，廖停雁听到司马焦发出一声轻笑，非常开心的那种笑。

经历了这一系列的事情，廖停雁满脸木然，脑子都空了，只觉得——这祖宗的腰真的细。

司马焦畅快地看着眼前的一切，发现自己一手抱着的那个奇怪的魔域奸细都被吓蒙了。他非常好心情地抬起她的下巴：“看看这些人，他们每一个人站出去都是令人畏惧的大能，但现在他们的样子多可笑。你现在有什么感想？”

廖停雁说：“你的腰好细。”真话 buff 又要杀我，这人没事儿老搞真话 buff 干什么？

司马焦六亲不认的笑容一僵，他怀疑自己是不是听错了。

三圣山上灵力无法凝聚，长久地待在这里，对修士来说是一件非常压抑、非常痛苦的事，就像将一条大鱼困在浅可见底的水坑里。司马焦在这里待了五百年，此时此刻，他终于彻彻底底地逃出了这个囚笼。

随着那些铁链的断裂和“封”字玉牌的破碎，冲天的灵力从下方一片狼藉的废墟里涌出，积聚成实质的灵气，如雾一般笼罩了整座三圣山，顷刻间汇聚成一片云海。灵气这样充沛，哪怕是廖停雁这种不知道修炼为何物的外行也下意识地开始自行吸收涌进身体里的灵气，这感觉比上回还舒爽。

场中还活着的几位大佬被这灵气一冲，脸色五彩缤纷，精彩极了。

三圣山原本就是一座灵山，灵气最是浓郁纯粹。当初囚困司马焦，一些人费尽心思用这个大阵将此地地脉灵气隔绝，那些灵气就借由地下分流到了庚辰仙府的其他地方，享受这些地方的灵气的是谁，不言而喻。如今司马焦这一出不知道要毁去庚辰仙府里多少人的利益。

然而，这并不是最严重的事情，最严重的是司马焦彻底脱困。就像他从前说的，他肯定不会放过他们。

可笑许多人当初心中想着司马焦在这里待了五百年，又是那种疯癫的样子，说不定出来时都虚弱不堪了，到时候众人一起动手，不怕制他不住。大半个月之前，掌门要暂时安抚他，送了许多心思各异的人进来试探，还有不少人不以为意，觉得多年前的心腹大患如今不足为虑。可现在看看，这哪是不足为虑，分明就是大事不妙了。

“慈藏道君，您看这三圣山如今被毁成这个样子，不如您先迁往白鹿崖暂居，等到这三圣山修葺完毕，我们再请您回来？”一个看上去年纪轻轻的青年人仿佛什么事儿都没发生过似的说。

其余人心中暗骂他无耻，此人是掌门一脉的，是主张安抚司马焦并与其交好的。此时他站出来，就是为了表明自己的立场，把自己摘出来，免得面前这祖宗一个不高兴再杀几个人——司马焦完全做得出这种事儿。

是杀是剐，总得有个反应，可是司马焦压根儿没理会他们。他面无表情地盯着自己怀里抱着的廖停雁。

其实，之前，他们就注意到了师祖怀里那女子，只是生死大事当前，没有太多心力注意。再者，廖停雁的修为那么低微，在他们这些人眼里，她大约也就是只蚂蚁。祖宗手上抓着只蚂蚁，能引起注意才奇怪。现在，因为司马焦古怪的沉默，其余人不自觉地把目光给了那个女子。

这好像……是之前送进来的一百位女弟子其中的一位，谁来着？

这一百人说是在所有支脉里挑选，实际上早都被各宫内定了名额。她能进来，肯定就是哪一宫的大人物安排的，肯定有什么不一样的地方。只是在场几人都不知道这女子是哪方势力送进来，竟然能好好活到现在。他们看一眼脚下的废墟，此时被送进来的一百人大约就剩下这一个活口了。这人有何能耐，竟然能让那个又疯又嗜杀的祖宗带在身边护着。莫非，这祖宗是看上了这女弟子？

不可能，不可能，想到当初发生的那些事儿，他们在心里否认了这个猜测。要是哪天司马焦能看上什么女人，那可真是太阳打西边出来，修真界要和魔域联姻——绝对不可能。

廖停雁感觉到好几道灼灼的目光，假装自己没感受到，僵硬地抱着祖宗的腰，一动不动，仿佛被按了暂停。

“我的腰……细？”良久，司马焦才重复了这么一句。

这是个问句，所以装死的廖停雁被真话 buff 逼迫着开了口：“对，我觉得可能是被关久了饿成这样的。”

三圣山什么吃的都没有，这可不就是饿的吗？她没事的时候会脑补这祖宗坐牢没人送饭，忍饥挨饿，日渐变态的情形。虽然这样脑补，但她清楚，这种事不能说出口，否则她会死。清楚归清楚，但现在情势不由人，真话buff这祖宗随时随地说开就开，让人根本无法好好交流。她想好的“塑料”老板员工情，一下子就变了味道。

“你说得对。”司马焦说，“我遭受过的痛苦，应该一一讨回来。”

廖停雁：不是，我什么时候说过这种话？

司马焦看向那边几个幸存人士。几人都非泛泛之辈，一见他这神情，就下意识地想要逃遁，然而天地之间的灵气已经回来，此时的司马焦更是凶残。片刻后，活着的人就剩下司马焦和廖停雁两个。

不管他们是哪一方势力，也不管他们对司马焦有没有恶意，他们对司马焦来说都没有任何不同，只要他想杀，就会杀。这个世界上，没有人会真正对他抱有善意，特别是庚辰仙府这些知道他所有的秘密和过去，又造就了他现在这个样子的人。

廖停雁目睹这一切，整个人一颤，下意识地把脸埋在司马焦胸口，做了这个动作后她才反应过来，造成她的恐惧的就是她现在抱着的人。讲真的，要不是还在空中，她现在就放手了。

她没放手，司马焦反而将她往上抱了抱，用另一只手从她的后背缓缓抚上去，一直抚摸到后脖子。廖停雁不知道他搞什么，但陡然生出了一股危机感。她发誓，这祖宗在考虑要不要捏断她的脖子。如果她身上有毛，那她的毛肯定会因为这一下抚摸全部奓起来。

司马焦垂眸望着她，确实是在思考的模样。他有些走神，手底下不由得再次抚了抚廖停雁的背。他这样又轻又缓又危险的动作，让廖停雁整颗心都随着他的动作吊起来，她整个人也跟着他的动作奓毛。

在司马焦眼里，他摸一下，廖停雁就提起一口气，他放手，廖停雁就缓下一口气。这样来回三次后，廖停雁没反应了。

祖宗啊，要杀就杀吧，这样反反复复可太累了。

司马焦没杀她。他抱着她回到那塌了一小半的中心塔。终于踩到实地，廖停雁还感觉脚下软绵绵的，整个人都虚得慌，立刻从锦囊里掏出一把椅子放好坐了上去。司马焦走过她身边，一步步走到了那红莲生长的碧潭。他走进去，撕开了自己的手腕。丝丝缕缕的红色落进水中，凝而不散，聚在中心。廖停雁坐着看了很久，看得天都亮了，司马焦也没有任何反应。她看到大黑蛇在黎明的曦光中探头探脑。这里就剩下他们这三个活口。廖停雁朝黑蛇招招手，但是黑蛇㞞㞞的，不仅没敢靠近，还把脑袋缩了回去。

行吧。

廖停雁一晚上没睡，困得要命，可惜她的榻被炸了，现在没地方能休息。她想了想，找出了布和绳子，临时加工一下，做了个吊床。她把吊床吊在两根柱子中间，自己躺进去。在入睡之前，廖停雁看到碧潭中司马焦的血变成一朵红莲从水中长了出来，影影绰绰的火焰浮现在上面。

原来那宝贝莲花是这么长出来的，这么一想，这祖宗不就是最大的宝贝了？别人升级需要天材地宝，他自己本身就是个天材地宝，难怪这么厉害。

廖停雁睡着了。在她睡着后不久，太阳完全出来了，碧潭中的红莲与火焰恢复了往日的样子。司马焦满身湿意地从碧潭里走出来，每走出一步，他身上的水迹就凭空蒸发一些，走到廖停雁身边的时候，他身上就只剩下微微的湿气。

司马焦的唇色苍白许多，身上少了往日的凶戾之气，整个人只有黑白两色，更加令人心惊。他俯身凑到廖停雁身边，躺了下去。

廖停雁补完觉醒来，感觉有些不对。她的吊床做得挺大的，但现在有点儿挤。杀人狂师祖躺在她旁边，闭着眼睛，似乎是睡着了？他的脑袋抵在她的颈窝，轻轻的呼吸就拂在她的脖子和锁骨上。她睡着时拉着盖在身上的是这祖宗的长袍和袖子。因为吊床会把人往里兜，所以她整个人都在司马焦的怀里，他长长的黑发也有几缕搭在她胸口处。

廖停雁：不行，我要窒息。怎么回事儿？我就补个觉而已，怎么就被睡了？

她的眼神往外瞟，看到大黑蛇盘在吊床下面，它卷成了一个大卷，也睡着了。外面阳光灿烂，一直盘旋在中心塔上空的阴云好像也随着破碎的封印一同散去了，温暖的阳光直接照进废墟，还有白色雾状的灵气在空气里轻轻浮动。她扭头看不远处的碧潭，那里静静地开着一朵更美丽的红莲，原本满口脏话的火焰安静得不行。

周遭非常安静。廖停雁一动不敢动，就这么躺了一会儿，不知不觉地再次睡了过去。

没有什么事儿是不能面对的，如果有，就睡一觉再说。

三圣山上传来的动静引起了庚辰仙府所有大佬的注意，连那些闭关的和多年不管事只想着冲破屏障飞升的也大多出来了。

庚辰仙府内数得上号的家族有几百个之多，顶尖的几个家族一直把持着几个宫与实力雄厚的支脉，这几个家族底下又有附属的家族。就拿掌门师千缕的师姓一脉来说，本家就有上万师姓弟子，若是加上所有支脉和外姓门生，人数多达几十万。一个家族的势力之庞大，已经比得上外面的一个中型门派，而由这么多复杂势力交织组成的庚辰仙府里会有多少种不同的声音，可想而知。关于奉山一族最后的血脉这个多年来的难题，他们至今仍无法统一处置方法。

此次三圣山发生的事儿不知又令这些人生出了多少复杂的心思。上百盏弟子魂灯在一夜之间险些完全熄灭，只剩下孤零零的一盏仍在燃烧，而前去监视和查探消息的十几位来自各家的天之骄子竟然同样近乎覆灭。

掌门师千缕聚起一个男人的魂魄，神情平静地问：“格言，你们在三圣山究竟发生了什么？”

师格言正是之前在三圣山出来说好话表明立场的年轻男子，这会儿他的魂魄出现，露出一个苦笑：“叔公，那位慈藏道君果然如同您所说的一般，残酷嗜杀。我们这些过去打探消息的，不管对他有没有威胁，竟然全数被他杀了。好在他还没有赶尽杀绝，留了我一个魂魄。”

师千缕没有感到任何意外，沉吟片刻，说：“有一盏弟子命灯没有熄灭，你可知道是怎么回事儿？”

师格言说：“这……其实我也很意外，有一名女弟子仿佛很得慈藏道君喜爱，被他护在身边。”

师千缕终于露出一丝讶异：“当真？”

师格言说：“确实如此，不只是我，其余人也看见了。”

“竟有此事。”师千缕沉思片刻，眼中出现一抹笑意，“或许，这是我们的一个契机。”

庚辰仙府里，除了几乎代代由奉山一族统领的掌门一脉，还有天、地、阴、阳、日、月、星、四时八大宫。每一宫都有几支主脉，另外还有几十到上百支大支脉以及数不清的小支脉。廖停雁就是四时之宫红枫主脉下的一条小支脉清谷天的弟子。

近千年来，红枫一脉掌握在萧氏家族手中。在三圣山上因挑衅司马焦而被杀的老者就是红枫一脉中资历比较老的一位长老，也是萧氏上任家主的亲儿子。

“太爷爷，您总算出关了，您可千万要给爷爷讨回公道哇！”萧花影满脸悲伤，跪坐在闭目养神的中年男子身侧。中年男子便是萧氏上任家主萧长楼，光看样貌，他比他的一些儿子甚至孙子年轻。他已闭关三百年冲击大乘境界，仍未成功。

“讨回公道？”萧长楼对着自己直系的曾孙女仍是一副平淡的口吻。像他这种人，家族庞大，子孙数都数不清，要他对每一个子孙都关心，根本不可能。三百年前，他闭关前，他跟前的萧花影才十几岁，只是她在他这里侍候过一段时间，才让他有了些印象。

“是呀！”萧花影仰头看他，“那慈藏道君虽说是师祖，可也不能如此欺辱我们红枫一脉。爷爷不过是去三圣山查探情况，怎么就被他随手杀了？这不是狠狠地打我们萧氏的脸吗？而且爷爷从前就用了一次寄魂托生，如今这次死了便是真的离我们而去了！”

萧长楼岿然不动，淡淡地说：“打萧家的脸又怎么样？就凭他姓司马，他杀谁都可以。”他看了一眼这个年轻的孩子，心中一哂。司马氏，只剩一人的奉山一族，真的是没落了，从庚辰仙府的主人到如今的……末路囚徒。

萧花影似乎是没想到他会这么说，一愣，略带仓皇地说：“可太爷爷，爷爷的死难道就这么算了吗？”

“我早就说过，他要是一直惦记着五百年前被司马焦发疯杀死的萧家人，迟早自己也会死在他手里。”萧长楼挥挥手，“行了，下去吧。”

萧花影虽然仍旧满怀悲痛与不甘，却不敢多说，委屈地下去了。她出了门，脸上立即一扫委屈之色，神情变成了愤恨。

她从小听着庚辰仙府的起源传说长大，庚辰仙府的兴盛几乎是离不开司马氏的。她确实对这个曾经的强大氏族感到向往、畏惧，但她毕竟没有经历过前几代人被司马氏支配的恐惧，完全无法理解太爷爷他们的容忍。在她看来，一个再厉害的师祖又怎么样，还不是独木难支。一个人对上一个大家族，那人总该是落在下风的。

“走，去清谷天！”萧花影狠狠地拧眉，带着自己的侍从弟子前往清谷天。

她对付不了那个慈藏道君，总能找别的什么人出出气。他们这些消息灵通的人，距离三圣山发生之事不过半日，就已经知道了来龙去脉，那唯一能在师祖手里幸存下来的廖停雁的身份他们自然也已经搞清楚。

如今，掌门与几大宫中有些身份的人都知道那无法捉摸的凶残师祖似乎看上了一个女弟子。那女弟子修为低微，辈分更是低，只是清谷天的一个普通弟子。他们不敢去见刚发过飙的司马焦，便不约而同地前往清谷天。

萧花影才到清谷天，就发现这小小的支脉一改往日的冷清，人来人往，非常热闹，她甚至见到了掌门一脉的师真绪。他如同定海神针般镇在清谷天，论起辈分，他比她还高上一辈。见他在，萧花影暗骂一声，知道自己今日恐怕是做不了什么了。

“这师姓掌门一脉也真是可笑，偌大个家族，竟然甘心侍奉司马氏，到如今还摆出一副忠犬的架势。”萧花影腹诽。

如今的掌门一脉其实掌权并不久，他们最开始不过是司马氏的侍奉者。后来司马氏的人越来越少，还为了维持血脉的纯净折腾得就剩下一个人，所以原本由司马氏统领的掌门一脉，才渐渐被师氏取代。

师真绪面容和蔼可亲，但没人会觉得他这样一位大能真的对任何一人都是这个态度。

清谷天的脉主洞阳真人一早就陪坐在师真绪下首，心中的惊涛骇浪久久没有平息。他的消息不灵通，还是师真绪告诉了他如今的情况，他收的那位弟子得慈藏道君青眼，被慈藏道君留在了身边。正所谓一人得道，鸡犬升天，这短短半日，不知多少人送来了礼物。他们这平日里乏人问津的清净之地，俨然成了最令人瞩目的地方。洞阳真人并没有太大的野心，心中的喜悦远远比不上惶恐。眼前自是烈火烹油，鲜花着锦，可过犹不及能有什么好下场。

“洞阳不必担忧，你教导出的弟子有这等能耐是件好事。若她日后仍能一直伴在师祖身侧，清谷天便无后顾之忧，或能直接成为一支主脉也未可知。”师真绪笑着说，“如今师祖还在三圣山，近日不敢前去打扰，但或许过段时间掌门会带你一同前去探望你那弟子，你可要做好准备。”

师真绪这话中透露出掌门一脉的护持拉拢之意，洞阳真人自然听得懂，于是也恭敬地说：“是，师叔，洞阳明白了。”洞阳真人心里实在是发愁哇。

四时之宫苑梅一脉，袁家主最疼爱的十八子袁觞此时正神情复杂地坐在暗室内。从探听到三圣山的消息开始，他就坐在这儿，沉思了许久。他怎么都没想到自己之前安插进三圣山的那个探子竟然会有这样的造化。

庚辰仙府里那么多势力，他们安排了那么多人进去，最后竟然只留下了他安排进去的廖停雁，这实在太可笑了。

袁觞听到掌门一脉与其他宫的一些动作，他知道那些人在想些什么。不管是明面上保司马焦的，还是暗地里想杀司马焦的，他们都只有一个目的，那就是想得到司马氏身上的好处。可他不同，他唯一的目的就是毁灭庚辰仙府。要毁灭庚辰仙府，最直接的办法就是毁灭司马焦。袁觞如今掌握着的是所有人都没有的优势——一个让司马焦另眼相待的女人。廖停雁身上的蚀骨之毒一日不解，她就一日受他的控制，哪怕是司马焦也救不了她。

廖停雁一觉睡到黄昏，外面的尔虞我诈、恩怨纠葛全和她没关系，和她有关系的是那个杀人就像捏花生壳一样的师祖司马焦。他不在她的吊床上了，这令廖停雁放松了很多。她就说再睡一觉所有事情都会解决的。这不就没事儿了？

她爬起来感受了一下体内充沛的灵气，觉得自己美得冒泡。咸鱼泡了水，有点儿膨胀了。现在的三圣山仙气飘飘，虽然很多地方都成了废墟，但莫名地透出一股颓败的美感。估计是这灵雾造成的滤镜让一切都带上了朦胧的美感。

她没见到大黑蛇，也没见到司马焦，只有恢复了神气的火苗在那里叉腰大骂："没用的家伙，庚辰仙府里那些没有用的孙子，昨天那么好的机会都搞不死司马焦！"

廖停雁有时候真搞不懂这火苗到底是什么立场，它一会儿说自己出事司马焦也好不了，双方有共生关系，一会儿它又恨不得立刻有人来搞死司马焦。

中心塔塌了一半，廖停雁走到缺口处往下瞧了瞧，但太高了，她没敢站太近。就这么一晃眼的工夫，她瞧见底下的一圈花圃旁边站了个黑影，还看见一条黑蛇在辛辛苦苦地用身体把那些砸在花圃旁边的碎石顶开。

那是日月幽昙，三圣山上唯一的植物——火焰红莲应该不算植物吧？她想起自己放在锦囊里的一朵宝贝红莲，心里对底下的日月幽昙也生出点儿好奇。当初那些妹子看到这花就变得古古怪怪的，廖停雁到现在也没搞清楚有什么内幕。

花圃旁边的司马焦忽然转头朝中心塔这边看来，动了动手，做了个"过来"的手势。

修士的眼睛就是这么厉害，廖停雁想假装看不到都不行。她缩了缩脑袋，转身往楼梯走去。她下了二十多层楼梯，披着淡紫色的云霞走到花圃边，可是之前站在这里的司马焦已经不见了，只有黑蛇还在做搬砖工。

她扭头张望了一下，耳边忽然响起一个声音："为什么这么迟才过来？"幽灵一样的祖宗出现在她身后，险些把她吓得扑进日月幽昙花丛里。她还记得那些妹子一般没事儿都是不随便靠近这花丛的，这里面肯定有事儿，所以她迅速往旁边闪——撞进了司马焦怀里。

廖停雁：这个，看上去是不是有点儿像投怀送抱？

她考虑着这个问题，又觉得这不是个问题，反正祖宗开真话 buff 问一句“女人，你是不是在投怀送抱”，她就能自证清白。

然而，司马焦没问，他用一种“色诱这种事儿我可见太多了，你省省吧”的表情睨了她一眼。

廖停雁：祖宗，用真话 buff 啊！快用啊！让我告诉你真话！

“你知道这是什么吗？”司马焦看着那些花问，没用真话 buff。

廖停雁说：“日月幽昙。”天哪，她好气哦。

司马焦抬手划过那些逐渐改变颜色的花。这花白日里白花黑叶，现在太阳正在落山，它们就慢慢地变成了黑花白叶，在廖停雁看来，就像是司马焦抚摸过的花都瞬间变成了黑色。手动染色，很强。

“你知道这花是怎么来的吗？”

廖停雁说：“不知道。”

司马焦好像特别喜欢辣手摧花，尤其爱手贱扯别人长得好好的花瓣。他揪了一片黑色的花瓣丢在一边，语气毫无起伏地说：“日月幽昙的种子很特殊，是司马氏一族死后身体里留下来的一颗珠子，一颗珠子能种出一株日月幽昙。”

廖停雁看看这大片的日月幽昙，背后一凉。那这……不就是坟地了？这么多的日月幽昙，这里该死了多少人？

司马焦说：“司马氏人死后身体留不下来，能留下的只有一颗珠子，以前有很多珠子留存，后来全被我撒在了这里，长出了这些花。好不好看？”

老实说，虽然惊悚了点儿，但还挺浪漫的。廖停雁点点头，老实巴交地回答：“好看。”

司马焦说：“那送一朵给你，你自己选。”他指指大片摇曳的黑色花朵。

廖停雁觉得这里面有问题，但司马焦搁那儿盯着呢。他还沉着脸，催促她："摘一朵。"

廖停雁抬手咔嚓折了一朵。

司马焦这才说："日月幽昙最奇特的地方在于，它可能是能祛除任何毒的灵药，也有可能是无药可解的剧毒。据说，司马氏人，恶人死后骨珠种出的日月幽昙是剧毒毒物，善人的骨珠种出的则是灵药。但这些花的模样完全相同，无人能分辨出来。"

廖停雁："唑——"听上去好厉害——所以说，可解任何毒的灵药能解那个无药可解的剧毒吗？

司马焦说："看你还能站在这儿，估计选的是灵药，运气不错。"

他刚说完，廖停雁就倒了。

第四章
在公司势力倾轧中跟对上司是很重要的

廖停雁以为自己会当场死亡，但是她没有。她带着愕然和满心的脏话晕过去之后，看到了几段零散的回忆。

画面的主角是个天真烂漫的姑娘，叫司马萼。她与她的双生哥哥是司马氏一族最后的两个人。他们一族已经走到了灭亡的边缘。然而，司马一族不能灭亡，他们必须延续血脉。于是，司马萼从一出生就处在一个畸形的环境中，她注定要与自己的兄长结合，诞下子嗣。

司马氏为了维持奉山一族的纯净血脉，从来不与外人结合，玷污奉山血脉对他们来说，是罪恶而不可饶恕的。相反，在司马一族中，近亲结合并不罕见，他们做的一切都只是为了保持最纯净的血脉。只有纯净的奉山血脉才能蕴养灵山之火。

廖停雁看到了那灵山之火。它像一个小小的火炬，在碗口大的红莲上燃烧，比廖停雁见到的那个满嘴脏话的奶娃娃音小火苗要旺盛许多。

总之，这好像是很重要的大宝贝，司马萼就是这一代奉养灵山之火的人。司马萼从小就在三圣山长大，虽然有无数侍从弟子服侍，吃穿用度都是最珍贵的，在廖停雁看来，算是世界第一公主殿下，但说实话，这位公主真的太惨了。

司马萼喜欢那簇火苗，哦，在这段记忆里，那火苗不是个奶娃娃，是个暴脾气的男人。不管谁来侍奉他，都会被他骂得狗血淋头，而司马萼姑娘是他唯一不会骂的人。可惜喜欢归喜欢，司马萼万万不可能和这簇宝贵的火苗在一起，毕竟有生殖隔离，他们的关系只能用“爱的供养”四个字来形容。等到姑娘到了可以生孩子的年纪，她被要求和哥哥一起造人。

廖停雁看到了这段记忆中的三圣山，宫殿华美，摆设精致，仆从如云，还个个都恍若神仙妃子。让廖停雁印象最深刻的就是碧潭火苗那一层挂着的超大的伏羲女娲图，司马萼每日都要来祭拜，估计是司马氏的什么信仰之类的。年纪轻轻的姑娘虽然不愿意，但背负着一族的兴衰，在巨大的压力下，最终还是痛苦地妥协了。

司马萼和哥哥生下一个男孩儿，取名司马焦。

听到这个名字，廖停雁反应过来。哦，这竟然是祖宗妈妈的故事。

生了个男孩儿，还不够，他们还需要司马萼再生一个女孩儿，才能保证下一代的纯净血脉。可是司马萼迟迟未能生下第二个孩子。更惨的是，司马萼的哥哥突然发疯，烧掉了大半座三圣山，自杀而亡。这些记忆并不清楚，非常跳跃，是廖停雁自己根据上下文推测出来的。

画面一转，憔悴的司马萼姑娘好像被这一切逼疯了。她年纪尚小，纵使天赋过人，也没有来得及成长。而庚辰仙府，早已不是司马氏的天下，主弱臣强，有许多人要求她好好奉养灵山之火，等待她的孩子长大，再与之生下其他孩子。

看到这里的时候，廖停雁是满头问号的。这个时候司马焦才是个几岁的小娃娃，这些下决定的人，你们是怎么想的？

显然，已经有点儿疯癫的司马萼无法接受，廖停雁看到这位姑娘在一个月黑风高的夜晚，准备掐死自己的孩子。

廖停雁：司马氏，我叹为观止。

后面就没有了，回忆里的最后一段画面就是司马萼在碧潭里自杀。碧绿的潭水都被她染成血红色，潭中长出了非常大的一朵红莲，熊熊燃烧的火焰安静地将她包裹起来，把她烧成了一片灰烬。

被迫知道了这种隐私，廖停雁醒来的时候觉得自己不太好。知道太多不是好事儿，毕竟知道得越多，扯上的事儿就越大。她看到了很多丑恶的嘴脸，差不多明白了这些牛鬼蛇神都是些什么来历，越发觉得头痛。这个副本太重口味了，她玩不来。

等廖停雁从那些悲惨的回忆里回神，知道了自己现下的处境，顿时觉得更加不好，因为她此刻躺在一个漆黑的长方形盒子里。

廖停雁：啊——我被埋了吗？没有死都不能再抢救一下的吗？哪个浑蛋埋的我？

廖停雁只觉得自己浑身无力，腰酸背疼腿抽筋，胸口还沉甸甸的，闷得慌。她都没力气推开这个棺材盖爬出去。

“来人哪……救命啊……我还没死呢……我死了……我又活了……祖宗？蛇蛇？小火苗？应个声哪……我为公司出过力，我为老板流过血……”

在这个棺材里面喊了一大通话后，廖停雁感觉自己终于积蓄了一点儿力气。她抬脚用力往上一踹，一瞬间，她把棺材盖踹出了一条小小的缝隙。还好，还没钉上棺材钉，要不然她怕是得在这里永久居住。她抬手摸索那条缝隙，使出吃奶的力气一点点地往旁边推，推了好一会儿才重见天日……和祖宗。

那一身乌漆墨黑的小白脸祖宗就站在棺材旁边。他靠在那儿，看着揭棺而起的她，说了句："醒了。"然后他用一根手指，随随便便地把她推到一半的那个棺材盖掀了出去。

浑蛋，你刚才干吗去了，看别人推棺材盖好玩是不是？不知道为什么，廖停雁在这一刻非常想骂他，可是同时又想起在回忆里看到的那个被亲妈掐得像棵小青菜一样的娃娃，一腔怒火就被扑哧扑哧的小水枪浇灭了。算了，她不想骂他了。

司马焦觑到她的脸色："你是不是想骂我？"

真话 buff，开启！

廖停雁身不由己地回答："是。"

司马焦的眼神很是变态，他说："你骂一句来听听？"

"大浑蛋！大浑蛋！听到了吗？"廖停雁还活着，但她的眼神已经死了。她感觉这个好不容易推开的棺材盖可能要重新盖回来，大概这回她真的要入土为安了吧。

然而，她注定搞不懂神经病的脑回路，那个被她骂了的祖宗突然大笑起来——不是那种"等我笑完就杀你"的笑，而是"这真的太好笑了"的真笑。他靠在棺材旁边，笑得整个棺材都在抖。

廖停雁：还好吗？气傻了吗，兄弟？

就在她躺尸的时候，笑够了的司马焦一抬手将她抱了出来。

她刚才躺的地方确实是个棺材，还是个看上去特别华丽的棺材。这里好像还是在中心塔，只是不知道在第几层。周围燃烧着明亮又造型奇异的龙形烛火，厚重的棺材就在中心，她还看到了前方的墙壁上雕刻着伏羲女娲图。

司马焦抱着她大步走了出去，大袖子带起的风把路边的那些烛火吹得摇曳不停。

廖停雁以为自己大概也就睡了一天，其实她已经躺了半个月。出了中心塔的门，她发现外面的废墟已经全部消失，只剩下一望无际的平地，曾经那个空荡荡的迷宫般的建筑群几乎消失了，只剩下一座半塌的中心塔。

廖停雁：一觉醒来发现天翻地覆。

大黑蛇等在外面，见他们出来了，就扭动着硕大的身躯凑过来。司马焦抬脚踩着它的尾巴走上去：“走。”

廖停雁：不是，走哪儿去哇，我怎么跟不上思路了？

她连自己被司马焦抱着都没心思管了，扭头瞧了一眼中心塔和那下面的一圈摇曳的日月幽昙：“师祖，我们去哪儿？”

司马焦心情不错。“当然是出去，我在这里待够了。”他抱着愣住的廖停雁说，“你怕什么？我要是想杀你，在哪里你都会死，要是不想杀你，就是死了也会让你活过来。哦，那朵花的毒已经给你解掉了。”

廖停雁问：“那是一朵有毒的花？”

司马焦说：“不然你为什么会躺在那里大半个月。”

廖停雁不太相信，不是不相信自己躺了那么久，而是不相信那朵花是毒花。按照司马焦说的，恶人开毒花，善人开灵花，她摘的那朵好像是司马焦妈妈的骨珠长出来的灵花，他妈妈怎么看也不算个恶人哪，那姑娘没杀过一个人，能称一句天真善良。

“那真是毒花？你不是说恶人才开毒花？”廖停雁想不通。

司马焦嗤笑一声：“我骗你的，你竟然连这都信。一个人怎可能非黑即白，区区一朵花就能定善恶吗？”

廖停雁觉得他好像很好说话的样子，忍不住追问:“那是怎么样？”

司马焦还真给了她解释：“死前心情平静愉悦，骨珠结灵花；死前怨恨痛苦，结毒花。”

廖停雁想到那个溢满了鲜血的池子和全身染血、奄奄一息、被火焰吞没的司马萼，顿时沉默了。老实说，那姑娘死前的痛苦也给她感染了一点点，所以廖停雁现在还觉得脑壳疼。

“怎么？听你的语气，你看到那朵花的前身是谁了？”司马焦随意地问。

他似乎并不知道那朵花是他母亲的骨珠结出来的，廖停雁若有所思。他当时站着的那片花丛，是从前有个妹子想摘花却被他摘了脑袋的那片花丛。他站在那儿，她还以为他知道那里有他母亲骨珠开的花呢。

既然他不问，廖停雁也没说，只避开这事儿：“不是说毒花无药可解吗？”

“不是还有可解任何毒的花吗？”司马焦理所当然地说。

廖停雁心想：原来不是矛盾之争，是消消乐。

当初，司马焦看着倒下去的廖停雁，蹲在旁边思考半晌，还是决定救她，于是在那里摘了花自己试。他不怕那些花，因为那花对司马氏族人无效。别人分不出是药是毒，但他有灵山之火，尝尝那花是什么味道就知道了。苦的是灵药，甜的是毒药，他随便找个苦的给人喂下去就行了。只是他没想到，她会沉睡半个月之久。

因为这半个月里，又有人来三圣山，司马焦跟人打起来，把所有建筑都打得灰飞烟灭了，不好让廖停雁躺在原地，就把她放到中心塔底那棺材里去了。他以前就在那里睡过几百年，那里算是他放东西的地方。

廖停雁虽然不知道司马焦做了些什么，但也知道这回是他救了自己，有些感激……不对，她感激什么呀，中毒不也是他害的吗？垃圾！这个垃圾！

她抚了抚胸口，发觉不对。她的胸怎么好像比从前大了两个号？现在这种沉甸甸的感觉真的好充实，难怪她躺着会觉得被压得胸闷。

她很久没说话，表情沉沉，司马焦的表情也沉了下来，他有些烦躁地问：“你在想什么？”

廖停雁说：“我的胸好像突然长大了？”腿好像也变长了，手上的皮肤似乎也更加莹白透亮，就像开了美颜滤镜一样。

司马焦说：“胸？”他第一次正眼看了一下廖停雁的胸。

廖停雁低头盯着自己的胸蠢蠢欲动，想着是不是摸一下，不过顾及自己现在被个男人抱着，就不太好意思上手。她正强忍着，司马焦就满脸冷淡地一手搂着她的腰，一手伸过来非常自然地摸了一把。

廖停雁：你的手在干吗？你摸哪里？

司马焦说："不就是两团肉，长这么大有什么用？"

看到他脸上的嫌弃和不以为然的表情，廖停雁朝他露出一个假笑："您把手放下去再说这话吧。"

廖停雁的求生欲是很强的，同时，她对危险也很敏感。所以每次看到司马焦这个师祖，她都是㞞的，尽量少说话，把对方当祖宗，注意使用礼貌用语。但是现在，当这祖宗像掂量猪肉一样掂着她的胸时，她的理智瞬间下线，恶向胆边生，她垂手摸到司马焦的屁股就捏了一下。

司马焦："……"

老虎的屁股不能摸。廖停雁看着对方的表情，忽然想到了这句话。她慢慢地放开了自己的手，感觉刚才见底的求生欲开始回满，于是她的表情从愤怒变成平静，又变成迷茫中带着一点儿㞞。她靠在司马焦怀里，乖巧地抱着自己胡来的左手，扭头望向天边翻涌的云雾。

我看着苍天，我看着大地，就是不看你。

廖停雁在等这坏脾气的祖宗把自己反手丢下行驶中的蛇车，还想了下跳车注意事项，但她等了好一会儿都没等到。她斜着眼睛偷瞄了一眼，视线撞上了司马焦的眼睛。他的眼睛很冷，目光凉飕飕的，刺得人脑子疼。他这人满身阴郁面色暴躁的时候令人害怕，变态地笑起来的时候令人害怕，这样面无表情的时候还是令人害怕。

廖停雁：哎呀，我怎么就管不住我这手呢？

司马焦握住了她那只捏过他屁股的手，她的手腕纤细白皙，在他白得过分的手中，仿佛一折就断。他的动作很亲昵，宽大的手掌裹着她的手，纤长的手指慢慢地抚摸她的手腕，稍稍用力——

廖停雁用自己突然变长的大长腿发誓，这个祖宗现在是准备捏断她的手腕给她一个教训。情况紧急，廖停雁的行动比脑子更快，她下意识地顺着司马焦的动作一把拽住他的手，坚定地把他的手按在了自己的胸上："冷静，您请摸胸，随便摸。"

她猜对了。司马焦这个变态，心情说变就变，别人动了他一根手指他都想杀人，更别说被人捏屁股。他最开始简直都惊住了，毕竟这世界上有敢杀他的人，却没有敢摸他屁股的人。他反应过来后，唯一的念头就是给她一个教训——这还是在他对这个人没有厌恶感，甚至还有些兴趣的前提下。死罪可免，活罪难逃。

可他没想到她会来这一出。他想要用力的手突然被按在软绵绵的地方，他就像是捏了一团棉花，被完全卸了力。

廖停雁按着他的手，神情正直。她像个推销员，完全不把胸当成自己的："您试试，手感特别好。"又香又软的小姐姐的大胸，谁会不喜欢呢？男人女人都喜欢，连猫这种傲慢的生物都喜欢，猫踩奶的时候，简直不要太开心。这要折服区区一个杀人狂，完全没问题。

司马焦做什么事儿都只因为心里突生的冲动。大约是因为他的血缘亲人都是疯子，他自己也是个疯子，易怒且嗜杀，当他感觉到不愉快，他就会想要一个发泄的渠道，这个渠道自然是杀人。谁让他不愉快，他就想杀谁。

面前这个人很特别，她在他手底下死里逃生很多次了。能让他接二连三打消杀心的也就这么一个，其他人往往是在他第一次出现杀心的时候就原地去世了，可是她莫名其妙地让他一次次平息心中的躁怒和杀意，就像现在，刚才那股要捏碎她手腕的冲动没有了。既然冲动没有了，他也就恢复了冷静。

"呼——"廖停雁冷汗涔涔，发现自己还紧紧地按着祖宗那凉飕飕的手，连忙缓缓地撤退。她撤到一半，司马焦反手握住了她的手。她本来是靠在司马焦怀里的，被他用一只手圈抱着，现在另一只手又被他握住，就显得非常不端庄，两人成了个狗男女光天化日之下秀恩爱的姿势。虽然廖停雁自觉自己只是个挂件，但在别人眼里就不是这样的了。

就在廖停雁和司马焦解决了一个因为胸而差点儿引发的血案时，大黑蛇司机已经把车开到了山下，出了三圣山地界。一身黑袍的师祖抱着个红颜祸水气质的妖艳女人，脚踩一条狰狞的大黑蛇，俨然一幅即将兴风作浪的出场画面，这配置活脱脱就是反派大魔王与宠姬和走狗。一般来说，他们分别是冷酷残忍的大魔头和恶毒的做作女人以及助纣为虐的大狗腿黑蛇，显然，掌门身后的很多人是这么想的。

在廖停雁掉线期间，庚辰仙府里到处都在议论这个出关的师祖。

大部分年轻的弟子没见过他。再美好的幻想在听说这祖宗一次又一次毫不顾忌地杀人之后也会变化的，他们对他从最开始的憧憬变成现在的畏惧，还有不少人私底下愤怒地咒骂他，说他肯定是个入魔的魔头。要不是他辈分太高，估计早就有一堆人要来清理门户。

而知道内幕的人则各有心思。最开始是想杀或控制司马焦的人居多，这些人搞不清状况，还带着两拨人去三圣山送了菜，全没能回来。最后还是掌门师千缕力排众议，压下了其他的声音，恭恭敬敬地把司马焦这个大祖宗请下山。反正师千缕的宗旨就是，随便司马焦怎么闹，就算司马焦杀师家的人也无所谓。

掌门师千缕觉得，司马焦还给自己一点点面子，或许是因为自己的师父当初也是三圣山中负责照顾司马焦的人之一，曾经阻止了司马焦的亲生母亲，没让她杀死司马焦。但师千缕和司马焦之间就这么一点儿情谊，浅薄又靠不住，师千缕只能小心谨慎地照顾着，避免让司马焦发狂杀人——要杀人也行，至少少杀点儿辈分高的精英弟子。

司马焦乘着蛇，抱着美人，从三圣山里出来，谁都没理会，被掌门小心地送进了白鹿崖，暂居其中。这白鹿崖是庚辰仙府内除了三圣山外灵气最旺盛的地方，其中有一处漂亮的景致，名为白鹿云崖，是一个观星的好去处。此处的宫殿建筑大气精致，最中间那一座重阁尤其气派。

廖停雁见了，脑子里瞬间就冒出《滕王阁序》，什么飞阁流丹，什么桂殿兰宫，反正她是从没见过这么好看的地方。虽说三圣山也气派，但那都荒废很久了，哪像这里，花木扶疏，生机勃勃。山间云鹤翩飞，山道上竟然还有通体雪白的白鹿群，这里简直是仙境，绝对是超棒的度假胜地。

“喜欢这里？”司马焦突然问。

廖停雁说：“喜欢！”

掌门与几个特地挑选出来的弟子陪在一边，面上带笑，心说：果然，师祖是瞧上了这个女弟子。听着这平静的声音与和谐的谈话，掌门大感放心。能和司马焦正常对话的人是多么难得呀，掌门觉得自己的思路是对的。

“师叔与这位……夫人，尽可在这里住下。一切事物都已经准备妥当，若有需求，只管吩咐，弟子们定会满足师叔一应需求。”掌门很是体贴周到。

廖停雁：夫人？

司马焦却没在意这个称呼，不耐烦地挥了挥手打发他：“滚吧。”

看着这个在司马焦面前很是恭敬的掌门，廖停雁想起之前自己第一次见到掌门的样子。那时，掌门高高在上，通身大佬气派，现在，倒活像个大内总管，而司马焦就是个暴君，脾气奇差，仿佛时刻都在忍耐什么，听到人说话都觉得很烦，直接把人赶走了。

她只多看了两眼掌门的背影，就被司马焦发现了。他盯着她扯了扯唇角，像是看穿了她在想什么，似笑非笑地说：“可怜师千缕那老东西？不要以为他态度好，就真把他当作个好人，他……呵，可是这庚辰仙府里最‘有趣’的人了。”

廖停雁觉得司马焦这话中有深意，但他没有多说，只冷笑着往宫殿里走去。宫殿里有伺候的，但并不是人，而是傀儡——没有情绪，只会听从命令伺候人的傀儡。廖停雁跟上去，发现司马焦进了正殿，他找了个地方坐下，一脸冷漠地望着窗外，完全没有要理会她的意思。

廖停雁大喜，见他没有要把自己当挂件随身携带，连忙溜进偏殿找到给自己准备的房间，先拿出镜子照了照自己现在的样子。这一看，她的求生欲达到了有史以来的最高点。

这是怎样的一个仙子呀，这具身体以前就很漂亮了，现在更是脱胎换骨。美成这样，她只是这么看着都快要自恋了。廖停雁摸着自己的大胸和翘臀，觉得为了这具身体，自己还能再活一百年。试问哪个妹子不想变成大美人，尝试一下这样早上起来照照镜子就能兴奋的快感呢?

同时，廖停雁想起刚才司马焦的种种表现，觉得这人不是性功能不行，就是性向与众不同，面对这样的大美人，他竟然没有半点儿沉迷女色的意思。搞什么？她一个女人都快沉迷了！

人长得这么漂亮，就应该换一条更漂亮的裙子，梳个美美的发髻。廖停雁发现站在角落的傀儡人特别智能，她就嘀咕了一句没好看的衣服，它就默默地送来了很多套裙子。

这是真正的仙裙，也不知道是什么材质做的，轻盈得像云一样，穿在身上毫无束缚感，还显得人飘逸如仙。这样的裙子有各种颜色和各种样式，有很多很多套。各色首饰、配饰、鞋子等也源源不断地送进来，摆满了她的屋子。这是什么神仙日子！廖停雁瞬间忘记那个难搞的祖宗，开始了快乐的换装游戏。她玩真人换装游戏玩得兴致勃勃，忘却一切凡尘俗事。

她正准备试一套红色的纱裙，刚脱了衣服，还没把裙子往身上套，门就被人踹开了。

那个刚才还一副不想理会别人、想要自闭的样子的司马焦非常暴躁地走进来，冷着脸问："你在干什么，谁让你到处乱跑的？"

廖停雁下意识地遮了一下身体，可是看到司马焦那表情，她又觉得，遮什么，这人好像对女人没意思，简直像没看到她这美妙的前凸后翘。不仅如此，他还烦躁地抬脚踢飞了旁边漂亮的衣服和首饰："跟我走。"

廖停雁一边翻白眼，一边默默地把那身红纱裙穿上。

"您要去哪儿？"

司马焦冷冷一笑："我不是说了，待我出来，所有人都要死，现在当然是去杀人。"

廖停雁：打扰了，告辞。

司马焦瞧着她的神色，问她："你不想去？"

廖停雁暗骂一句，又开真话buff。但她嘴里已经不由自主地说："不想去。"

司马焦面色一沉："不去就先杀了你。"

廖停雁说："我好了，现在就走。"

司马焦好像被她噎了一下，又用那种复杂的眼神看她："为什么不想去？"

廖停雁说："怕看到死人。"

如果没开真话buff，司马焦是不会相信的，一个魔域的人，会怕死人？魔域的死人可比活人多多了。魔域的人只有比修士更残忍，她这样的人怎么能当奸细？

他古怪地问："你该不会没杀过人？"

廖停雁说："没杀过。"

司马焦真的沉默了。他现在是真的不太懂魔域的人是想怎么样，送这样的人过来，他们是真的想搞庚辰仙府的吗？庚辰仙府里这些人自己搞自己都比他们魔域的人要认真。

廖停雁不知道司马焦为什么刚才下三圣山的时候不直接动手杀，反而被人请到这豪宅里休息了，他又突然心血来潮地要带挂件出门搞事情。但她想：这样脑子不太清楚的老祖宗，他的想法岂是她这种智商平平的凡人可以理解的，所以她当即老实地穿上漂亮裙子跟他出门。

她开始庆幸自己没有吃饱，不然万一等下看到什么画面当场吐出来，怕是要被司马焦顺手弄死。庆幸完她又觉得不太好，因为她的修为还在可怜的炼气期，她是没有辟谷的。在三圣山上的日子，她全靠带过去的灵植等一些有灵气的食物填饱肚子。吃那些虽然比吃一般的食物要更容易饱，但是她也好久没正正经经地吃过一顿饭了。

坐在黑蛇大车上，被司马焦带着往其他地方走的时候，廖停雁开始觉得饿了。饿的人是这样的，没注意到的时候就没什么，注意到了就开始难受，要是这个时候闻到了饭菜香味，那就更加难受了。现在的廖停雁就是这样。他们刚下了白鹿崖，路过旁边一片繁花林，她就闻到了食物的香味。那肉味可太香了，廖停雁好久没吃肉，嘴里都淡得不行了，这下口水一下子就流了下来。

大概是她咽口水的声音太大，旁边的司马焦看了她好几眼，看到她装模作样地按了按嘴角。

他屈指敲了敲蛇头："去那边。"他指了指香味传来的方向。

廖停雁试着开口问他："师祖，咱们这是去哪儿？"

司马焦说："杀人哪。"

廖停雁说："呃，就这么去，然后直接杀？"

司马焦说："不然呢？"

那您可真是做事干脆的杀人狂。廖停雁心里哀叹一声。

过了繁花丛，一片瀑布下的石潭边，仙二代正在办风雅派对。那里摆放了许多美味佳肴，坐了几十个衣袂飘飘、容貌出众的年轻人。他们正在纵情享乐。他们显然都是地位很高的弟子，因为这里灵气充足，景致优美，饭菜食物也很讲究，每个人都高贵优雅，还有弟子弹琴助兴。

突然冒出来的大黑蛇、司马焦以及廖停雁和这里格格不入。

廖停雁是没干过这种随便闯入人家宴会的事儿的，但师祖做这种烧杀抢掠的坏事儿那叫一个得心应手，毫无心理压力。

他们一出现，就有一个坐在末席的弟子皱眉叱骂："你们是哪一宫的弟子？怎么敢这样随意闯入天师兄的花宴？还不快滚出去！"

廖停雁抽了一口凉气，差点儿想捂住自己的眼睛。祖宗本来就是杀人来了，现在这么个不怕死的上来就用这种轻蔑的眼神和不耐烦的语气对他说话，这不是老寿星上吊——嫌命长吗？她以为三秒钟之内就会看到那个说话的弟子炸成一朵血花，然而并没有。

她身边的司马焦抬脚下了大蛇“车”，看着周围的东西，仿佛没有听见那弟子的话一般。廖停雁看着他踩在那些铺满地面的彩缎上，他随手拿起旁边一个饮宴弟子桌案上的酒壶瞧了瞧，还闻了闻。大概不喜欢那味道，他随手就把它丢了，酒液在华美的彩缎上晕出一片痕迹。他的动作太自然了，态度也非常傲慢，全然没把这些人看在眼中。

最开始说话的那个弟子怒气冲冲地站起来：“你……”

他才说了一个字，司马焦就出现在了他的身前，抬手一把掐住他的脖子，拖着他往潭边去，然后在众目睽睽之下将他的脑袋踩进了水里。这下子同时有好几人站了起来，大部分面带怒意，其中那个坐在首位的帅哥最急，廖停雁看见他好像还被绊了一下。只有他脸上的神情与其他人不同，不是愤怒，而是惶恐与畏惧。

这种神情廖停雁很熟悉，这位大概是见过师祖的，之所以刚才愣了一会儿，可能是因为不敢认。司马焦是什么身份？掌门在他面前都是那个样子，更别说其他人。有些弟子就算私底下敢抱怨他，当面见到了，也是㞞得不行。

这会儿知道司马焦长什么样子的人不是很多，能认出司马焦的人基本上有点儿身份，而这里认出司马焦的就那一个人。那位往前急走几步，但到了司马焦三米范围内脚步就沉重了起来。他不太敢继续上前，直接往前一扑，行了一个标准的大礼，低着头喊：“慈藏道君。”

这一下子炸得宴会上所有人都傻掉了。大约三秒钟，他们跪了一地。所有人都很慌张，被司马焦踩在水潭里用力挣扎的那家伙尤其慌张，像是被雷劈了一下，僵在那里一动不敢动。修仙人士当然不可能被按在水里就这么普通地淹死，他是吓的。

司马焦见他不挣扎了，说了句：“继续挣扎呀。”

那弟子动作僵硬，慢慢地试着挣扎起来，像一只大乌龟。

廖停雁一个没忍住，扑哧笑了一声。现场安静得连风声都消失了，廖停雁这一笑特别明显。司马焦扭头看她，她还没来得及控制表情，就见司马焦忽然也笑了一下。司马焦放开了那弟子的后脖子，任那弟子趴在水里装死。也没管其他人，司马焦自己走到主位上，直接坐在了那张桌案上，朝廖停雁招手：“过来。”廖停雁过去，听到那个说要出门杀人的祖宗对她说：“想吃什么就吃吧。”

刚才你不是说要来杀人？廖停雁一时没反应过来。这祖宗莫非是听到她刚才咽口水，知道她饿了，才特地带她过来吃东西的？不……不会吧，他在她这里的人设可是没有这么体贴细心的！

司马焦也不管她怎么想，说完这句话，就拿了桌上一串红彤彤的灵果，摘了一颗，在手里捏碎。红色的汁水四溢，染红了他的手指。他就那么坐在那里，没什么表情，一颗一颗地捏果子玩，也不理会其他人。

廖停雁莫名觉得他捏果子的姿势和捏别人脑袋的动作特别像。

其他人跪着，冷汗涔涔，廖停雁坐在一边，开始啃肉。不知道这是什么动物的肉，做得特别爽口，咬在嘴里，那股肉汁迸发出来，鲜美的味道瞬间就抚平了廖停雁的紧张心情。她从来没吃过这么好吃的肉，甚至开始叹惜这里没有饭。

她已经开吃了，大黑蛇爬过来，在旁边用脑袋撞了撞她的手。廖停雁还记得他们三个相依为命、没吃没喝的日子，取了个大盆放着，拿过那几个壶，一一给大黑蛇闻味道，让它自己选。毕竟这里的饮品怎么看都比她喝的竹液要好，难得老板带两个员工来加餐，他俩当然得吃好的。大黑蛇选了其中一个，廖停雁咕咚咕咚地给它倒了一大盆，让它自己喝去。

她做这事儿的时候，司马焦扭头瞧了她一眼。廖停雁总是不知道这祖宗的眼神究竟是什么意思，她又没有读心术，只能当作没看到，自己吃自己的。

她是把这个当自助餐吃了，吃得很开心。大黑蛇显然也很开心，尾巴甩来甩去，大概频率太大，惹着祖宗了，司马焦丢了个果子砸在大黑蛇尾巴上，大黑蛇立马僵直了尾巴。

廖停雁心说：还好自己吃东西不吧唧嘴，不然吵到祖宗，肯定也会被丢。

她吃点儿肉，吃点儿菜，喝点儿果汁，最后吃点儿餐后水果。司马焦捏完了最后一颗果子，用身边的一壶云茶洗了洗手，站起来。大黑蛇再次载上他和廖停雁，开开心心地离开这里，转而去司马焦一开始要去的地方。

他们走了很久，场上仍然没动静。那位身份最高的天师兄猛然跳起来，脸色非常复杂。其他人也站起来，面面相觑。

“那真的是慈藏道君……师祖？”有人声音低弱地问。

“他方才没杀人，不是说……”

“好了，可别说这个了，吴师弟没事儿吧？”

脑袋浸在水潭里的吴师弟满脸是水，爬起来，颤抖着看向天师兄：“天师兄，师祖……”

天师兄一句话都没说就脚步匆匆地走了。他现在要去见自家爷爷，赶紧把这事儿告诉他，哪里还顾得上这些来赴宴的师弟师妹。

掌门那边也收到了司马焦离开白鹿崖的消息，立刻警惕起来。司马焦这个人的心思难以捉摸，谁都不知道他会做出什么。掌门倒是想派人跟着司马焦，好时刻知道他的动向，可司马焦这人根本不可能容忍他人的窥探，掌门就只能让人多注意，消息难免就会滞后一些。

在赶往灵岩山台的路上，掌门听天无垠说起之前司马焦突然闯进他的花宴的事儿。

“弟子当时看得清楚，慈藏道君对那女弟子确实宠爱有加。他根本未曾理会我们这些弟子，只等那女子吃完就离开了。”天无垠道，“听爷爷说过，那慈藏道君被困多年，对我们八大宫多有怨恨，此前踏足三圣山的前辈长老都丢了性命，可这回看来，他却没有那么嗜杀。

在场之人，哪怕最开始对他出言不逊的，也未曾出事。”

掌门微笑，意味深长地说：“这个司马氏的最后一人，连我都未曾摸透他的底细。他的想法更是无人知晓。”

司马焦到了灵岩山台。这里是庚辰仙府的中心山脉里最大的一处武斗台，大多时候是掌门一脉与八大宫各脉的精英弟子在这里切磋比试。因为地方大，这里容纳了几千人后仍显开阔。司马焦一出场，原本热闹的灵岩山台就变成一片寂静。

廖停雁发现了，祖宗到哪里，哪里就是一片死寂。他的恶名早就传出去了，看他把这些弟子吓得，个个面色煞白。廖停雁一看就明白了，祖宗估计是要搞一回大的，把下一代的有生力量全部收割，这可太狠了。不知道他是准备一个个来，还是一群群来，她有点儿后悔自己刚才吃那么多。

司马焦随意坐在高高的台阶上，指了两个弟子：“你们二人，哪一脉的？”

两名弟子走出来，大约也是有些能力的，回过神来，好歹是保住了风度，不卑不亢地报了脉系、出身与姓名。

司马焦说：“你们上台去，来一场生死斗。”

那两名弟子对视一眼，脸色都有些难看。他们隶属不同的宫，但两宫关系并不差，让他们生死斗，哪一个出了事儿都不好交代。可既然司马焦这个师祖说了，他们这些小辈总不能忤逆——主要是他们也打不过上头那师祖，两人只好上了台。他们想着拖延一下时间，等到上头能主事的长辈来了，或许事情还有转机。他们打了一会儿，都没有动真格。

司马焦早就料到，但并未生气，只是又说了一句：“一炷香内分出胜负，若是平局，你二人都要死。”

廖停雁觉得他好像不是来杀人的，而是看戏来了。

场上数千精英弟子，哪个不是庚辰仙府内大家族的子弟？他们从一出生就比普通人拥有更好的资质和更多的资源。这些起点比别人高的人生赢家，哪一位出去不是外面那些小门派不能高攀的人物？他们信手一挥，就能断掉无数人的生命。然而今日，在慈藏道君面前，他们也成了蝼蚁，仿佛身份调换一般。

司马焦只随意地坐在玉阶之上，瞧着就像一个略阴沉的年轻人，可是经过之前无数次血的教训，没人敢不把他当一回事儿。越是有能力、有心计、有身份的人，就越不敢光明正大地得罪他，因为他们比一般的弟子知晓更多秘事，于是就对司马焦更加畏惧。

台上两个本来打得收敛的弟子，听到司马焦这句话，心里都盘算起来。他们知道这个慈藏道君杀人随意，并不像其他大能那般在意派系与他们的价值。司马焦不顾忌那些，他只是个强大的疯子，所以他说要杀，就是真的要杀。

其中一人的眼神变了，这人看向对面的弟子，再次出招后，已然带上了杀气。这人想得清楚，知道一会儿就算是家中长辈来了，也不可能阻止这场相杀。毕竟他家中的一位长辈之前可是在三圣山被杀了，慈藏道君不还是好端端地坐在这里。这人一改招，对面那弟子也察觉了。两方虽说有点儿面子情，可那也比不上自己的性命。一时间，两人就认真地打了起来，杀招频出。这两人修为不错，显然都是被好好栽培过的，如今生死相搏，场面堪称精彩。围观的众弟子都忍不住细看，而这场比斗的发起人司马焦，却坐在上面无动于衷，又在人群里选着下一场比试的人。

廖停雁坐在司马焦身旁，大黑蛇围在他们两个旁边，他俩都对这打来打去的事儿没什么兴趣。廖停雁一直不爱看武打片，更不想看死人。太阳有点儿大，她学着司马焦的样子往后靠在大黑蛇冰凉的鳞片上，觉得舒服了不少。她扭头看着远处飞在山头上的鹤群，数着那些飞来飞去的鹤打发时间。

掌门和其他人赶到灵岩山台时，胜负刚分，一人重伤，一人死亡。

来的不只是掌门，八大宫的宫主都来了，消息灵通的大小家族的人也都到了。这些平时从不轻易出来的大佬结伴赶过来，都是怕司马焦突然发疯，把这一堆精英苗子全给薅了。

“慈藏道君。”众人对司马焦行礼。几位宫主面上看不出喜怒，只有因家中死了优秀弟子实在心疼的会露出一点儿怨愤来，却也不敢表现得太明显。

掌门是一贯的好态度，上前说：“师祖，怎么有兴致来看这些年轻弟子的比试？”

司马焦靠在自己的黑蛇身上，看着这一群衣冠楚楚、仙气飘飘的人：“无聊得慌，刚才才看了一场，继续吧，再选两人出来，仍然是死斗。”

掌门有这样的定力，有些人可就没有了。家中子弟多了，难免有最疼爱的，哪舍得让人在这里轻易折了。当下就有脉主硬着头皮出来劝：“慈藏道君，不过是比试，不如将死斗改一改……”

司马焦说：“可我就想看到人死。”

他一一看过所有人的面色，忽然说：“我曾听闻，许多年前，仙府内弟子时常死斗，在生死之间提升自己，因此那时人才辈出。今日看来，我们庚辰仙府已是没落了。”他说到这儿，话音一转，“今日在场的弟子，若有一人能赢二十场死斗，可得一片奉山血凝花花瓣。”

廖停雁知道，这花一片花瓣可增千年修为，但她知道的仍不是全部。这花的神奇之处在于不管服用者资质如何都能直接增加修为，且资质越差效果越好。若是有人修为在炼气期，甚至能一下子直接冲到元婴，其中筑基、结丹两道难关能全部无视，连雷劫都免了。而若是修为高深，这一千年修为或能直接让人度过瓶颈，并且绝无后遗症。还有，若是年纪已经到了，修为却在临界点无法增长，用了这花，陡然多出千年修为，万一恰好渡过这一关，到达下一境界，便等于多了一条命。

司马焦这话一出，连掌门脉主带底下不少弟子都安静了。每个人的神情在司马焦这里都清清楚楚，他那过分敏锐的感知令他此刻宛如站在一片贪婪的海洋里，几乎要窒息。廖停雁本来在一旁当花瓶，忽然被司马焦拉了过去。她看了一眼司马焦皱起的眉和烦躁的神情，哪怕被他埋在背上吸了一口，也没敢动。

您这是吸猫呢？廖停雁心想：今日我这绝色宠姬的名头算是被安排明白了。

司马焦缓了缓，再开口时已经阴沉了很多："开始吧。"

这一回没人阻拦了，也有弟子主动站了出来。二十场死斗，杀二十个人，这并不算难，毕竟大家在一起，难免有厉害的和不那么厉害的，难的是处理那些人背后的脉系势力纠葛。要杀哪些人才能最大限度地减少麻烦，这才是所有人都在考虑的事情。让他们平白无故得罪人他们不愿意，可利益当前，还是无法拒绝的利益，又有多少人能不动摇。事情发展到现在，已经不是司马焦一个人的事儿，而是那一群逐利者的取舍。在他们看来，没有谁是不能舍弃的，如果不能舍弃，只是因为利益不够动人。

这一日，死在这里的弟子有上百人，司马焦漠然地看他们厮杀，直到日薄西山才回白鹿崖。

廖停雁跟在司马焦身后，看着他修长的背影和漆黑的头发问："师祖，明日可还要去？"

"怎么，你又不想去？"司马焦淡淡道。

廖停雁说："如果明日还要去，我就准备伞和垫子了。"活活晒了一天，要不是天生丽质，这皮肤立刻就得黑一个度。她还在台阶上坐了一天，他以为她屁股不会痛吗？

司马焦的脚步一顿，他扭头看她，忽然疯狂大笑。

又来了，老板又发疯了。

"你不是怕死人吗，现在不怕了？"司马焦问。

难得跟他讲话时没有真话 buff，廖停雁斟酌着回答："怕是怕的，所以今天我都没往他们打架那边看。"她一会儿扭头到左边看山和鸟，一会儿扭头到右边看一群大佬，做了一下午的颈椎操。

“哦，那倒是委屈你了。”司马焦说。

廖停雁听不太出来他这话是不是反话，按照他这个不会说话的性格，她猜这应该是反讽。见他的心情似乎比较平和，廖停雁就忍不住问他：“今日那些红莲花瓣，他们似乎很想要，可是您不是说需要有您的血才能用吗？”

“不是我的血，是奉山一族的血。”司马焦走在山间，袖子拂过旁边的花树，落了一地的粉色花瓣。

“我不是说过？司马氏的人死后尸体留不下来，只有一颗骨珠。那些尸体之所以留不下来，是因为司马氏的人的血肉都是灵药，会被庚辰仙府里的这些家族分割。虽然现在只剩我一个，但司马氏以前还是有些人的。他们多年积累，手中当然留存着一些能用的血肉。”

廖停雁猝不及防地听到这种真相，有点儿恶心，干呕了一声。

司马焦又被她的反应逗笑了，随手折了旁边一朵花，扫了一下她的脸：“这就受不了了，不过吃人而已。这世间，何处不是人吃人？”看廖停雁的表情，感受到她的情绪，司马焦越发觉得这个魔域奸细真的奇怪。她瞧着比他们这些人正派多了，她真的是魔域之人？

司马焦迟疑地说：“你真是个魔域……”他语带怀疑。

魔芋？什么玩意儿，骂我魔芋，你又算哪块小饼干！廖停雁在心里骂了他几句。

“算了。”司马焦本想问，转念又想，管她是哪里的。

回到白鹿崖，廖停雁在自己房间里躺了一会儿，瞅着差不多快到晚上了，试着对傀儡人提了想吃晚餐的要求。不过片刻，她就在窗户边上瞧见了衔着饭盒飞过来的漂亮大仙鹤。

太厉害了，你们修仙人士配送晚餐的送餐员居然是仙鹤，不仅颜值高，还飞得超快呀。

饭盒瞧着不大，但内里空间很大，装满了各色吃食。廖停雁感觉自己像个老佛爷，一动不动地坐在那儿，傀儡人给她把吃的、喝的端出来，在面前一一摆放好。因为是在外面吃的，还有傀儡人送来了漂亮的琉璃明灯，衬着旁边的花树，氛围一绝。

老板司马焦神出鬼没，又不知道跑到哪里去了，廖停雁吃独食，感觉非常好。所有的东西都很好吃，灵气充足，不仅管饱、解馋，她还能感觉到身体里的灵力飞涨。那种经验条噌噌地往上升的感觉真的太爽了。她开吃没多久，大黑蛇不知道从哪儿溜了出来，又拿脑袋拱她的手。廖停雁非常有同事爱地给大黑蛇倒好喝的果汁，一人一蛇大快朵颐。

吃饱后，廖停雁散步消食。整个白鹿崖只有她和司马焦两个人，伺候他们的都是傀儡人。她一个人在黑夜里走来走去，说实话，还有点儿害怕，于是她拉着大黑蛇做伴。大黑蛇有奶就是娘，被廖停雁喂了一段时间，也会甩着尾巴跟在她身后了，一度让廖停雁怀疑自己是在遛狗。

“今天的运动量差不多了，洗洗睡吧，明天又是早起工作的一天。”廖停雁很满意这个新的工作地点，因为这里吃穿不愁，竟然还有露天的池子，可以泡澡。

傀儡人带她来到泡澡的池子前，廖停雁一见就迫不及待地脱了衣服跳水里。池子很大，但是不深，她站着，水面就到她胸口。

池子四周种着垂到水面的灵木，这些灵木就像天然的围墙，密密实实地挡住了整个池子，让这里自成一方天地。这是个天然的花瓣澡池子。这些灵木花繁叶茂，红色的花瓣落在水面上。花树上挂着的几盏琉璃灯照得水面朦朦胧胧的。

廖停雁感觉心旷神怡，这才是度假的感觉呀。人生走到艰难的时候，总得学会自己调节。她现在就完全把白天那些糟心事排解掉了，一心沉浸在这美妙的景致和温柔的池水里。周围很安静，只有她一个人。洗澡的时候就适合做点儿自由自在的事情，比如唱走调的歌，使劲甩腿打水花，圈出一大片花瓣贴在自己手臂上和脸上，再比如憋一口气整个人埋进水里。

水里有个黑乎乎的人影。

“噗，咯咯！”廖停雁冒出水面用力地咳嗽。司马焦从池子里站起来，满身湿淋淋的。他捋了一把长发，露出光洁的额头，往她这边走过来。在廖停雁捂住胸的时候，他一脸冷漠地从她旁边上了岸，扭头幽幽地对她说了句：“你真的很吵。”然后他就这么走了。

孤男寡女，花瓣澡池子中，气氛旖旎，什么都没发生。

廖停雁沉思片刻，觉得自己能确定祖宗是真的性功能不行了——太好了，一下子就放心了很多。

第五章

如果根本没弄清楚身份设定，要怎么继续表演下去

司马焦离开那池子之后，回到在白鹿崖的住处。他并没有刻意处理身上的湿气，但在他行走的过程中，那些湿意就自然而然地蒸发，仿佛他身上有火焰在燃烧一般。他面色阴郁，眉头紧蹙，黑白分明的眼中有细细的血丝。

此时，原本有许多灵兽生活于其中的白鹿崖陷入了一片死寂。任何有灵性的活物都能感觉到某种压迫，下意识地保持安静，山间的白鹿伏在地上瑟瑟发抖，云峰处飞翔的白鹤落进松林里，不敢再飞，只遥望着白鹿崖中心的宫殿。

殿内，司马焦一只苍白的手掌触到由整块玉石铺就的地面，瞬间就有赤红的火焰从他掌下涌出并向四周蔓延。几乎是瞬间，那坚硬的

玉石就好似冰遇上火一般开始融化，不过片刻，玉石中央就出现了一个不小的池子。

司马焦站在池边，五指伸开，朝着窗外虚虚一抓，整座白鹿崖上的白色雾气涌动起来，倒灌进空荡荡的池中，汇聚在池中时就变成了散发寒气的池水。

司马焦仍穿着那身衣服。他踩进冰冷的池水里，将自己埋进了水底。

露天花池里泡澡的廖停雁的歌声顿了顿，她忽然觉得周围的温度好像上升了，连之前水面上白色的雾气都少了很多。空气里有种凝滞的寂静，身旁的灵花无风自动，落了很多花瓣在水面。她挠挠脸，继续泡澡、唱歌。

泡完澡，她回房间睡觉。说实话，在白鹿崖比在中心塔舒服多了，房间里各种摆设都是很漂亮的，床尤其舒服。她只对那个玫红色的床帘子有点儿意见，躺在花团锦簇、软如云端的超大的床上，再把那精致的玫红色帘子拉下来，总感觉自己非常像一个妖艳的“祸水”。

廖停雁想着大黑蛇兄弟晚上已经喝饱了，不至于半夜过来吃夜宵，所以就把门窗都关好了。谁知道，大晚上，她又迷迷糊糊地醒了，不是被大黑蛇吵醒的，是被冷醒的，就好像有谁把制冷空调的风口对着她的脑袋吹，活生生把她弄醒了。

外面在下雨，窗户大敞，门也是开着的，而她身边躺了一个人。廖停雁险些叫出声，差点儿咬住自己的舌头。因为她从手边头发的手感摸出来，这是现在掌握了她身家性命和经济命脉的老板司马焦。这祖宗也不知道什么时候过来的，就这么理所当然地躺在她床上。虽然他没脱衣服，但廖停雁总怀疑他是不是对自己有什么想法。

大半夜跑到她床上来躺着，他该不会是想睡她吧！她屏息，在黑暗里去看身边躺着的人，感觉到他身上凉飕飕的气息，觉得他好像刚从冰箱里拿出来的冻猪肉，还觉得他像个死人，心里怪害怕的。犹豫了一会儿，她悄悄地伸手过去摸了一把祖宗的手，他的手是冰凉的，而且她这么摸了一下，祖宗竟然毫无反应。她又摸了一下，他还是没反应。这下子廖停雁连头皮都凉了，她半坐起身，仔细地观察旁边的司马焦。他闭着眼睛，脸颊在黑夜里显出毫无生气的苍白，她听不到呼吸声。他该不会……死了吧？廖停雁被自己这个想法吓了一跳，马上又觉得不可能，犹豫着把手按在了他的胸口上。他有心跳，虽然很缓慢，但还是有的。还好，还好，人没有死。廖停雁放松下来，重新躺回去，捞起一旁的被子给自己盖好，闭上眼睛准备继续睡觉。

在她快睡着的时候，死人一样的司马焦忽然开口问："你就准备这么睡？"

廖停雁一个激灵清醒过来，清清嗓子，迟疑着回答："师祖……也要盖被子？"

司马焦没回答，只感觉旁边的女人拉起被子给他也盖了。她等着看他有没有其他的反应，发现他一直不说话，又一副没事儿了，自顾自接着睡的架势。

司马焦不太明白。在庚辰仙府里，没人不怕他。就是看着德高望重的掌门师千缕，对司马焦也是多半的心虚和防备，小半的师千缕自己也不愿承认的恐惧。偏偏旁边这人，看着好像害怕很多东西，但那种恐惧也流于表面，就像是凡人看到鬼怪时被吓一跳的恐惧，而不是打心底里对死亡的恐惧。她说害怕死人并非作假，可她面对他这个随手就会杀人的人，还能这么安心在他旁边入睡，真令人捉摸不透。司马焦知道自己在旁人心目中是捉摸不透的，但身旁这人在他看来同样奇怪而捉摸不透。

今夜他又觉头疼欲裂，烦躁得想杀人。整个白鹿崖只有他们两个人，所以他过来了。可他站在床边看了半晌，看她睡得人事不知，本来沸腾的杀意就莫名消散了一些。他又觉得头疼，就干脆在旁边躺下了。他还记得之前在中心塔里的时候，躺在这人身旁，他难得好好休息了一回。

他想过她醒过来后会是什么反应：或者受惊恐惧，瑟瑟发抖，再也睡不着，或者像从前那些另有心思的人一样，凑到他身边，暴露出内心龌龊的欲望。但他没想到，这家伙吓是被吓了一跳，但之后就若无其事地继续睡了，仿佛他半夜躺在她身边是一件很正常的事儿。

司马焦这个人很不讲道理，是个烦人精，毛病多。他躺在那儿不舒服了，就要起来把旁边的廖停雁摇醒。

“起来，不许睡了。”

廖停雁：祖宗，你要搞什么？睡眠不足很容易有黑眼圈的，请你体谅一下美人对自己美貌的爱护之心好吗？

她勉强打起精神应付这个突然发疯的祖宗。因为心里给他的标签是有病，所以不管他做什么，廖停雁都接受良好。这会儿她摇摇晃晃地坐起来，吸着气问这祖宗：“师祖，可是有什么问题？”

司马焦说：“你怎么还睡得着？”

廖停雁说：“啊，我为什么睡不着？”

司马焦说：“我在这里。”

廖停雁说：“其实盖了被子也不是很冷。”

廖停雁看着他的表情，后知后觉地明白了他的意思——他的意思是“老子这么一个杀人狂在旁边，你都睡得着”，而不是“我这么一个开门冰箱在旁边，你还睡得着”。但是，这又不是第一次，上回被他当抱枕一样抱着睡了一回，她有说一句什么吗？她倒是想表现一下内心的矛盾，可是睡眠质量这么好，怪她吗？

总之，这一晚上廖停雁都没能睡觉。她的修为低得几乎等于没有，比不了司马焦这个“大大大佬”。她深夜困得不行，却被迫无奈地撑着眼皮坐在床上和他互瞪。大黑蛇兄弟半夜过来准备喝夜宵，看见他们两个——主要是看见司马焦坐在床上，吓得扭头就跑，不敢再惦记夜宵加餐了。

第二天，司马焦再度前往灵岩山台。

这回廖停雁没忘记带上软垫和伞，可惜没用上，因为那里已经专门搭建了一座高台，用来给师祖以及掌门等人观战，不仅有能坐着休息的软榻，还有食物。廖停雁发现一个问题，里面的食物都是自己比较爱吃的。不过在外面吃了两餐，喜好就全部被人摸透了吗？她只愣了一下，就老实地在司马焦旁边坐下，假装自己什么都没发现。司马焦看着今日的灵岩山台，忽然扬唇笑了笑。

往日的灵岩山台都是精英弟子，今日却多了很多不明所以又异常激动的普通弟子，显然，这些都是各脉主为自家小辈准备的牺牲品。死几个人，只要死的不是他们自家宝贝子弟，又有什么关系？他们所拥有的权势让他们只要说一句话就多的是人愿意为他们牺牲。

掌门师千缕面带微笑，向司马焦问："师祖，今日可是还如昨日一般？"

司马焦说："不，今日百人死斗。"

师千缕答了声是，用余光似有若无地掠过司马焦身边坐着的廖停雁，转头吩咐："那就让弟子们开始吧。"

今日底下的弟子有不少是从小支脉来的，师千缕特地命人安排了不少清谷天弟子在其中。这是一个试探。对于司马焦容忍一个女子在身边这件事儿，师千缕心里有些疑虑和猜测。今日这个小小试探，是针对司马焦的，也是针对那个似乎并无什么异样的小弟子廖停雁的。这女子跟在这心狠手辣的司马焦身边，能冷眼旁观其他人生死，倒是不知轮到她认识之人时，她是否会出手阻止司马焦，而一旦她阻止，司马焦又会如何做。师千缕在那边脑补大戏，这边廖停雁完全没看清台上有些什么人。

她不是原本的那个廖停雁，连师父洞阳真人她也只是见过寥寥几面而已，更别说其他人。要说她稍微熟悉一点儿的，怕是只有清谷天负责迎来送往的小童和负责管理仓库饭食的小管事。原本的那个廖停雁进了清谷天之后就深居简出，很少和同门打交道，恐怕现在就是原来的廖停雁在这里，也认不出下面的那些清谷天弟子。

下面开打的时候，一晚没睡的廖停雁只觉得眼皮渐渐沉重，不知不觉间就靠在软榻上睡了过去。师千缕注意着她，时不时地看一眼，就看到她慢慢地滑坐下去，在众目睽睽之下打起了瞌睡。司马焦本就引人注意，她在司马焦身边，当然也少不了关注。见她瘫软了下去，真的睡着了，所有人的神情都有点儿奇怪。司马焦也不看底下了，拧着眉看她。他们坐着的榻不是很大，廖停雁躺着躺着，自动找到了个舒服的睡姿——她把脑袋枕在司马焦的腿上了。

以掌门为首的大佬们：枕在慈藏道君这个大魔王的腿上睡觉，她也太有勇气了吧！真是无知者无畏。

师千缕的神情一瞬间变得很微妙，他隐秘地觑着司马焦，等着看司马焦的反应——是不耐烦地把人丢下台阶，还是直接拧断脖子？看这表情，不耐烦多一点儿，以他对司马焦的了解，司马焦应该会是把她踢出去。

司马焦伸出手，把自己被廖停雁枕着的衣袖扯了出去，没理会她，任她把脑袋搁在自己大腿上，一没撒气，二没发疯。庚辰仙府的高层看得清清楚楚，心里的惊愕差点儿冲破他们端庄斯文的面孔暴露出来。

实锤了，那个难搞的师祖慈藏道君，真的迷恋上了一个女人。

场上风起云涌，人人心中都在算计。

廖停雁这一睡，虽说她自己以为没什么事儿，可实际上她已经吸引了所有人的注意力，尤其是掌门师千缕。师千缕心中暗想：此女子看似毫无心机，可恰是如此，才说明这女子城府极深。能笼络得了司马焦的女人会是这样一个天真简单的人物吗？而且她这突然睡着看似是随意而为，实际上正好躲过了下面的清谷天弟子出手，她巧妙地躲过了这场试探！这廖停雁，绝不普通。这样一个弟子，当真只是清谷天这一微末支脉中的一个小小弟子？师千缕怀疑她的身份，先前遣人查过，却没有发现什么疑点，她入选也只是运气好。此时，他再度怀疑起来，暗自传音给弟子，令人再去仔细探查。看来，他要快点儿动手笼络这女子才行，免得被人捷足先登。他绝不允许司马焦这个奉山一族的最后一人身边还有什么掌握不了的变故。

真正安排了廖停雁这个角色进入庚辰仙府的袁氏家族的袁觞，今日也在此处。袁觞的身份比师千缕低上一辈，落座的位置稍稍靠后。袁觞平日行事低调，性格孤僻，没什么人注意他。袁觞亲眼看到了慈藏道君对廖停雁的纵容，心中的狂喜简直无法言表。其实，袁觞最开始根本没觉得自己能靠这么个女人成功，但现在，连老天都在帮助他。袁觞只要想想自己终能报复仇人，毁灭这个庚辰仙府，就迫不及待地想：必须让廖停雁出来见我一趟！

白鹿崖虽说是在掌门一脉的掌握之下，但袁觞作为四时之宫的主脉里袁家家主的儿子，手中的权力也不小。虽说在掌门与师祖眼皮底下，袁觞做不了大的动作，但传个消息令她出来一见，还是可以的。

廖停雁睡了一下午，睡得差点儿落枕，都没怎么睡好。老祖宗这种凉飕飕的体质真的不适合当枕头。她嫌弃完了才开始思考为什么司马焦会愿意让她枕着他的大腿睡觉。莫非，这是为了可持续发展？白天让她养一养，晚上他好继续折磨她？这也太丧心病狂了。

这一天，司马焦的兴致不是很高，他早早就带着自己的班底离场。廖停雁高兴了。

能回去在软绵绵的大床上瘫着，谁愿意在这不仅吵吵闹闹，还有很多人围观的地方午睡？

和昨天一样，司马焦一回白鹿崖就不见了人影。廖停雁回到自己房间里，甩了鞋子直奔大床，一副刚下班累得瘫倒在床上的样子。

她是吃了再睡，还是睡了再吃？廖停雁考虑了十分钟，开始对着照顾起居的傀儡人念菜单。傀儡人扭头去给她取饭。

这回吃饭是在寝殿外面的小客厅。小客厅里摆放了云椅和插花，旁边是悬浮的琉璃灯。廖停雁靠在软绵绵的靠垫上戳悬浮的琉璃灯，傀儡人给她送上了茶。它们就像是沉默寡言但工作能力超强的专业服务人士，才不过两天，廖停雁就要被照顾成一个衣来伸手、饭来张口的废人了——但是真的好爽。

摆盘精致的饭菜端上来，每一道都散发着可口的香味和浓郁的灵气，饭菜、甜品和汤，还有……一封花笺。

花笺？廖停雁拿起粉色花笺，看向那个送餐的傀儡人："这是什么？"

傀儡人毫无反应，低头安静地站在一边，看着就像一座木雕。

廖停雁翻看了一下那花笺，觉得这颜色很不对劲儿。这么少女心的粉色，花笺上面还绘了花，带着一股子幽香，这有点儿像是情书哇。她犹豫了一下，还是放下筷子，打开花笺看了起来。

"今夜子时，白鹿崖下，蓝盈花旁，不见不散。"

花笺里一共写了十六个字，廖停雁左看右看，怎么看都觉得这字里行间充满了暧昧的气息。这难道是这具身体的原主的情人？不然这人为什么大半夜偷偷约她出去，还"蓝盈花旁"，这不就是花前月下吗？廖停雁越想越觉得是这样，满头的冷汗都下来了，这下子怎么搞？她又不是原来那个人，总不能替那个人去赴会吧。

她拿在手里的花笺被风一吹，忽然散落成几片粉色花瓣，从指缝里落到地上。廖停雁沉默片刻，捡起花瓣丢出窗外，假装无事发生过，拿起筷子继续吃。花笺都散成花瓣了，就当它不存在吧，反正她是不会去的。不管这是什么情况，她都不去。

袁觞利用傀儡送去了那么一封密信，就开始等待晚上的会面。

袁觞因为心中的仇恨而暗投了魔域，廖停雁就是魔域那边为他准备的礼物。魔域控制人的手段堪称一绝，而廖停雁是魔域的人用特殊手段养大的。她本就是一心向着魔域，再加上蚀骨之毒，袁觞笃定她绝不可能背叛自己。上一次对方没有回应，他虽然恼怒，但后来仔细想想，觉得也可能是因为三圣山特殊，她无法在慈藏道君眼皮子底下出来。如果她真的背叛了自己，那么自己如今也不可能还安生地待在庚辰仙府里。至于这一次，袁觞已经谋划好。子时月华正盛，慈藏道君必然是身受奉山灵火的烧灼，在寒池内待着的。这种时候，慈藏道君定然不会让廖停雁陪伴，这样她就有时间出来和自己相见。为了这次隐秘的见面，袁觞还花了大力气准备了能暂时蒙蔽天机的法宝遮天镜，避免被人发觉。师千缕那边的人几乎要把眼线布满整个白鹿崖，袁觞若是没有准备，定然会第一时间被那边察觉。

一切俱备，只欠廖停雁。

廖停雁……已经直接去睡了。不管是莫名其妙的信，还是有可能会来夜袭的老祖宗，在没逼到眼前来的时候，对她来说都是不存在的。

袁觞等了大半夜也没等来人，激动得发热的脑子终于稍微清醒了点儿。他从用美人计搞死慈藏道君，摧毁庚辰仙府的美梦里醒过来，满心的阴谋算计都成了愤怒。

“莫非她还真有这个胆子背叛我们，背叛魔域！”袁觞身边裹着灰袍的身影语气生硬。

袁觞的神情也难看，他没想到自己今夜的这些布置全成了空。现在他也怀疑廖停雁真的叛变了。

“看来她确实是心大了，之前没有回应我的召唤，连一星半点儿的消息都没传出来，现在更是对主人的信不管不顾，我们必须给她一些教训！”灰袍人语气愤愤。

袁觞沉着脸，手中出现一串铃铛，铃铛有三只。他先是摇晃起这串铃铛，摇了半天，仍是没看见有人来，便冷哼一声，直接捏碎了其中一只铃铛。

这一串铃铛是廖停雁的伴生之物。她身体里的蚀骨之毒虽说是以毒为名，其实却是一种阴邪之术。魔域里与袁觞合作的那位时常会从现世偷渡许多孩童回魔域，从小培养。这些孩子都是为了能被安排在修真界各门派而被养大的探子，最要紧就是忠心。于是他们从小身体里就被种下魔域这种特殊的术，铃铛则是载体。经过多年，铃铛与他们成为伴生关系，一旦他人掌握了这铃，他们的生死也就掌握在他人手中。要想彻底去除这种术，十分不易。一般的人被种了蚀骨之毒，就绝不会背叛魔域与主人，然而，现在这个廖停雁压根儿都不知道自己还是个魔域奸细。

铃铛声响起的同时，熟睡的廖停雁也被疼醒了。她一个人躺在床上，生无可恋地摸着疼痛的肚子。这到底是搞什么？今晚好不容易祖宗没来，怎么又有这事儿，还让不让人睡觉了？她起身去了一趟厕所，发现并不是“姨妈”。

看来这和上次一样。廖停雁想起之前在三圣山住的时候，也有这种“姨妈”疼但不来“姨妈”的情况。那次她疼得厉害，直接吐血晕了过去，还以为自己要死了，结果醒来后看到司马焦时还被吓了一跳。她自己思考过，更倾向于是司马焦救了她。她猜，这具身体大概是有什么毛病。

现在，她又开始肚子疼。她在床边坐了一会儿，实在疼得难受，最后还是爬起来，提着灯去找司马焦。她这人最受不住疼，所以才会一改往常推一下走半步的咸鱼行事风格，主动去找杀人狂师祖。

白鹿崖各处都悬浮着琉璃灯，她走出自己的偏殿，披着一件外裳，向着灯火辉煌的主殿找过去，觉得自己好像一个半夜自荐枕席的白莲花。她弓着身子，弯着腰，满脸丧气来到司马焦的主殿。她推开厚重的门走进去，探头探脑地轻声喊：“师祖？”

“师祖？”她又喊了一声。

咝咝——卷在柱子上的大黑蛇爬了下来。

廖停雁疼得脸都白了，问它：“咱们老板人呢？我要疼死了。”

大黑蛇歪歪脑袋，把她带到了司马焦所在的地方，只是这家伙胆子忒小，在门口不敢进去。廖停雁其实也不太敢，可肚子还催命一样疼着，她只能推开门，往里探进一个脑袋。

这殿内的空气特别冷，地面上是一层寒气形成的白雾。门乍一推开，廖停雁就被寒气激得抖了抖。屋里亮着两盏琉璃灯，但隔着帘子不是很明亮，她看见里面有个水池，池子里泡着一个模糊的黑色人影。

她想起在中心塔时也遇上过与这类似的场景。那回也是因为大黑蛇，它开着黑车把她带到司马焦的私人领地，让她瞧见他泡在池子里。

他应该不是喜欢睡在这样的凉水里，而是有其他原因的，那她现在过来打扰似乎不是明智之举？廖停雁犹豫了一下，捂着肚子走了进去。每往前走一步，她都感觉自己是在踩地雷，不知道下一步会不会爆炸。提着心走到池边，她把手里的琉璃提灯放在一边，抱着肚子蹲在池边，探头去看水池里泡着的司马焦。司马焦闭着眼睛，面无表情地泡在水中，没有因为她的到来而有任何反应。

廖停雁刚准备张口喊人，脑中忽然听到一声清脆的，好像是铃铛碎裂的声音，整个人一下子天旋地转，往前栽进了水池里。在那一瞬间，她几乎被剧痛夺去了所有感官，在水池里哇地吐出一大口血，身体里所有的器官都被捏碎了大概就是这种感觉。但她这么疼，偏偏没有失去神志，而是处于一种能清晰感知外界一切与身体内部痛楚的状态中。

廖停雁栽进水池里那一瞬间，司马焦猛地睁开了眼睛。他往前伸手，拦腰抱住了沉下来的廖停雁，带着她从水池里站了起来。

司马焦瞧着怀里奄奄一息的廖停雁，她嘴边还有一丝血线，浑身都在颤抖，一向红润的脸颊此时苍白如雪。他一手按在廖停雁的腹部，仔细地感受了一番，眉头渐渐蹙起。他知道这是什么，上次还救了她一次。只是他以为那次已经完全解决了，没想到并没有。一般来说，他的血应该能压制，就算不能，后来她吃的日月幽昙也足够解所有毒，除非她身体里的那东西并不是他以为的魔毒。

魔域的手段倒是没有如他想象中的那么不堪一击。只是，她不是魔域奸细吗？怎么一次又一次地被这东西反噬？

司马焦抬手将她抱起来，走出了水池。廖停雁被放在地上后就痛苦地缩成了一团，又被司马焦强行打开身子。她睁不开眼睛，只觉得自己快要疼死了。

哗啦——

司马焦一把将旁边的那盏琉璃灯砸碎。透明的琉璃碎片散开后，内里淡黄色的荧光瞬间化作无数萤火，在殿内四处飞舞。司马焦没在意这个，抬手在碎琉璃上按了一下，用自己溢出鲜血的手掌堵住廖停雁的嘴。

如果一点儿鲜血压不住，那就多给她喝一点儿。奉山一族的血肉本就是世上最厉害的灵药，特别是他这种奉养灵山之火的奉山血脉，身体里的血日夜被灵火烧灼，纯粹无比，几乎已经算不得是“血”，而是“药”。就算是从前奉山一族人还很多时，这也是最珍贵的。

从前他还未得到强大的能力，无法自保，那么多人想要他的血，但他宁愿洒在地上，给一条普通的小蛇，也不愿给那些人。现在，他这般随意地喂给廖停雁，还不只是一滴两滴，这“大方”劲儿若是被垂涎他的血许久的掌门师千缕知晓，估计师千缕要肉痛死。

廖停雁疼得牙关紧咬，司马焦堵着她的嘴也喂不下去，带着一点儿金色的鲜血就顺着她的嘴角流进颈窝。

司马焦干脆伸手去捏她的下巴，硬生生地用手将她的牙关掰开。最让司马焦烦躁的是不能太用力，他要是不收敛自己的力气，一下就能把她的下巴扯掉了。他有生之年只杀人，几次救人都因为她，他自己都觉得奇怪。

他好不容易把廖停雁的嘴巴捏开，想把手指塞进她嘴里，偏偏他稍一放手，她就开始挣扎。司马焦没那么好的耐心，直接在自己腕上的伤口咬了一口，含了一大口血堵上了她的嘴，全给她灌了进去。他灌了好几口，可能是灌得太多了，她那苍白的脸色很快变得红润，甚至红过了头，像被扔进热水里烫熟的那种红。

司马焦：救人比杀人难多了。

他从廖停雁怀里翻出她的小锦囊，揪出几片奉山血凝花花瓣，也一股脑儿地塞进她嘴里，抵着她的下巴让她咽下去。

他的血太多了，她受不住，干脆让她的修为提升，这样她自然就没事儿了。

司马焦简单粗暴地这么搞了一通，不仅彻底把廖停雁身体里的蚀骨之毒浇灭了，还让她的修为直接暴涨，越过了筑基、结丹和元婴，从最低的炼气期直接一举冲到化神期，比她那个师父洞阳真人的修为还要高出一个大境界和六个小境界。

化神期的修士，哪怕是在庚辰仙府这样的地方，也有资格当一个支脉的小脉主了。别人修炼三四千年，她只用了三个时辰。庚辰仙府立府这么多年，像她这样的幸运儿一只手就能数完，毕竟像司马焦这样有能力又无所顾忌的人不多。

每次晕倒醒来后都会发现进度条被拉了一大截，廖停雁从榻上坐起来，整个人都是茫然的。她发现自己的意识里多了一朵红色小花，它的样子和那朵红莲花很像，以这朵小花为中心，她的身体里多了一片异常广阔的空间。

她侧了侧头，发现自己的意识能穿过大殿和墙面看到外面的景象。她能感觉到周围许多生物的动静，就好像瞬间变成了千里眼，还有了顺风耳。她不仅精神百倍，身体轻盈，甚至觉得自己能飞，能做到很多很多事，连移山填海都可在翻手之间。

我怎么膨胀得这么厉害？廖停雁心说。她抓了抓自己的脑袋，低头去看身边躺着的人。

司马焦躺在她旁边，仍是那个苍白的脸，唇却不红了。他的唇色一般是红的，只有那次他在水池子里放血养莲花的时候唇褪去了红色。他现在的模样和那次很像，这大概代表了贫血。他很不舒服的样子，一手搭在她的肚子上。廖停雁看见那手上的伤口，下意识地舔了舔唇。昨晚她差点儿疼死，但又没有彻底晕过去，发生了什么她都觉得模模糊糊的。她好像是被司马焦救了，现在她身体里这些异样的感觉都是他给予的。

廖停雁沉默了很久，心情复杂。

她莫名来到这个世界，从来都是过一天算一天，因为她在这里只是将自己当作旅人，当作过客。这个世界再好再大也不是她的家，甚至这具身体也不是她的，这个身份她也没有认同感。她觉得自己在这里度假，苟活，早晚会回到自己的世界，所以在这个修真的世界里待了这么久，也没有正儿八经地修炼过，哪怕得了司马焦那些增长修为的花也没试着去吃。但现在修为暴涨，她才有了一点儿自己真的身处奇异世界的真实感。

她以往开玩笑把司马焦当作老板，老老实实地待在他的身边。可是如果能选，其实她不会跟着他，因为他是个危险的人物。她看多了他杀人，对他的态度一直很消极。按照现代社会的标准，他应该算是个大坏蛋，可是在这个世界，是这个大坏蛋一次又一次地救她。

廖停雁碰了碰自己肚子上那只冷冰冰的手。那上面的伤口随意地裸露着，完全没有被处理过。这种伤对一般的修士来说，痊愈是很快的事，但在司马焦身上，这伤却没有一点儿好转的意思。

“我的体质特殊，伤不容易痊愈。”司马焦不知道什么时候睁开了眼睛。

廖停雁：这种弱点你告诉我干吗?

压力变得越来越大，她感觉自己彻底进入了反派阵营。

司马焦说：“你喝了我多少血，知道吗？”

廖停雁捂住了自己的嘴。之前还没感觉，被这么一说，她想起自己确实喝了人血。

哕——

司马焦说：“敢吐就杀了你。”

“咕咚——”她的脸色不太好，她实在不明白为什么修仙世界的人血能当药治病救人。按照现代科学，直接喝人血是没用的。

可是修仙世界的大魔头不跟她讲现代科学。他坐起身，凑近她，用那只有伤的手按着廖停雁的下巴："你的修为已到化神，怎么样，现在想杀我了吗？"

真话 buff，开启。

廖停雁说："不想。"

司马焦问："还想涨修为吗？"

廖停雁说："不想。"说实话，突然变成这么厉害的修仙人士，就好像拥有了高端的机器，但是不知道怎么用，只能小心摸索，她心里还怪紧张的。

司马焦问："想离开我吗？"

廖停雁说："不想。"

不想三连。

等等，不对，为什么最后一个答案是不想？廖停雁惊讶地瞪着司马焦，为自己最后那句不想感到吃惊，难道……她已经被腐朽堕落的生活侵蚀到这种程度了？

司马焦也愣了一下，放开她的下巴，靠在靠枕上，眼神古怪。他问："你是来用美人计色诱我的？"

廖停雁否认得无比干脆："不是！"好的，我为自己正名了。但是我做了什么才会让他产生这种错觉？廖停雁扪心自问，自己可真的没有想睡他的心。

司马焦说："那就好。"说完这句，他拽住廖停雁，抱着她，就好像抱着一坨软绵温热的枕头，闭上眼睛，准备休息。

不是，祖宗你等会儿，我说了不是来色诱的，你就这么放心地拉着我睡了？那你问这个问题有个鬼的意义？

意义在于，要是她有想睡他的心思，司马焦就会选择捏死她。她没有那种心思，他就会把她当抱枕。

廖停雁睡不着，她的精神好得有点儿离谱。被人当抱枕一样抱着躺在床上，她的思维发散开来。如果是普通人发呆，那就是发呆，可作为化神期的修士，她的思维发散就是意识往外跑。

那是个很新奇的世界，廖停雁能看到整个白鹿崖上的建筑和花草树木，所有东西在她眼前纤毫毕现。她看到天上的飞鹤，心里一动，就拉近了过去，就好像她整个人站在仙鹤的身边，还能感觉到空中的风。再一个眨眼，她就来到白鹿崖下的瀑布，看到瀑布和潭水的缝隙里生长的兰草，看到阳光下瀑布的彩虹和溅起的水珠。她见到傀儡人在宫殿的廊下走动，见到大黑蛇在殿外的柱子上盘着睡觉。柱子很滑，它睡着了就一直往下滑，滑到底后又醒来往上爬，智商显而易见地不行。廖停雁就好像得到了一个玩具，突然兴奋起来，意识在白鹿崖上上下下地来回看。她看了一会儿，想去外面看看，意识就像云一样往外铺展。

忽然，她感觉脸颊上一凉，猛地睁开了眼睛，那些风一样到处乱飞的意识也瞬间回笼。司马焦凉飕飕的手捂在她的脸上，他仍然是闭着眼睛："别往外面乱跑，白鹿崖有我在，其他人的神识不敢过来，你的神识才能这么随便乱晃。出了白鹿崖，外面不知道多少人的神识虎视眈眈，你一出去，就这么弱的样子，撞上任何一个，你马上就能变成白痴。"

神识……刚才那个吗？廖停雁乖巧地哦了一声。

既然这个技能不能玩，那她就玩其他的。她躺在那儿，瞅到旁边悬浮的琉璃灯，眨眨眼睛，那琉璃灯就顺着她的意念飘浮了过来。她伸出一只手接住那盏琉璃灯，兴奋地想：以后我躺在床上想吃什么拿什么，就不用起身去拿了，心念一动，东西就过来了！

她瞅一眼旁边的司马焦，看他没反应，就掏出自己的小锦囊，从里面拿出了吃的。她在里面放了不少东西，都是让傀儡人准备的。这会儿她虽然不饿，但想试验一下偷懒秘技。像葡萄一样一串串的指甲盖大小的果子悬浮在空中，廖停雁让它们一颗一颗地从梗上被摘下来，主动送到自己嘴里。她就像雏鸟一样，张着嘴巴等着小果子掉到嘴里。小果子送到嘴边，忽然往旁边移过去，送到了司马焦嘴边。

突然被半路截和，廖停雁诧异地想：这祖宗不是不吃东西的吗？

司马焦咬着嘴里的小果子，睁开一只眼睛瞧她：“你是个假的化神期吧，随便一拦就能截过来。”

抢我吃的还要嘲笑我，你难道是小学男生吗？廖停雁心说。你一个大佬，我要喊师祖的人物，在这里欺负新手司机，竟然还有脸说？

她再度动用自己的能力，摸索着控制那些飘浮在空中的小果子。她今天还就非要吃到一颗不可！可惜，她旁边的祖宗无聊至极，也和她杠上了，每次那果子要落到她嘴边——她都张口了——就会忽然被劫走。司马焦不仅吃她的果子，还要用眼神嘲笑她。试了六次，次次被人半路劫走，廖停雁放弃了。她灵机一动，让那果子送到司马焦嘴边。以她对这个祖宗的了解，送到嘴边的他反而不会要。结果果子掉到司马焦嘴边，他吃了。

廖停雁：我猜错了，告辞。

“师祖，喜欢吃这个？”廖停雁假笑。

司马焦说：“不喜欢，太甜腻。”

不喜欢那你吃什么？廖停雁心中一动，几十个果子争先恐后地涌到司马焦嘴边。吃，给老娘吃呀！让你吃个够！结果还没碰到他的唇，那些果子就一个反射，糊了她一脸。

廖停雁：好气哦。

她听到旁边的司马焦突然笑出了声，心里冷漠地想：你以为我是在逗你玩吗？笑什么呀。

她不太想理这个小学男生，继续摸索自己的能力。她汇聚出一团水球，试图让它们像面膜一样贴在脸上，清洗脸上的果汁。她不太熟练，小心翼翼地控制水团，在脸上来回清洗。这种感觉非常爽，脸上清凉又清爽，洗完脸就好像做了一个水膜。

咦，这样的话，下次她用汇聚出的灵水加点儿什么护肤用的东西，让它们覆盖在脸上，岂不就是贴面膜了？虽然修为这么高，好像不太需要面膜这种东西了，但她还是好想用。

她试着在脸上贴了一个流动的水面膜，旁边的司马焦抬手给她揭了起来："你这是在干什么？"为什么要把水压成这么一层贴在脸上？

"敷面膜。"廖停雁反手又给自己做了一个新的面膜。她忽然手痒，给司马焦的脸上也弄了一个。

司马焦说："嗯，这有什么用？"

"保持肌肤水润？"廖停雁回答。

司马焦又觉得自己弄不明白这人的脑子里在想什么了。如果他现在用真言之誓问她，大约又会得到奇怪的回答。

廖停雁看到他捏着水面膜的手，伤口还在那里敞着。她看到这个伤口就觉得有点儿不自在，安静了一会儿。等司马焦重新闭上眼睛之后，她偷偷摸摸地把手虚虚地放上去，想试着治一治。她输入了一点儿灵力，如泥牛入海。

好了，她放弃了。

可是，这伤口看着实在太碍眼，就算她治不了伤，包扎一下不行吗？她想起创可贴，决定做一个大的创可贴。锦囊里有之前从清谷天带来的一种植物叶子，一位她不记得名字的师兄说跌打损伤可贴，所以伤口应该也能贴。她摸出大叶子，稍微裁了一下，贴在司马焦的伤口上，最后用薄薄的一层灵力裹住叶子和伤口，做了一个修仙世界版的大创可贴。

她忽然觉得自己好厉害，还可以自行摸索出无数玩法。

她闭上眼睛，又用神识摸到宫殿外面去，尝试着远距离控制。不过片刻，白鹿崖山上红艳艳的花就从窗户外面飘进来，被廖停雁伸手抓住。她用意识控制这些红色的花瓣，挤压出汁液，顺手给自己涂了一个红指甲。

廖停雁在这儿玩着自己的新技能，外面却因为今日白鹿崖那祖宗没动静而提心吊胆。

“师父，今日慈藏道君未曾去灵岩山台，莫非昨日之事令他不快？”

师千缕坐在自己的玉座上阖目修炼，听见弟子的问话，微一摆手：“他若是不快，昨日当场就要发作，以我对他的了解，今日他恐怕是有什么事儿，才会闭门不出。”

师真绪问：“师父，难道就真的没办法监视白鹿崖中发生了什么吗？如此，我们十分被动啊。”

“司马焦有很强的攻击性，他的地盘绝不允许有任何人窥视。你以为我们没有安排眼线进白鹿崖，其他宫脉也没有吗？可你看看，谁成功了，不过是又白白送了些性命罢了。”师千缕周身的灵气浓郁，随着他的呼吸起伏。

师千缕说起话来不疾不徐，语气中还有些感慨：“谁能想到，当初前辈以为能控制的一个小小孩童会长成如斯模样，不仅摆脱了他们的控制，甚至反噬了那么多人，真是令人畏惧的资质与凶狠。濒死的野兽，不好惹呀。”

师真绪没有对此说什么。师真绪身为师氏一脉的晚辈知道许多事情，五百年前发生的那场动荡他也有些了解。如果不是那一次失误，他们如今对这位慈藏道君，也不至于如此束手束脚。

“令你去查的那廖停雁，可有消息了？”师千缕问。

师真绪躬身：“已有一些眉目，只是还未查清她背后究竟是何人。师父，我们或许应当等到查出她的身份，掌握了她的把柄才好控制她。”

师千缕说：“真绪，你想岔了。以她的身份，就是没有把柄，也好控制。我并不顾虑她身后之人，我顾虑的唯有司马焦，与她的接触宜快不宜慢。明日，若司马焦还未出现，便令洞阳真人前去求见，一来是试探，二来让洞阳为我们送一封信。”

师真绪说：“是，徒儿明白了。”

廖停雁被抱着睡了一天，夜晚来临时，司马焦睁开眼，赤着脚在床边坐了一会儿。廖停雁看他揉着额心的模样，猜测他可能是脑壳疼，她之前在三圣山的时候就这么想了。

他的脑子绝对有病——这个脑子有病不是骂人，是客观的描述。她还觉得，就是因为脑子太疼了，他才会完全不在乎手上的伤，可能相比起来，手上伤口的疼并不算什么。

他看着心情不太好，一声不吭，站起身就往殿内的那个池子走过去。他一边走，手指一边轻轻挥动，浓郁的寒气灌进池中。眼看他准备往里泡，廖停雁瞅着他的手，悄悄动了动。一道灵气缠过去，裹在他那个伤口上。司马焦的脚步一顿，他举起手看了一眼。廖停雁之前给他用一种名为百益草的叶子裹了伤口，现在覆上来的这道灵力是用来隔绝水的。他仍是没什么反应，整个人浸到了水里。

廖停雁等了一会儿，没见他有其他反应，立马跳起来，溜出了这个宫殿。

自由了！她兴奋地扑到栏杆边上，目测着下方的高度，跃跃欲试。要不她在这里试试飞行？不不不，太高了，她还是换个矮点儿的地方试。

她到一旁的台阶试飞，飞行比她想象的更加容易。这具身体变得前所未有地轻盈，她心中也没有作为普通人飞起来的畏惧之心，只觉得畅快。轻轻往前一跃，她就飘浮于空中。她扭头去看白鹿崖上的宫殿，依山而建的华美宫殿亮起无数盏琉璃灯，常开不败的花树摇曳，夕阳映照下，宛如美妙的梦境。

“我能飞了呀！”廖停雁的眼睛亮起来，她朝宫殿的最高处飞去，站到最高的一座琉璃塔的塔顶，再俯视白鹿崖之外的山川。远处有庚辰仙府内的家族聚居的城池，通明的灯火和她所在的那个世界的夜晚有一些相似，但是天上飞过去的各种坐骑仙兽以及流星一般的御剑弟子又让这个世界格外奇幻。

她独自一人坐在那儿瞧着天边，修为高了，她能看到很远的地方。其他地方的天空有好些仙兽飞禽飞来飞去，她还看到装饰了无数彩绸花朵的空中楼船和挂满了造型奇异的花灯的飞翔的车马。最奇异的是一座三层带着花园的小阁楼，它是由无数白雁托起来的，飞在空中时，还有彩鸟环绕在小阁楼周围，啼鸣清越。阁楼里似乎有人饮宴，还有人在歌舞。

这是什么天空飞阁？这些人也太会享受了吧。她羡慕了，有点儿想上去看看。

她才发现，原来天上还挺热闹的。她之前没发现，是因为修为不够，看不了那么远，也是因为白鹿崖这一片的天空非常清净，没有任何人敢在这上空飞过去。

现在，只有她一个人敢在这上空乱飞，有种狐假虎威的快感。

她目测着下方的落差，往前快跑两步，跳下去。呼呼风声就在耳边，被她激起的流云涌动卷起，廖停雁踩着那些虚无缥缈的白烟，飞向下方的瀑布。她在瀑布旁边掠过去，伸长了手臂划过那些水流，还在那片瀑布的崖壁上摘了一枝花。

她可以飞在天上，可以踩在树顶，可以骑在山里那些跑得飞快的白鹿身上，还能抓到天上飞的仙鹤，吓得它们吱哇乱叫。

当神仙怎么这么快乐呀！

她玩够了，暂时下去，去吃个饭。虽说这个修为的人已经不会感到饿了，但是嘴馋，想吃好吃的也没问题，因此晚饭还是要吃的。

傀儡人照例给她送来了许多美味佳肴，以及……一封和昨天一样的花笺。

廖停雁的笑脸瞬间消失，天哪，怎么又来？

她怀疑昨晚的“姨妈”痛和这花笺的主人有关。她带着沉重的心情打开花笺，上面写着：“子时，白鹿崖下，蓝盈花旁。若是不至，你的身份便会暴露，而你，也活不过三日。”

我还有什么奇怪的身份？廖停雁怕了，这感觉不太妙哇，她难道不是个普通的幸运儿吗？怎么还有身份设定？一般来说，这种情况多半是反派要出现来搞事情了。现在她就在考虑，究竟是送来这花笺的人是反派，还是她自己是反派？

她正想着，身后忽然伸过来一只手，将她手里的花笺拿了过去。那是司马焦的手，他捏着花笺，那花笺在他手中散落成花瓣。被他踩在脚下后，那花笺凭空蒸发，连渣都没留下。

廖停雁瞅着他那不好说话的脸，莫名心虚，虽然她也不知道自己到底在心虚什么。

“你去赴约。”司马焦说。

第六章

看来只能随便发挥了，只要稳住就没问题

子时，白鹿崖下。

这里处于白鹿崖的边缘地带，稍微往里一点儿就是司马焦的神识笼罩的范围，无人敢随意踏入，往外一点儿，生长了一株巨大的蓝盈花树，这里已经不属于白鹿崖的地盘，也出了司马焦的神识范围。

袁觞面沉如水地等在树下。若是过了今日，廖停雁还未来，他便会考虑直接处理了这人。若是养的狗不能咬敌人，就要防备着她可能会回头来咬主人。

沙沙的脚步声由远及近，来人完全没有掩饰自己，只有一个人。袁觞从阴影中走出来，看着廖停雁，语气非常不好，阴阳怪气的："让我好等，一次两次地联系你，你都不愿来见，连半点儿消息都未传来。

你如今另攀高枝，看来是准备与我一刀两断了？”

廖停雁还没说话，闻言，心里一咯噔，这是什么男女朋友变怨偶之后的激动发言？简直就是男方发现女方变心，打电话不接，发消息不回，终于见面后女方迟到被男方埋怨，准备开始吵架的节奏哇，这也太像她以前的那个世界了吧！

天，这家伙绝对是原身的男朋友没跑了！

她想想那个可能跟在自己身后过来看戏的老祖宗，定了定神，摆出高冷的样子说：“我们已经结束了，你以后不要来找我。”

袁觞那些话不过是讽刺，他没想到廖停雁这条走狗竟然还真的敢不把他这个主人放在眼里，顿时怒不可遏，厉声喝道：“你别忘了，你的性命还握在我的手里！昨天蚀骨之毒发作的感觉可还好哇？”

廖停雁也怒了，果然是这浑蛋搞的破事儿！就是你这浑蛋让老娘疼了那么久，差点儿疼死！这种因爱生恨，还用奇怪的毒药控制女朋友的男人，原主是眼睛瞎了还是脑子坏了才看得上他？就连杀人狂老祖宗都比他好，看她今天就替原主断情绝爱！

“像你这种只会用手段控制别人的垃圾，活该没人愿意跟你。你还敢威胁我，真无耻，谁怕你，你来呀，垃圾！”廖停雁虽然没有和男朋友吵架的经验，但基础的骂人知识总是有的。

她敢这样说话，难道真的不怕死不成？袁觞被她激怒了，拿出廖停雁的伴生铃铛，毫不犹豫地捏碎了第二个，准备给她一点儿厉害看看。他都露出冷笑准备看廖停雁疼得在地上打滚了，可是半晌过去，无事发生，只有蓝盈花树冠在风中发出簌簌声响。廖停雁站在原地，连表情都没变。

气氛又冷又尴尬。

怎么回事儿？铃铛，这个伴生灵物怎么没有用了？袁觞直到这时才感到不妙。

“你怎么会没事儿，你的蚀骨之毒已经被解了？”

廖停雁其实也不是很清楚这是怎么回事儿，但她知道肯定是昨晚老祖宗帮她解决了问题，于是又忍不住给司马焦发了一张好人卡。虽然司马焦看上去不是个好人，但对她而言，真的是个好人了。

“你怎么可能解这蚀骨之毒……一定是慈藏道君！是司马焦为你解的，是不是？”袁觞看着她的眼神变得很奇怪，满是不可置信，“他既然能为你解了蚀骨之毒，就代表已经知道你的身份了，他竟然没杀你？”

我到底有什么身份？廖停雁心里发虚，嘴里说着：“师祖不会在乎我的身份。他英明神武、心胸宽广，怎么会与我计较这些小事儿？”她说得像真的一样。

袁觞看她的眼神越发微妙，他说：“没想到，你还有此等能力。竟能哄得他不顾身份，是我小看你了。”

噫，这男人酸话好多。对呀，你前女友去找第二春了，气死你这个垃圾。

廖停雁说：“我们之间的事儿到此为止，以后你最好不要再来招惹我。”

袁觞却不愿意吃这么大一个亏。他当初与魔域合作，将廖停雁安插进庚辰仙府，又动用能力将她安排进三圣山，花了那么大的工夫，什么都没得到。这女人却借着他的手攀上了高枝，然后一脚将他踹开，没为他做半点儿事儿不说，还耍着他玩。这样狡猾又有心计的女人，一旦身份更加稳固，她绝对不会放过他，他不能留下这么大的隐患。

“司马焦不在乎你的身份，庚辰仙府的其他人难道会不在乎？若是被掌门与其他宫主知晓，你以为司马焦还能护着你不成？如今他是自身难保，嚣张也只是一时的，你当真以为跟了他就万事大吉了？”袁觞神情阴沉地说，“你想摆脱我，没那么容易。你若是不听从我的吩咐，日后只会死得更难看。”

毕竟她曾是魔域之人，若他这边事发，魔域和庚辰仙府也不会轻易放过她这个背叛之人。

廖停雁只觉得鄙夷。这是什么渣男？修仙世界的渣男和现代的渣男都是同款的吗？用手段控制女朋友，死缠烂打，威胁，他们都是这一套。

廖停雁说：“听从你的吩咐？我听你个头哇，你想搞事尽管去。我是什么身份，你倒是说呀，你看看谁会信你！”你倒是说清楚我是个什么身份哪！

袁觞见她一副“不见棺材不落泪”的嚣张模样，举起那仅剩的一个铃铛：“你可别忘了，你的伴生灵物还在我手里，虽然它不能控制你，但只要有它在，你的身份就狡辩不能……”

他一句话没说完，感觉手上一空，铃铛到了廖停雁手里。

袁觞：“……”

廖停雁：“……”

看他说得那么严重，这好像是很重要的东西，她的第一反应就是赶紧把它抢回来，没想到这么轻易就到手了。这么重要的东西，这男的就拿得这么随随便便？别人一抢就能抢到手，他是白痴吗？

袁觞的眼睛都快瞪出来了，刚才廖停雁的速度极快，他都没察觉到她的动作，可是这怎么可能？她不是炼气修为吗？怎么能在他这个元婴后期的修士手中抢东西？他发觉不对，仔细查探，这才发现廖停雁的修为自己竟然看不穿。这怎么可能？明明昨天之前她还是个炼气期！

虽然技能还没摸熟，但经验条是实打实的，廖停雁也察觉自己的等级现在比对方高了，顿时无所畏惧，还想揍他一顿。

“又是司马焦，他竟然、竟然为你做到这种地步！”袁觞的眼睛充血，他好像就要被他自己的脑补给气死了。

袁觞如此生气是有理由的。想当年他也是个天之骄子，可惜后来因为一个意外，修为倒退，从化神期退到元婴期，多年来吃了无数天材地宝也没能再把修为堆上去。此生都没有再进一步的希望了，因此他一度灰心丧气，越发狭隘易妒。如今见到廖停雁这个自己养了准备放出去咬人的狗一步登天，甚至超越了自己，他不仅嫉妒、恼怒，还感觉被狠狠羞辱了。

“你该死！”袁觞被刺激得不轻，手中出现一柄宽剑，他红着眼睛朝她刺去。

廖停雁一条咸鱼被司马焦强行翻生变成了镀金的咸鱼王者，等级虽然在那儿，但袁觞暴怒下不管不顾地动手，她还是有点儿慌。袁觞的动作太快，容不得她多想，她下意识地接了他一下。然而，她感觉自己根本没碰到袁觞，对方就噗地一下远远地飞出去，砸在那棵蓝盈花树的树干上，又滚落下来，凄惨地趴在那里。

我……现在这么厉害的吗？刚才好像没什么感觉？廖停雁看着自己的手，又看那边的袁觞。这男人该不会被她打死了吧？

蓝盈花树上站着的司马焦放下手，瞧着廖停雁那傻样，捏了捏自己的鼻梁。她果然是个假的化神期，连一个元婴都打不过。能安排这样的魔域奸细进来，这男人也不是什么聪明的东西。

袁觞吐血，狠狠地咬牙，抬头瞪向廖停雁：“你以为杀了我，你的身份就不会暴露了吗？”

廖停雁满头问号，刚才是谁先动手的？谁要杀你呀？你搞清楚哎。

袁觞说：“想不到我最后竟然是死在你这种女人手中，我不甘心！”

廖停雁：没人要杀你吧，戏怎么这么多，你收一收好吗？

她用一言难尽的眼神看了一眼袁觞，扭头就走。

袁觞还在吐血，见她离开，喊道：“你……站住。”

廖停雁扭头：“你还要说什么，赶紧一次性说完行不行？”大半夜冒充别人来和人家前男友分手这种事儿真的好累呀。

袁觞说：“你之所以背叛我，是不是因为你爱上了司马焦？真是太可笑了，他那样冷血罪恶的人，迟早会杀了你！”

我不是！我没有！你别乱说呀！

廖停雁紧张地往左右看，她不清楚老祖宗是不是跟来了，他是不是正在听墙脚。他要是听到这话，误以为她喜欢他怎么办？她赶紧打断袁觞："住口，不要胡说了。看你每天想这么多乱七八糟的事儿，肯定过得很辛苦。我劝你去看看病、吃吃药，找个地方休养，别整天想着搞事情，很容易早死的。"说完，她赶紧溜了。

袁觞愤愤地吐出一口血，今日的一切都出乎他的预料。那司马焦为什么会容忍廖停雁这个魔域奸细，莫非是真的为美色所惑？不，不可能。司马焦那种人怎么可能轻易被一个女人迷住，一定还有自己不知道的事儿！

"你是袁家的血脉？"

袁觞悚然一惊，抬头看去，见到穿着黑袍的司马焦从树后走出。

"曾经最厌恶魔域的家族，如今与魔域纠缠不清，你可比别人可笑多了。"司马焦走到袁觞身前，看到他眼中的恐惧，用一指点在他的额头。司马焦闭目片刻，自言自语："原来如此。"

袁觞无法动弹，也无法开口说话，只觉得那根冰冷的手指虚点在额头时，自己的识海与灵府瞬间犹如被飓风席卷，神魂动荡，不只是身体传来剧痛，连魂魄都有溃散之兆，他的所有秘密都被人强行窥探。

咚——

袁觞的尸体倒在地上，脑袋整个儿破碎了，猩红喷溅在蓝盈花上，腥气盖过了花香，令人作呕。

廖停雁在回去的路上看见了司马焦。他在一片鲜红的花丛里站着，漆黑的身影像是深夜里游荡的恶鬼。那花不知道是什么品种，有非常浓郁的香味，闻多了让人感觉有点儿窒息，嗅不到任何其他的气味。

廖停雁隔着七米的安全距离喊："师祖？您还没睡呢？"她觉得这氛围非常像鬼故事，有点儿担心等一下他转过来会没有脸。

司马焦转过身，手里揉着一朵红花，脸是正常的脸。

廖停雁发现他似乎很喜欢随手揉碎些什么东西，比如花，比如果子，比如……人的脑袋。

"你已经是化神期，还要睡觉？"他毫无顾忌地踩着那些漂亮的花走过来。

廖停雁认真地告诉这位老板："觉没必要睡，但我想睡。食物没必要吃，但我想吃。"

司马焦说："你很奇怪。"他把那朵揉烂的花随意地丢在了脚下。

过奖，我没有您奇怪。廖停雁想到刚才的事儿，试着问："师祖刚才都听到了？那您也知道我的身份了？"

司马焦说："我早就知道，没人能在我面前隐藏任何事儿。"

可我自己还不知道呢。廖停雁试着问："您说我是什么身份？"

"你是来杀我的。"司马焦凑近她，用手指擦过她的唇，"你说我该不该杀你？"

这让她怎么回答？要是现在杀她，他昨天不是白救了？她想想都觉得头疼。这是在折腾什么呢？而且，您能不能把手指拿下来再说话？

"你在想什么？"司马焦的眼睛里有一点儿红色。

廖停雁说："你的手刚才揉了花，没有洗，就贴在我嘴上了。"这么直白的回答，显然是中了真话 buff。

司马焦关了真话 buff，不想再听这种破坏气氛的真心话。他继续像一个大反派那样逼问她："我该不该杀你？"

廖停雁吸了一口气："我觉得不该。"

司马焦说："哦？为什么？"

廖停雁说："我已经弃暗投明，现在是师祖阵营的人了。"

司马焦的注意点却在奇怪的地方，他又问："我是明？"

廖停雁瞬间改口："我已经弃明投暗。"

司马焦说："你改口倒是快。"说来也好笑，他自己与魔域比起来，孰明孰暗，还真是很难说清。

"你方才实在太无用了，连一个元婴期都对付不了。"司马焦突然说起这事儿。

廖停雁这下子明白刚才那"前男友"是谁打飞的了。

"是呀，我也这么觉得。"她露出一个假笑，"肯定比不了师祖这么厉害。”呸，才当了一天的化神期，让谁来都不可能一下子就能熟练使用所有技能去打架的！

司马焦盯着她的假笑，忽然也笑了，一把抓住她的手往来路拖：“多杀几个人就习惯了。”

廖停雁被他吓住了：“去哪儿？”

“当然是带你去杀人，我就是杀了很多人才这么厉害。”他阴恻恻地说。

廖停雁当场就想拒绝，直往地上坐：“我不去。”

司马焦扯着她的手，就像大街上扯熊孩子的妈妈：“起来。”

廖停雁说：“不，我不想杀人。”

司马焦说：“如果我非要你杀呢？”

廖停雁就地躺下：“那你杀了我算了。”

司马焦的脸色沉下来。他说：“你当真以为我不会杀你？”

说实话，廖停雁真的觉得他不会，因为她都没感觉到危险。反正她不去杀人，这祖宗爱干什么就干什么，她管不着，但她自己就不一样了，她不想做的事儿，死也不做。

司马焦还真的挺想一巴掌打死她的，以前要是有人敢这么跟他说话，下一秒这人就死翘翘了，哪像她，竟还一副有恃无恐的样子。他抬起手，又放下，最后一把将廖停雁整个人抱起来。

“我们有话好好说，不要冲动。”廖停雁发现祖宗把自己扛到高空，开始慌了，下意识地抱紧他的腰。司马焦没理会她，看到远处一架飞过去的白雁飞阁，伸手一抓。

那白雁飞阁是月之宫宫主的女儿月初回所有，这位天之骄女是庚辰仙府里有名的小霸主，惯来嚣张跋扈。她的母亲月之宫宫主对她千依百顺，因此，此女在庚辰仙府横行霸道，所有人都捧着她。她想要一座能在天空中飞行的阁楼，月之宫宫主便令弟子四处寻找顶级的炼材，又请了唯一的天级炼器师，为女儿造了这么一座灵气充裕、防御力惊人的宝贝飞阁。以往，月初回就喜欢待在这飞阁里，令人为她表演歌舞，还时常带着自己的小姐妹一起驾驶飞阁四处游玩。

近来因为慈藏道君出关一事，月之宫宫主对这女儿千叮万嘱，让女儿千万避开慈藏道君。可这月初回与其他人不一样，这小公主觉得慈藏道君辈分高，修为高，哪怕凶名在外，她也觉得十分向往。因此，这两日她时常让自己的飞阁在白鹿崖附近徘徊，只想着能有机会邂逅这位神秘的师祖。

今日也是如此，她坐在飞阁二楼的窗前，遥望月下的白鹿崖，心思全不在身后的歌舞上。她身旁还坐着一位师妹，两人交情不错，时常在一处玩。

此时，那师妹与她说起慈藏道君："听说那日慈藏道君在灵岩山台看弟子们比斗，那廖停雁还枕在他膝上，大庭广众之下，人人都见到了，如此不自爱，定然是个不懂规矩的。"

月初回听到廖停雁这个名字就不耐烦，发脾气将手中薄如纸的珍贵玉杯往外面一摔："好了，我不想听她的事儿。慈藏道君那样的人物，怎么就能瞧上那样一个小弟子，真让人想不明白！"正说着，她感觉自己的白雁飞阁忽然朝白鹿崖飞去。

"月师姐，你别生气，快停下吧。师父可交代过的，不许靠近白鹿崖。"师妹也感觉到飞阁越来越靠近白鹿崖，还以为是月初回的大小姐脾气又犯了，立刻小心地劝道。

月初回的脸白了，她惊恐地说："不是我！我控制不了这飞阁了，怎么回事儿！"

师妹发出一声尖叫："啊！那里，那是……"

司马焦把远处那个招摇的飞阁拉进了白鹿崖的范围，然后抱着廖停雁进了飞阁。飞阁的防御力对他来说仿佛不存在，控制飞阁这个灵器的月初回连挣扎都没能挣扎一下，就被夺走了控制权。

月初回与师妹，还有一屋子伺候的奴仆，以及她们为找乐子带来的舞姬乐伎，全被突然发生的事儿给惊住了。尤其是见到司马焦带着廖停雁直接从二楼窗户走进来时，所有人都愣愣地看着他们二人，不知该做何反应。

“慈藏……道君？”月初回激动地喊道。

司马焦一脚把这个热情的粉丝从窗户踹了出去。

月初回：“啊——”

他把这飞阁的主人踹了出去，又把其余人也一起打包丢了出去，丢出了白鹿崖的范围。然后，他把廖停雁一个人关进白雁飞阁里，对她说：“你就一个人在这里好好反省，什么时候反省完了再出来。”

漂亮的白雁飞阁悬浮在白鹿崖上空，里面只剩下廖停雁一个人。

廖停雁说：“哎嘿？”这不是之前看到的那个白雁群托起的飞阁吗？那时候她就好羡慕，好想上来看一看！这是梦想成真了？

要说这白雁飞阁，它不愧是月之宫宫主为爱女倾心打造的，处处精致。除了一栋小楼，还有一片带花园的庭院。这飞阁飘浮在空中时，离明月很近，仿佛伸手就能触碰，坐在二楼窗户边上，能俯视庚辰仙府里延绵的灯火，简直是夜里观景的最佳去处。

这里廖停雁很喜欢，即使一直住在这里，她也愿意。二楼还有许多之前为月初回准备的食物和酒水，现在也一起便宜了廖停雁。

所以，那祖宗是真心要把她关在这里反省的吗？让她在这里独自享受安逸的月色和好吃的，再让她美美地睡一个觉？这怎么好意思，那她就……开始享受了？她开心地在小楼上下转了一圈，发现有温泉，就顺便泡了一个澡，换一了件裙子，跑到露台上面躺着赏月。

“啊——月色真美——”

还是一个人这么静静躺着更开心。

第二日，四时之宫苑梅一脉的袁氏家主，带着自己的十八子袁觞的尸体前来白鹿崖，遇上了冷着脸前来为女儿讨说法的月之宫宫主，以及带着清谷天洞阳真人拜见师祖的掌门师千缕。

“掌门，我儿这么不明不白地死了，我定要向慈藏道君讨个说法！”袁家主满面愤怒。

“掌门，昨日我的女儿遭受羞辱，连我送她的礼物都被夺走。我想问问慈藏道君，这可是为人师祖应做的事儿？”月宫主冷着脸说。

师千缕四平八稳地应对：“啊，那便一起前去面见师祖，听听他是怎么说的。”

司马焦是怎么说的？他先看了一眼袁家主：“我杀了你儿子又怎么样？你不是有二十几个儿子，上百个孙子吗？还差这一个？真以为我不知道你是来干什么的？惹我不高兴了，你其他儿子我碰上一个杀一个。”他又看月宫主，“你的女儿想要回她的东西？好哇，她要是死了，那东西就是无主之物了。”最后，他看向师千缕，“我今日耐性不好。”

师千缕则说：“师叔息怒，洞阳的弟子廖停雁在师叔身边侍奉，我今日是特地带他前来探望徒儿的。”

司马焦摆弄着手腕上贴着的一片绿叶：“她惹我生气了。”

师千缕一惊，惹了这魔头只有一个下场，那就是死。师千缕心中暗道可惜，又觉得果然如此。怎么可能有人能在司马焦这种人身边活太久？

师千缕又问：“那廖停雁的尸身？”

司马焦说：“没有尸身。”

师千缕明白了，看来是尸骨无存了。

司马焦说着，就露出不耐烦的神色，揉着额心，一脚把旁边的玉柱踹断了：“没事儿就都滚出去！”

师千缕十分好脾气地告退离开，心中暗道：这司马焦越发暴戾嗜杀，离我们等待的那日应当是不远了。

师千缕与袁家主、月宫主出了白鹿崖。

月宫主之前在司马焦面前脸都黑成炭了也没敢说什么，现在有气全撒在了师千缕身上：“掌门，难道你要一直放任他，让他这样嚣张？你以前可没有这样胆小。”

师千缕从容地问：“不然你想如何？”

月宫主咬牙：“就算不能杀他，难道我们这么多人就不能将他困住……”

师千缕笑了一声：“困住，像五百年前那样？”

月宫主被他噎了一下，想起从前，神情不自在起来。

当初他们也是因为不能杀司马焦，才想着彻底控制住他，却没能成功，反而被他害死了那么多人，又让他修为大增。最后，他们牺牲了许多弟子才将他困在三圣山五百年。他们本是想着让他在那种全无灵气的地方被困个五百年，再加上奉养灵火，定会将他折磨得很虚弱，到那时，他们再来收拾他。可结果，他不但不见虚弱，反倒比五百年前更加厉害。

司马焦是奉山一族万万年难得一见的天才，他的资质和悟性无人能比，哪怕是死路，他也能死里逃生。师千缕的师父都曾在司马焦那里失手，师千缕再不敢轻视司马焦。

如今他们都怕了，只能小心地维持着一种平衡。大家心中都清楚，只要司马焦没有踩到他们的底线，杀一些人而已，他们只能忍耐，而这一点，显然司马焦自己也很清楚。他行事看似嚣张，毫不顾忌，其实很有分寸，一点儿都不像一个疯子。师千缕有时都怀疑他是不是真的疯了。如果承受那样的痛苦，他还未疯，那此人就更加可怕了。

“要动他，只会让庚辰仙府元气大伤，他若真的不管不顾要对付我们，也只会两败俱伤。”师千缕看向月宫主，严肃中带着深意，“且忍耐吧。”一个人总不可能一直嚣张下去，而这种微妙的平衡也总会被打破。

月宫主身份尊贵，多年没受过气了，乍被人打脸有些受不了，才走了这么一趟。她终归还是选择忍，袖子一挥，回了自己的月之宫。她还要安抚自己的宝贝女儿。

至于袁家主，他前来见司马焦，与儿子关系不大。司马焦说得不错，他的儿子很多。哪怕偏爱袁觞一些，但这些年袁觞的修为无法提升，他心里对这个儿子就已经少了很多关心。他今日来，其实是另有原因的，如今他心里有数了，倒是没多说，与师千缕点了点头便回去了。

他回到袁家便招来自己的得力下属，吩咐下去："将袁觞身边所有伺候的人全部暂时押起来，细细审问，看看他到底做了些什么。"

他也不是傻的，下手又快，很快就知晓了袁觞曾做过的一些事儿。得知自己的儿子与魔域有联系，袁家主也是大吃一惊。"那廖停雁竟然是他安排进去的魔域之人，他还真是胆大妄为！"袁家主怒骂。

他猜得到，这个曾经优秀的孩子必定是因为受伤而修为倒退那件事儿生了心魔，才会做下这种事儿来。好在他死了，那魔域奸细也已经死了，否则闹出什么风波，袁氏也要被影响。

师千缕回去后，第一件事儿便是去灯阁。守灯的弟子面色难看，见到他来，匆匆禀告："师祖，弟子正要去向师祖禀报，那盏弟子命灯不知为何突然熄灭了，魂魄也召不出来。"

师千缕正是来看那盏廖停雁的命灯的。如今命灯熄灭，看来人确实是死了。确定了这事儿，他心里也觉得可惜，可利用的大好工具少了一样。

"罢了，不必再看着了。"

廖停雁，这个曾经被慈藏道君带在身边的人，在短短几日后就被慈藏道君杀了，这消息传出去后，又出现了一些流言。

据说死得很惨、尸骨无存的廖停雁，刚睡完一觉起来。

她在飞阁的露台上赏月，赏着赏着，就睡着了，一醒来就看到了满目的灿烂阳光。

她翻了个身，见到坐在旁边的司马焦。好大一个司马焦。

祖宗，为什么他看上去好大一个？他伸过来的手也好大一只，简直是个巨人。

廖停雁有不妙的预感，她眼睁睁地看着司马焦的手摸到了自己的肚皮上。她整个变小了，没有穿衣服，毛茸茸的肚子起伏着，看着很好摸。她又看到了自己的爪子，还有一条……尾巴！

廖停雁叫喊："啊——"她的尖叫是一种嘤嘤嘤的弱气叫声。

她从榻上爬起来，用灰灰的毛爪子捧住脸：“啊——”

“哈哈哈哈哈哈哈！”司马焦笑得靠在了她的靠枕上。

廖停雁发觉自己好像还有一些技能是能用的。比如，她还能看到自己脑海里有一朵红色小花，还能看到内里的空间，之前从锦囊里移进去的东西也还在。她找出了镜子，抱着那个现在比她个头还要大的镜子放在靠枕上。

镜子里照出来的是一只毛色灰灰、皮毛油光水滑的水獭——就是俗称嘤嘤怪的一种动物，叫声嘤嘤嘤的，听上去就好像在撒娇一样。

水獭呆呆地坐在镜子前，做出了看爪子、摸肚皮、拽尾巴等一系列动作。

我怎么变成水獭了？廖停雁扭头看向司马焦，冲过去给了他一个头槌：“为什么把我变成这样！快把我变回来！”大胸！长腿！美颜！

司马焦伸手挡住她的脑袋，声音里带笑，他似乎心情挺好：“不是我要把你变成这样，是你自己想变成这样。”

廖停雁给了他一爪子：“听你胡扯，大猪蹄子！胡说八道！”

她发出的虽然是嘤嘤嘤的声音，但司马焦似乎听得懂，他说：“我给你吃了一枚幻形丹，你会根据自己心里印象最深的形象，变成另一种形象。”

廖停雁回忆自己昨晚做的梦，她梦见自己在刷微博，吸完猫和小糯米团子一样的熊猫后，又看了一个水獭视频。水獭油光水滑的，好像手感很好，她在梦里非常想摸一摸……为什么！现在这么好的手感她自己摸不到，反而要便宜司马焦！

微博误我！早知道她就多想想自己那些男神和云老公，变成哪一个都是赚了，谁不想变成美男子呢！现在好了，她成了一只水獭！

她愤而嘤嘤嘤，把司马焦摸向自己肚子的手推开。

把我变成这样还想吸水獭，滚吧你！

司马焦大笑，笑得前俯后仰，非常快活。

廖停雁：我刚才是撞到你的笑穴了吗，你笑成这样？

她抬起两只前爪，趴在司马焦的腿上，朝他喊："把我变回来呀！"

司马焦用和她同款的咸鱼瘫姿势，瘫在本该由她享受的榻上，慢悠悠地说："幻形丹，你会保持这样三个月。"

平白无故地给她吃那种东西，搞得她要当三个月水獭，这大猪蹄子根本就是魔鬼猪蹄，还是特辣的那种。廖停雁坐在那儿发了通脾气，觉得气累了，决定瘫在一边休息一会儿。她刚眯上眼睛，就感觉肚子被摸了两下。她推开那毛毛手，翻了个身，很快，那冰凉的手指又开始摸她的背。

其实……这还挺舒适的，摸得人昏昏欲睡的，罢了，就当他是按摩好了。

廖停雁很快发现，当一只水獭，生活和之前其实没什么区别，照样是吃吃睡睡的度假生活。因为她只是外貌变了，技能还可以继续用，所以她还能飞。她用水獭的样子飘在空中，比用人的样子飘在空中其实还要更方便一点儿，因为不用在意形象了。泡澡的时候，她还能直接仰面躺在水面上，连懒都能懒得更加光明正大、理所当然。怪不得现代那么多"社畜"想当猫，其实当一段时间水獭也不是不能接受。

唯一的问题是司马焦好像挺喜欢"吸"水獭，以前他常常不见踪影，但现在他时不时就过来摸她两把。他去泡水池子的时候还强行把她也扯过去泡，她就躺在他肚子上跟他一起泡冷冰冰的水池子。廖停雁不喜欢泡冷水，等司马焦没反应了，她就飞上岸，跑到榻上去睡。

她正睡着，大黑蛇爬进了殿里。这位黑蛇兄弟因为近来失宠，司马焦不爱管它，它自己在白鹿崖也过得挺自在。它有吃有喝，日日就懒洋洋地爬柱子，还会在山上到处溜达，抓一些小玩意儿回来玩。它的脑子不太好，没能认出变成水獭的廖停雁，见她瘫在主人的地盘，就过去和她玩闹。大黑蛇的玩，就是把她咬进了嘴里。大黑蛇不会随便吞吃小动物，就是爱吓唬人，估计是和它主人学的坏毛病。廖停雁睡得好好的，突然发现自己被大黑蛇兄弟咬在了嘴里……

她刚想着怎么挣脱开蛇口，大黑蛇的嘴巴就被从池子里爬起来的水鬼祖宗掰开了。司马焦把水獭拿出来，捶了大黑蛇一下：“怎么这么蠢？滚开。”大黑蛇刚才没认出来，但现在已经察觉到廖停雁身上的熟悉气息了。它不明白自己的小伙伴怎么突然变了个样子，但被捶了一下，不敢再和小伙伴玩了，委委屈屈地吐着芯子爬开。

廖停雁刚才突然被吞到大蛇嘴里，还想着揍它一顿，但现在看大蛇可怜巴巴地爬走，她又觉得都是司马焦的错。要不是他乱给她吃东西，大黑会这样吗？大黑只是个智商不行的孩子呀！为什么要打它？

司马焦和廖停雁对视了片刻。他忽然沉着脸，抓着她走到门口，把往外爬的大蛇扯了回来，然后掰开大蛇的血盆大口，把水獭重新塞了进去。

大黑蛇：“……”

廖停雁：“……”

突然发脾气，你是熊孩子吗？

廖停雁从大蛇嘴里爬出来，洗了洗身上的皮毛，躺在大蛇头顶的鳞片上，让它载自己去兜风。

大黑蛇的鳞片光滑冰凉，躺在上面，就像睡凉席一样，廖停雁瘫在上面，吹着小风，觉得还挺舒服的。但是这黑蛇兄弟特别喜欢一些犄角旮旯，像是山岩下的狭窄缝隙，不知道什么动物钻出来的土洞，满是腐烂落叶的树丛底下，等等，它就爱往那些地方钻。

廖停雁好好一个皮毛光滑的水獭，被它载着出去游了一通，毛都乱了。

这“黑车”她是遭不住了。廖停雁用爪子抓掉脑袋上的树叶草屑，又去抚自己倒劈叉的毛，毛的手感都不丝滑了。眼见大黑蛇又要去瀑布底下耍，廖停雁立刻准备跳“车”。

“傻孩子，我晕车，不跟你玩了，你自己去玩，好不好？”廖停雁拍了拍大蛇，伸出爪子挥了挥。

在大黑蛇冲进瀑布之前，她整只水獭飞了起来，朝着大殿内飞过去。她是躺着飞过去的，如今她对飞行和控制已经小有心得，正在研究梦中学习。修仙世界一切皆有可能，所有妄想都应该勇敢尝试。

飞到主殿，廖停雁听到了一阵骂声：“这么多天都没把我放出来，你有本事就一直把我放在身体里呀！你不要命了，看我不烧死你！”好熟悉的童声，这不是暴躁脏话小火苗吗？自从从那座三圣山出来之后，她都没看到这簇火苗了。

她飘浮在窗外，看到殿内多出了一汪碧绿的池水和一簇红莲火苗，司马焦就站在旁边。只是，不对呀，这簇火苗的胆子变得超大，都敢骂司马焦了，它以前那㞞样儿呢？刚这么想着，她就看到膨胀的火苗猛然缩下去。司马焦用碧池里的水把那团火苗裹了起来，火苗每次碰到那水就疼，因此这会儿它大声哭闹起来：“我不骂了，不骂了还不行吗？你以前只是浇我，现在更丧心病狂了！啊！疼死了！”

廖停雁：这新技能，好像是她用来敷面膜的，祖宗活学活用，真的学得超快。

火苗遭了虐待，但不管它怎么哀求哭闹，司马焦都不理它。它也发了狠，继续凶狠地骂人：“你这个臭疯子，我死你也死，我疼你也疼，这么浇我，你自己没感觉疼吗？你怎么还不去死呀？老子杀了你！等老子脱离你的控制，第一个就烧死你！”

司马焦把它困在水球里，冷笑：“我看到你就不爽，你难受我就好受了。”

火苗一会儿哭求，一会儿大骂，是个反复无常的小屁孩儿，司马焦从头到尾都是暴躁嘲讽脸，双方都是恨不得立刻搞死对方的模样。

廖停雁莫名觉得，他俩好像一对相看两相厌的父子。

“你还知道回来。”司马焦忽然扭头看向窗户。

廖停雁趴在窗框上，心想：你这个爸爸一样的语气是怎么回事儿？

“你过来，给它浇水。”司马焦丢下一句话，袖子一挥就走了。

廖停雁慢悠悠地飘到火苗的周边，保持着安全距离。那簇火苗认出她的气息就开始骂：“又是你！你怎么变成这个蠢样儿了。我警告你，司马焦的走狗，你要是敢给我浇水，我就烧死你！”它骂了半天，没见廖停雁有什么动静，不由得疑惑起来，“你怎么不给我浇水？”

廖停雁说：“因为我比较懒，不想干活？”

火苗跳了一下：“你敢不听司马焦的话，你不怕他杀你吗？”

廖停雁翻了一个垫子出来，躺上去，心说：“杀我”这种威胁，我倒没有那么怕，威胁说要打断手脚、抽筋、扒皮、片肉之类的很疼的惩罚方法，反倒对我更有用。

见她当真没有动手浇水，火苗稍稍膨胀了一些，叉着腰说：“你很有眼色嘛，是怕了我的威胁吧！”

廖停雁说：“对，对，对，我好怕你烧我的毛，你能安静点儿，别打扰我修炼吗？”

火苗说：“你明明是在睡觉，你以为我看不出来！你这个懒鬼！”

廖停雁说：“我是在研究梦中修炼。”

火苗说：“我从来没听说过，梦中怎么修炼？”

廖停雁说：“等我研究出来就告诉你。”

火苗哼了一声：“我知道也没用，我又不会做梦……也不对，我做过一个梦。只有司马焦做梦的时候我才会做梦，但他好久没睡过觉。他不做梦，我也没有梦。”

廖停雁说：“其实做梦很影响睡眠的。”

火苗凶巴巴的，还很鄙夷她：“你都已经到化神期了，怎么还要睡觉？”

廖停雁说：“我以前的梦想是不工作的时候能睡个够，现在我是在实现我的梦想。你是不懂我的心情的。好了，你别说话了，我开始睡了。”

火苗呜啦呜啦地吵："我就不，我就不！凭什么我都被司马焦欺负成这样了，他的女人还要在我面前好好睡觉！我要报复！"

廖停雁：熊孩子真的欠教育，司马焦这个丧子体罚式教育真的有问题。

拜火苗所赐，廖停雁又学会了一种技能——隔音。

她学会了两种隔音。一种是戴耳塞式隔音，切断自己的听力，就像戴上睡眠隔音耳塞，世界一片寂静。太安静了，廖停雁有点儿睡不着，所以她采取了第二种方法，做了一个隔音罩子，把噪声污染源屏蔽了，这下子就好多了。

迷迷糊糊中，廖停雁感觉有人蹲在她面前，她身上还有种微妙的不自在，就好像被人不停地撩眼睫毛，很烦。她睁眼一看，是司马焦在扯她的胡子。水獭是有胡子的，那是几根白色的毛毛，司马焦就在动她的胡子。

讲真的，这祖宗和那边的噪声污染源火苗在烦人的方面真是同出一脉，不相上下。

"我让你给它浇水，怎么不浇？"他问。

廖停雁说："浇了一点儿。"

司马焦说："你在骗我。"

廖停雁：是的呢。

司马焦意味不明地哼了一声，竟然也没说什么，只是一把抄起她走出去。

外面天已经黑了，他一路往外走，迈着风驰电掣的步伐，一手抄着水獭，一手沿路把那些傀儡人都捏爆了。

廖停雁：你干吗？这些傀儡人又没有生命，差不多就是智能机器人，你搞他们也能得到快乐吗？

司马焦一个傀儡人都没放过，让白鹿崖上所有的傀儡人都报废了，又把还在山间追赶白鹿的大黑蛇抓起来，塞进了天上的白雁飞阁里。

突然上天的大黑蛇："嗯？"

司马焦说："你就在这里待着。"

干吗？这是把公司员工轮流关禁闭吗？廖停雁发现祖宗今天好像有点儿躁。

廖停雁回到白鹿崖后，往天上看了一眼，发现白雁飞阁里黑蛇的身影有点儿明显。

司马焦带着她往白鹿崖外面去了，他用了和缩地成寸类似的术法。廖停雁感觉到加速度带来的巨大压力，皮毛都好像要被掀飞出去了，眼前的景色变成一片光怪陆离。司马焦的速度极快，廖停雁以前被那位师父洞阳真人带着飞过，觉得司马焦的速度起码比师父快上一千倍。有那么一片刻，廖停雁看见了灯火通明的楼宇，看见了无数穿着相似衣服的弟子聚在一处，还看见了山崖上有人在切磋。她路过的风景都成了一帧一帧的幻灯片。

廖停雁有点儿明白他之前为什么要处理那些傀儡人了。他大概是要去做些什么，所以让那些"眼睛"都报废了。

司马焦终于停了下来，他们面前有一座繁华的大城，廖停雁看见城门上庚辰仙府的徽印。这里应该还是属于庚辰仙府境内，但已经不是内围，而是属于外围。

庚辰仙府广阔无边。内围是各大家族本家所在，是各种灵气充裕的修炼之地，另外还有弟子的地盘。外围则是附属的小家族组成的一个个类似小国的聚居地，多是曾经的庚辰仙府的弟子的家族世代繁衍而生的，甚至还有许多迁居过来寻求庇护的寻常百姓。整个庚辰仙府就像一株巨树，这些外围的大小城池，就是树上长着的树叶。

廖停雁曾经听清谷天的小童说过一些这个世界的情况，但他们知道得不是太多，所以她也是一知半解。

每一座这样大的城池，都会有一个元婴期的修士坐镇，不过他们一般并不出现，只有城池遇上了极大的危险才会出手。平时只有些练气筑基的修士在维护城内的治安。

外围毕竟比不得内围那种元婴满地走的盛况，在这里大家等级都很低，所以司马焦进这座城，完全没有任何顾虑。他是直接从城门墙头上踩着走过去的，城内的修士没一个人能发现他。

虽然这城里修士的等级低了点儿，但这里的热闹却是其他地方不能比的，堪称廖停雁来了这个世界之后见过的最热闹的地方，而且是那种她很熟悉的，市井人间的热闹。这里让她想起以前下班后和同事一起回家，在夜晚降临的街上吃晚餐的场景，一下子就有点儿亲切。

司马焦进了城后，反而有些漫无目的地闲逛的意思，他走在街上，其他人看不见他们，但会不自觉地避开他。

廖停雁从前看古装剧，觉得夜晚还是现代的夜晚热闹，不过现在她开了眼界了。这个修仙的世界的夜晚，竟比现代社会还热闹，因为这里不仅有人类的热闹。

街上用来照明的不只有普通的灯，还有廖停雁没见过的各种稀奇古怪的东西。路边一家店的幡子上挂着的五彩灯，是用贝壳一样的薄片反射出的光芒，非常明亮，璀璨无比。街边挂着疑似路灯的发亮圆球，廖停雁发现它们会张开嘴巴吃被光吸引过来的小虫子——它们竟然是活的。还有一个在一家肉铺门口玩耍的小胖孩子，他手里抓着一个看上去像眼睛的东西，那“眼睛”里面射出光来，廖停雁觉得那像电筒。

司马焦走到那小胖子面前，把他手上的“电筒”拿起来看。他看了两眼，大概有点儿兴趣，淡定地拿着继续往前走。小胖子玩得好好的，突然发现自己的玩具莫名飞在半空中，越飞越远，眼睛都瞪圆了。他扭头朝店内哭喊：“爹，我的光眼飞了！没了！”后面那个小胖子哇哇地哭起来，他爹在屋里干活，不耐烦地吼他：“哭屁呀，别给你老子吵吵了！下回再给你买！”

廖停雁趴到司马焦的肩膀上，瞧着他那张小白脸，心说：这祖宗抢小孩子玩具的样子，真的好像个反派。

虽然觉得司马焦抢小孩子玩具的样子非常流氓，但廖停雁还是顺从自己的好奇心凑过去看了。司马焦看了一会儿，又不感兴趣了，见她整个水獭往前凑过来看，顺手薅了一把毛后，就把手上的东西递给了她。廖停雁两只爪子抱着那东西研究，发现这看上去像眼睛的东西其实是一块石头。至于它为什么会发光，她就不清楚了，修仙世界不能用科学去解释。

街边当路灯的奇怪生物张开大嘴吃小飞虫，吃得吧唧吧唧响。廖停雁有点儿想过去看看，但司马焦没什么兴趣，他在街上四处巡视，不知道在找什么。廖停雁扯了扯他脸颊边上的长发，指了指路边的灯。

司马焦说："那种东西有什么好看的。"

你自己刚才抢小孩子的玩具的时候，怎么不说这话？玩具有什么好看的？廖停雁腹诽完，自己飞过去看。她刚飞到那灯旁边，一个没注意，差点儿被灯底下伸出来的大舌头给舔了。她连忙停下，往后倒飞回祖宗肩上。

口水好多的一条大舌头，不看了。

走过了一条街，廖停雁听到祖宗不耐烦地啧了一声。接着，她眼前一花，站到旁边的屋顶上，又是一闪，他们来到一栋高层建筑顶部。廖停雁敏锐地察觉到他的视线在最明亮喧哗的地方停留。过了几秒钟，他朝着最热闹的一处街道飞去。靠近那里之后，廖停雁的表情越来越古怪。

那条街上有很多花，不仅是鲜花，还有女人花，所以那是一条花街。

这祖宗特地飞这么久到这个地方来，就是为了嫖娼来的？他不是性冷淡，还肾虚吗？以前那么多活色生香的大美人送到面前，他都无动于衷，现在难不成改主意了，想要试试外面的野花？这是什么老年失足剧本？

司马焦扭头和廖停雁对视半晌。他沉下脸说："你再说一个字，我就掐死你。”

廖停雁：我说什么了？我刚才有吭声吗？

“师祖，您……有读心术？”廖停雁问。他该不会听到她心里在想他肾虚吧。

司马焦说：“没有。”他只是能感觉到他人内心真正的情绪而已。

廖停雁说：“我刚才没有说话呢。”

司马焦说：“你在心里说了，还很吵。”

廖停雁开始不停地在心里骂他。

司马焦说：“你在骂我。”

廖停雁开始不停在心里想自己喜欢过的男神。司马焦开始掐她的尾巴。廖停雁立刻住脑。

不是，他真的没有使用读心术吗？

她把自己的尾巴扯回来，随手往一处地方一指：“看，那是什么？”

司马焦看过去，意味不明地嗯了一声，朝那边飞了过去。那是一个灯火通明的阁楼，底下一群公子哥正在开酒池肉林派对，场面不堪入目。廖停雁看清楚的瞬间，下意识抬起爪子捂住了眼睛，但她很快又放下来了。怕什么，这里又不是现代社会。没有扫黄，这些不和谐的东西是不会被打马赛克的，能看就多看会儿，长长见识。

司马焦也没有要走开的意思。他抱着胳膊，居高临下地站在那儿看着，神情冷漠厌恶。他指着一个人说：“看到那个人了吗？”

廖停雁顺着他指的方向看过去，顿觉眼睛一阵疼，太辣眼睛了。

“看到了，是有点儿小。”她说。

司马焦说：“谁叫你看那里。”

廖停雁：噢，那你让我看哪里？

他们说话的时候，司马焦指的那个油头粉面的公子哥儿提裤子离开了。那人眼下乌青，双目浑浊，脸颊苍白瘦削——是和司马焦不一样的那种苍白，司马焦的苍白看着就让人觉得凉飕飕的，这男人的苍白看着就油腻腻的。在那人转过身的瞬间，廖停雁看到他背后好像有一点儿淡红的痕迹。

啊，是让她看这个吗?

司马焦跟了上去。他跟在后面，瞧着那公子哥一摇三晃、嘻嘻哈哈地和周围衣着暴露的小姐姐调情，那人最后走到楼内的一间更衣室如厕。这种销金窟，就是上个厕所，里面都有漂亮的大姐姐帮忙脱裤子，还有人顺便就来一发了。讲真的，廖停雁感觉自己曾经看过的最大尺度的片子都没这么大的尺度。

如果她是一个人看到这种场景，肯定会不好意思。但是趴在司马焦这个开门冰箱肩上，她就光感觉到他身上的厌恶和杀气了，怪害怕的，什么其他感觉都生不出来。

“哦……”肾虚公子发出一声舒适的叹息，拉着那给自己清理的大姐姐，嘿嘿笑着往外拖，“你不错呀，走，跟公子我去酒池那边继续玩。”大姐姐眼波楚楚，贴在他身上扭动，两人对着说骚话。

司马焦上前朝着两人猛踢一脚，把这对野鸳鸯踢倒在地。他的力气没有收敛，两个人瞬间昏倒。司马焦走到肾虚男面前，一把扯住他的头发把他拽了起来，用脚拨开他背后的衣服。这回廖停雁看清楚了，那人背后肩胛骨处有一块淡淡的红色痕迹，形状像火焰。

看到火焰，她就想到那簇火苗，所以，这人大概率与祖宗有什么渊源。

司马焦用手按着昏迷的肾虚公子的脑袋，闭目仿佛在查看什么。半晌，他忽然冷哼一声，火焰顺着他的手，烧到了肾虚公子的头发，将那人整个包裹起来。三秒钟后，那人被烧成一层灰，又被司马焦袖子一挥，连灰都没了。

廖停雁：看来他是很生气。

司马焦变成了被他搞死的那个肾虚公子的模样。

廖停雁：祖宗要干什么，冒充别人身份打入敌人内部?

她还以为他是直球强攻系的，没想到还能使用迂回战术。

司马焦把廖停雁塞进了衣襟里，她隔着一层薄薄的内衫贴着他的胸膛。他大步朝外走，一路上那些倚着门坐在锦垫上喝酒的小姐姐照旧笑着招呼他：“严公子——”还有想贴上来调情的。她们全被司马焦的袖子糊了一脸，他把人家的发髻、妆容都给抽得乱七八糟。司马焦从这条锦绣堆般的走廊里走过去，引起了一片尖叫声。他都没管这些，掠过一个个欢声笑语的房间和院子，出了这片销金窟。

在前面的楼内，有仆人见他出来，忙迎上前来：“公子，今日怎么这么早就要离开了？”

除了仆人，他还有一个结丹修为的修士作为保镖。在这里，这样的配置已经表示身份不低了。

司马焦用那个肾虚男的脸说：“回去。”

原主严公子的脾气应该也不好。仆人见他这个样子，习以为常地一缩脖子，不敢再说，令人牵来马车，又扶着司马焦上车。司马焦坐上车后，发现内里还有一对漂亮的少年男女。他们是惯常伺候那位严公子的，这会儿熟门熟路地靠上来，被司马焦喝退。

“滚下去。”

两个人下去了。司马焦倚在宽敞的车厢内，不知想到什么，漆黑的双眼里隐约有些赤红的火焰跳动。待在他衣襟里的廖停雁，动了动尾巴，伸出脑袋来，看了一眼他莫测的神情，又缩了回去。

她总觉得这祖宗要搞一票大的。

说起来，他当初就说过，等出了三圣山，他要杀了所有人。这些天他都没什么大动作，她还以为是他出来后发现庚辰仙府发展太快，人口百万，很难杀完，所以放弃了。她现在觉得，他可能是另有打算——什么打算都和她没关系，毕竟她现在只是无辜的水獭而已。

这位严公子的家是这城中最大的几个宅子之一。像他这样的情况，应该就是家里有人在庚辰仙府内围当弟子，或者有其他特殊身份，他们家才会有这样好的待遇。司马焦冒充别人的身份，比原本那个肾虚公子还要有排面。进了那座华丽的严府，路上看到许多请安的人，他连眼睛都没眨一下，全部视而不见。连见到肾虚公子他爹，司马焦也是余光没给一个。

“站住！”那中年人被他的态度气得吹胡子瞪眼，“你这是什么样子，去那种地方厮混，混得脑子都有问题了？见到你爹都不会请安！”

司马焦停下脚步，瞧了他一眼。他这个人是这样的，嘲讽起来不需要说什么，只是一个眼神就足以气得人发疯。

严老爷抖着胡须：“你是越来越不像话了！不许再出去。家里那么多女人不够你睡，偏要跑到外面去睡那些生不出孩子的女人。你给我待在家里，多生几个孩子才是重要！”

司马焦朝他抬了抬下巴：“你跟我过来。”

严老爷说：“孽子，你就是这么跟你爹说话的？”

司马焦不耐烦了，一手按在他的肩膀上，原本满面愤怒的严老爷一僵，直愣愣地跟着司马焦一起走进了内室。司马焦放开他，坐在屋内的椅子上，朝他勾勾手指。

严老爷满面恐惧地说：“你、你是谁呀，你不是我儿子！”

司马焦笑了一声：“我是你祖宗。”

严老爷露出被羞辱的神情。

围观的廖停雁：祖宗说的可能是真话呢。

司马焦没有废话，他问严老爷：“三日前出生的女婴，你会把她送到哪里去？”

严老爷并不想回答，但祖宗的真话buff他无力抵抗，他只能声音僵硬地说出了几个字：“百凤山。”

司马焦问：“百凤山在什么地方？”

严老爷说：“不知道。会有使者来接引，我们不能靠近，只能在外面。”

司马焦问：“什么时候送去？”

严老爷说：“两日后。”

司马焦说：“很好，到时候我会与你一起去。”

他又问了些其他的问题。廖停雁在一边听着，零零碎碎的信息拼凑起来，再加上她自己的猜测，她就差不多明白祖宗在干什么了。他在找人，不是找某个人，而是在找某一类人，像是严公子这样的。

严家在这里住了上千年了，他们的富贵来自他们的血脉。他们每隔几代，就会生出拥有返祖血脉的人，具体体现就是背后有那种火焰痕迹。而这样的孩子一旦出现，就会被送到某个地方去。如果孩子的血脉之力稍强，就会被留下，同时严家就会得到很多好处；如果血脉力量很弱，就像严公子这样的，可以回自己家里。

像严家这样的小家族零散地住在庚辰仙府外围，被一股神秘力量掌控着，完全不引人注意。

第七章
男女主角要走不同的两条剧情线

司马氏的奉山一族，在很久之前是最接近神的种族。然而，随着诸神消散，所有种族的力量都衰弱了，奉山一族也一样，他们侍奉的神灭亡了，他们为了让自己的强大能延续得更久，就开始追求血统的纯净。这样一来，确实出现了不少天才，可是司马氏的人也越来越少。

在庚辰仙府那厚重的历史中，司马氏的荣耀几乎占据了一半。不过，随着时间流逝，这个曾经强大的种族飞快地衰败下来。与此同时，侍奉司马氏的师氏一族与其他庚辰仙府的家族，开始一代代地强大起来，他们的人数大大地超过了司马氏族人。强弱反转之后，曾经的强者就由主人变成了“笼中鸟”。

往前追溯，在几千年的时光里，司马氏一族仅剩的几个强大修士，出于种种原因，意外去世，只剩下一些还未成长起来的年轻孩子。纵有再厉害的天赋与资质，他们也需要成长的时间。他们在师氏的“照顾”下，渐渐失去了自由。

为贪婪与野心所驱使，师氏背叛了这个曾经的主族。师氏利用司马氏的信任，控制了年幼的司马氏族人，让那些孩子没有机会变得强大。最后，司马氏族人只能沦为傀儡，被困在三圣山。当然，在世人眼中，司马氏的地位一直是超然的，就是庚辰仙府里的普通弟子，也是这么以为的。谁知道他们是像珍贵的奇兽一样被小心饲养在“金笼子”里的呢?

司马氏的人越来越少，最后一个司马氏的纯血之女司马萼用自己的生命做出了最后的反抗，为司马氏最后的一点血脉争取到了成长的机会。她承受巨大的痛苦，用自己的血肉与灵骨净化了灵山之火，让这已经化灵的强大火焰甘心涅槃，重新成为一簇幼生灵火。然后她将这净化后的新生之火植入自己的孩子的身体中，让他的性命与奉山灵火完全联系在一起。司马焦那时候也不过是一个孩童，他同样经历了巨大的痛苦才完全接受了这削弱后的新生灵火。

灵火是奉山一族最重要的宝物，也是庚辰仙府立府的根本，最重要的根系。如果没了灵火，庚辰仙府地界将灵气全无，从仙府变成贫瘠荒地，他们的天运也会颓丧。多年来，虽然有无数司马氏族人曾像司马萼这样奉养灵火，但只有司马焦和其他奉养之人不同，他是彻底与灵火合二为一，同生共死的。灵火再也无法转由其他人奉养——世上也没有第二个可以奉养灵火的司马氏族人了。

因为这灵火的加持，司马焦的修为提升得极快。师氏与其他庚辰仙府的家族也因为这火而投鼠忌器，转而试着诱惑、拉拢他。然而，司马焦拥有真言之誓，他拥有看透他人内心的奇特能力，纵使那些人对他露出最温柔的笑容，他也只能感觉到被各种可怕的欲望包围着。他能感受到的，只有欺骗、贪婪、恐惧和各种恶意。

他警惕任何人，并且天生凶狠，与他那个天然善良的母亲不同，所以才那么小就能毫不犹豫地杀人——他为了提升修为，“吸收”了师氏的好几个人。他的“饲养者”们从没见过这样的修炼方式，凶狠近魔，可偏偏又不是魔。魔修与他们不同，魔修的身体里灵气的运转是与仙修完全相反的。司马焦没有出现入魔的征兆，他只是毫不在意地杀人，吞噬他们的修为。在他吸空了整座三圣山的精英弟子后，他们不敢再派任何人前来。三圣山就由关金丝雀的金笼子，变成了带锁链的铁笼子。

“不能为我们所用，也无法控制，这样下去，他会对整个庚辰仙府造成危害！”庚辰仙府里那些趴在司马一族身上吸血的家族开始恐惧，于是他们做了许多事儿，但每一次都失败了。他们不仅没能控制司马焦，还被他抓住一切机会变得强大起来。最后他们没有办法，牺牲了许多大能，将他困了几百年。

廖停雁睡醒了，飞到桌面的垫子上，挥起爪子慢条斯理地给自己洗了个脸，顺了顺毛和胡须，坐在盘子边，抱着一块雪白软糯的糕点啃起来。她啃了两口香甜的花味小圆糕，往旁边看了一眼。

司马焦靠在那里，闭着眼睛，大腿上搭着的袖子乱糟糟地团在一起，是之前廖停雁睡出来的。自从她变成一只水獭，每回睡觉都要被司马焦捞在手里摸。她睡在他身上的次数多了，就很习惯了。只是，一般她醒过来司马焦也会睁开眼睛，这回怎么还没动静？该不会是真的睡着了吧？不对，那簇火苗说过的，司马焦好多年没睡过觉了。

她瞄着司马焦一动不动的样子，又啃了一口圆糕。她啃完一个了，他还是那个样子，靠在那里，真的好像睡着了。

一小滴水珠悠悠地从茶杯里跃出来，随着廖停雁爪子的挥动，砸在了司马焦的脸上。司马焦睫毛一颤，睁开了眼睛。那滴水珠恰好落在他的眼皮上，他的眼睛这么一眨动，那水珠就滑落到他的面颊上，好像流泪一般。

司马焦朝她看过来。廖停雁身上的毛一奓。司马焦面无表情地把水獭拿过来往脸上一擦，用她的皮毛把脸上那点水渍擦干了。

廖停雁：“……”

她抬手抚了抚自己身上倒伏的毛毛，准备拿点儿瓜子出来嗑。

“我刚才做了一个梦。”司马焦忽然说。

廖停雁吓得瓜子都掉了。祖宗睡着了，还做梦了，这是什么概率？这是五百年一遇的流星雨的概率呀。她扭头看着司马焦，等他接着说，她还挺好奇，这种几百年不睡觉把自己熬得这么虚的祖宗会做什么梦。可司马焦没说，垂眸有些无聊地看着窗外。

廖停雁：像这种话说一半的人，在现代社会，是会被打死的。

司马焦梦见了自己的小时候。那是一个风雨交加的夜晚，他那位娘亲司马萼来到床边，将他从睡梦中惊醒，掐着他的脖子要掐死他。这是真实发生过的事情，如果不是师慵游发现并阻止，他大约真的会被那样掐死。

最可笑的地方在于，他能感觉到，那些保护他、照顾他的人身上都有着浓郁的恶意，而母亲要掐死他的时候，传达给他的却只有温柔的爱意和珍重。

想到这里，司马焦又看了一眼廖停雁。她已经飞到桌子上，躺在那里啃五色圆糕，每种颜色都啃了一口，好像在比较哪种口感最好。

这个人是他见过的人里最奇怪的。别人见了他，心中的情绪无非那么几种，害怕，厌恶，向往，讨好——但她不一样，她什么都没有。她对他没有浓重的恶感，也没有多少好感，就像对待路边的花草树木一样，这种浅淡的情绪令司马焦觉得平静。

明明是个很弱的人，明明遇到了很多事儿，她仍旧能把自己安排得舒舒服服的。司马焦觉得她比他曾经见过的很多人都要聪明，真正聪明的人是不管在哪儿都能活得好好的。

廖停雁把圆糕固定在空中，然后送到嘴边，又想去控制旁边的茶。她一个分心，圆糕砸下去，糊了她一脸，糕渣渣撒了满身。

司马焦：收回刚才觉得她聪明的话。

“前辈。”严老爷在门外喊道，“来接引我们去百凤山的人到了。”

他们在这里住了两天，终于要准备出门。廖停雁看司马焦站起来，也拍拍爪子，抖抖身上的毛，朝他飞过去，准备继续当挂件。可是，司马焦一手把她挡住，还把她弹飞了出去，她一下砸在了软垫里。

“你待在这里。”

廖停雁：什么？不带我去？还有这样的好事儿？

她刚坐起来，听到这话，顺势就躺了回去。其实她真不太想去，因为去了肯定会发现什么大秘密，说不定还会看到很多血腥的杀人画面，她不想知道太多，也不想围观血腥恐怖片。

司马焦往外走了两步，手一抓，抓出一团小小的火苗，往廖停雁那边一弹。“拿着这个。”他说完，就干脆利落地走了。

小小的火苗在一个透明的圆球屏障里，砸在廖停雁的尾巴旁边。廖停雁凑过去看，那簇小小的火苗就大声吼叫起来：“看什么看！臭灰毛！”

廖停雁把球扒拉过来：“你怎么变成这么小一簇了？”

“你没听说过分身吗？这只是我本体分出来的一个小火苗而已，是用来监视你的！”

廖停雁说：“哦。”

老板外出办事，员工当然是要偷懒的。廖停雁一只水獭慵懒地独占了一整张大床，惬意地伸懒腰。火苗很吵，被她再加了一个隔音罩子。

这火焰真的就像个臭屁又寂寞的熊孩子，没人跟它玩，还经常被关，见到人就说个不停，没法正常交流，只会骂人了。廖停雁忽然想到什么，把罩子拿开，跟它聊天。

“你之前说过师祖做梦，你也会做梦，是不是你可以看到他的梦？”

火苗刚才气急败坏，现在听她问这个，可把它得意坏了，一簇火苗都能看出冲天的骄傲气息。它说：“那可不，我知道他所有的小秘密，他的梦我也能看到。”

廖停雁还有点儿好奇："他老人家刚才睡着了还做梦，你看到什么了？"

火苗立刻大声嘲笑起来："他梦到他娘了，哈哈哈哈！那个还没断奶的小白脸！"他说着说着，就开始胡编抹黑，"他在梦里哇哇大哭，喊着要他娘呢！他还流鼻涕！"

廖停雁：我信你个鬼。

"造谣一时爽，要是他知道你这么说，可能会把你打得哇哇大哭。"

火苗顿了顿："我……你以为我真怕他吗？"

"对呀，我觉得你真的怕他。"廖停雁说完，瞬间把隔音罩子盖上，第一时间隔绝了火苗的脏话。

司马焦用着严公子的外表，跟在严老爷身后，见到了来接他们的一个元婴期修士。这修士沉默寡言，容貌寻常，有一艘舟形的飞行法器。修士看了一眼严老爷怀里抱着的女婴，就让严老爷上飞行法器。

"以前只你一个人去，这回多了一个人。"元婴修士抬着下巴指司马焦。

严老爷讨好地笑笑："这是……犬子，日后他要继承我的家业，将由他去送孩子了，所以我先带他去见识一番。"他说着，塞了一袋子的灵石过去。

元婴修士收下灵石，没再吭声，让司马焦也上了飞行法器。

严老爷稍稍松了一口气，又抱紧怀中沉睡的女婴。这女婴是严公子的后院里某个女人生下的，严公子的女人们生下那么多孩子，只有这个女婴遗传到了血脉。如果她能留在百凤山，那他们严家还能再风光个两百年。

只是……严老爷又悄悄地瞧了一眼旁边的神秘修士，心里惴惴不安，觉得这一趟可能要发生什么大事。

司马焦一贯是没什么好表情的，他时时刻刻都感到烦躁与痛苦。躁郁的心情来自血脉里遗传下来的病症，痛苦来自身体里时刻烧灼的灵火，戾气来自他人传达过来的贪欲与恶意。有时候他自己也无法控制自己的情绪，也不会去克制。

距离百凤山越来越近，司马焦的神情也越来越阴沉难看。到了百凤山下，进了一层结界之后，百凤山的气息再无遮掩，司马焦更是双眼都几乎变得血红。

在严老爷眼中，百凤山只是一座巍峨的灵山。这世上灵山大多一样，灵气浓郁，生机盎然，甚至还带着一股圣洁之气。可是，在司马焦眼中，这仙山一般的百凤山如同炼狱，赤红的火焰裹挟着深厚的怨恨笼罩在山上，鬼哭几要冲入云霄，刺得他脑中越发疼痛难忍。

“就送到这里吧。”元婴修士在山脚停下，等着人前来接女婴。

人很快就来了，两个修士，一男一女，穿着绣了火焰纹样的衣裳，神情带着些贵重的矜持，显然对严老爷很是不屑。他们两人负责将孩子抱走检查血脉。如果血脉之力比较纯粹，他们就会给予严老爷极为丰厚的赏赐；如果血脉之力不怎么样，就会让他把孩子带回去。

“你们先在此等待，规矩应该知道的，不可随意走动张望。”那女修特意看了一眼司马焦，仿佛对他的表情不甚满意。

带严老爷过来的中年男修对那两个修士很恭敬，闻言，便斥责司马焦：“无知小儿，不可冒犯灵山！”

“灵山？”司马焦忽然冷笑一声，朝着中年男修一抓，将他抓在手中，赤红的火焰瞬间把人吞没。

在场的其余几人被这突发的情况惊住了，严老爷吓得目瞪口呆，跌坐在地，连滚带爬地跑到一边躲避，抱着女婴的两个修士则迅速反应过来，准备通知此地的守卫。然而，司马焦没有给他们机会，两人连一个字都没说出来就动弹不得，僵在原地。

司马焦烧完了一个人，又动动手，把另一个男修也烧成了灰。司马焦烧死一个元婴修士，看上去比凡人摘一朵花还要容易，把那女修吓得不轻。司马焦再看向女修时，抱着孩子的女修已经面色惨白，眼中满含恐惧。

她的修为不低，算是一位小管事。她向来过得如鱼得水，今日还是第一次感觉到这种可怕的威势。她那些术法、灵力和灵器没有一样能用出来，被彻彻底底地压制了。更可怕的是，她隐隐意识到面前这个人是谁了。她心底生不出反抗的心思，只觉得无边恐惧侵入灵府。她听到脑海里有一个声音，那声音告诉她，她要听从这人的命令。

司马焦的精神何其强大。他将女修控制住，把自身化作方才那男修的模样："带我进去。"

女修毫无反抗之力，抱着孩子，带着他往百凤山内部去。百凤山的所在很是隐秘，有许多个结界。普通修士在最外一层结界外面根本察觉不到内里乾坤，而进了第一层结界，到了百凤山脚下，也只是到了最外围，必须有被认可的身份才能进入里面两层结界。

以司马焦的能力，他固然可以冲破这里的结界，将这里大闹一通。可是那会打草惊蛇，还耽误时机，必定会跑掉一些"蛇虫鼠蚁"，说不定还会有人赶过来阻止。如今，他跟着女修进入百凤山腹地，无人阻止，这里所有的秘密在他面前敞开。

司马焦眼中的红色越来越浓，像是黏稠的鲜血在眼里化开。

百凤山山腹里开辟了无数供人居住的宫殿，生活了许多人。这里的男男女女身上都有着类似于严公子身上的火焰气息。这些微弱的气息汇聚在一起，与司马焦身体里的灵火有一丝共鸣。

这些人都是奉山一族的血脉，只是他们的血脉很淡。

奉山一族很早就开始推行纯净血脉繁衍，可是那么多年下来，难免会有人不愿意听从长辈意见，和非同族之人留下后代。就是这些被当初的奉山族人称为"不纯者"而不被认可的血脉流落在外，许多代之后，被有心人找到，聚集在这里，形成了这样的一处地方。

从外围到内部，那个带路的女修等级也不是很高，还没法去最内里的地方，但司马焦已经看够了。在这山腹里，他能感觉到的同源气息是由外而内，由弱到强的，所以越是在外围生活的人，血脉之力就越弱。这里就像是一座管理严格的监牢。

男男女女混住在一起，暧昧的呻吟此起彼伏。在这里的所有人大概是从小就生长在这里，没有丝毫羞耻之心，处处是白花花的肉体。还有一处更加宽敞僻静的空间，那里生活着许多的女人，她们的共同点就是都怀有身孕。还有不少女人在一处生产，孩子的哭泣声混杂着血腥味被风送到司马焦面前。

在这里管理的人都穿着相似的衣服，外围处理杂物的是许多炼气、筑基修为的人，中层管理的人修为大多在元婴和化神，司马焦能感觉到深处还有合体以及炼虚期的修士在镇守。而那些拥有奉山血脉的人，不论血脉之力浓淡，都是凡人，没有一个人有修为。如果把那些人看作任意一种动物，那这就是个养殖场，毕竟人类饲养畜生便是这样的做法。

“我、我只能带您到这里……”女修战战兢兢，停下了脚步。

司马焦伸手掐住了女修的脖子，把她烧成灰，顺手拂开灰尘，便向着山腹深处而去。

百凤山山脚下的严老爷没敢跑，他像蘑菇一样夙夙地蹲在原地，紧张地看着百凤山。他资质不好、修为不高，又养尊处优惯了，这会儿带他过来的修士被杀了，他自己没法回去，只能绝望地坐在原地。忽然，他感觉到一阵天摇地动。清静圣洁的百凤山上凭空升起火焰，熊熊大火燃烧着整座山，将山上的一切都变成了赤红色。

有山峦崩摧，有雷霆阵阵，有火焰成海。

严老爷扭头就往外跑，眼里满是骇然。他从未见过这样可怕的场景，原本青翠的森林眨眼间成为裂开的焦土，连山上的岩石与土壤都被火焰烧化。他甚至听到了无数人的惨号，圣洁之山底下仿佛镇压着无数冤魂，它们挣脱山的束缚后，就全部涌进了火海。

这……这是火海炼狱吗？严老爷腿一软，倒在地上，再也爬不起来了。

廖停雁一只水獭坐在严家大宅的戏台子的雕花横梁上嗑瓜子，听着底下的说书人讲古。

“那魔修蚰蜒屠空了东南三座大城，吃掉了数十万的平民。可怜东南地界也没甚厉害的仙府门派，就是有小门小派的弟子前去，也非但没能救人，还搭进了自身。当年那蚰蜒搅弄风雨，成了东南一害，惹得天怒人怨，就是邻近的几个大门派也拿他没有办法，枉送了许多弟子性命。终于有人求到庚辰仙府，当时的掌门慵游道君最是正直善良，为天下众民计，当即应下此事，前往东南剿灭魔修。”

“那一战打得是天昏地暗，上古仙神之争也不过如此了。当时那一片因为两人变成千里赤地，原本的丘陵高山也成了旷野平原。你们道怎么着？那是被他们活生生打平的！”台上的说书人讲得摇头晃脑，台下坐着的一众严家女眷听得津津有味。

“仙人当真这么厉害？要说修仙人士，咱们府中也有不少，瞧着也不甚厉害呀。”一个年轻妇人不太相信。

“这么说就不对了，他们能和咱们庚辰仙府掌门相比吗？就是仙府内府的一个弟子，也比得上外面那些门派的掌门长老了。不然怎么说我们是第一仙府呢？”说话的妇人满脸骄傲之色，那与有荣焉的样子，仿佛庚辰仙府就是她家开的。

这些都是严府后宅的女人，莺莺燕燕上百人。这里的孩子也很多，一大堆孩子这会儿在外面的花园里吵吵闹闹的，简直可怕。廖停雁是睡着睡着无聊了，闲逛的时候发现这里，就躺在横梁上一起听书。严府非常富贵，养了许多打发时间的乐伎和艺人。这说书人今天讲的是庚辰仙府里众多有名气的大能的事迹，刚才讲的慵游道君是上代掌门，这位掌门在修真界风评极佳。廖停雁不知道的事儿很多，在这里躺着听了大半天，也算是长了点儿见识。

底下吵嚷一阵，忽然又有人说：“哎，你们可知晓，据说咱们庚辰仙府里头那位祖宗出关了。”

“你是说慈藏道君？”

“当然是他，那位是司马氏最后的血脉，怎的没怎么听说过他的事迹？”

“我也没怎么听过，不如让说书的先生给我们讲讲。”

听到慈藏道君，廖停雁又默默地嗑了个瓜子，心说：你们要是知道这祖宗之前就住在这府里，怕不是要被吓死了。

底下那说书的先生说：“这位师祖，辈分虽然高，年纪却没有很大，还闭关了这许多年，要说什么了不起的事迹，倒真的没有。不过，有些小道流言，能和各位夫人讲讲。”

不论在哪里，八卦的力量都是强大的，一群女人兴致勃勃地催促他，让他快说。

说书先生就说：“据说，这位慈藏道君，乃是慵游道君养大的，却没能成为慵游道君那样正直善良的人。他的性子呀，实在是不好说。当年隐世佛国上云佛寺里的一位高僧被慵游道君请来为慈藏道君压制心魔，这慈藏道君的‘慈藏’二字，就是那位高僧所起……”

长了好大的见识，廖停雁情不自禁地鼓起掌来。真是高人在民间，这位说书先生知道得真不少哇，那祖宗的事儿很多庚辰仙府内部的弟子都不清楚，这说书先生倒是说得头头是道。

听了一天八卦，廖停雁收起剩下的瓜子、软垫和饮料，从戏台横梁上飞回住处。

这个住处是严老爷安排的，非常偏僻，是个风格很土豪的院子。廖停雁从窗户飞进去，落在床边那架祥云纹榻上，刚坐好，门就被推开了。

司马焦回来了。

他浑身都在滴血，头发上、衣摆上落下一串串的深红色，眼睛也是可怕的红，只有脸还是那么白。他走进来的瞬间，浓重的血腥味立刻充斥了整个屋子。

他坐在一把椅子上，仰了仰头，手放在扶手上，长长地喘息了一声，又忽然咳出一口血，仿佛很累的模样，连擦都懒得伸手去擦。他看了一眼廖停雁，忽然淡淡地说："我马上要死了。"

廖停雁：您这是在开什么玩笑？

她仔细地看司马焦，发现他冷白的脖子上有微微鼓起的血管，露出的手背上也是。

"从我出生，就有很多人想杀我。他们想要我的命，可我不想给。"司马焦语气阴沉，"谁要我的命，我就要谁的命。"话音忽然一转，他盯着廖停雁的眼睛，"但是，如果你现在想要我的命，我可以给你。你想要吗？"

廖停雁：为什么我总是跟不上这位大佬的思路？而且每次都怀疑自己是不是跳过了十集的剧情，才会导致这种无法正常交流的情况。

司马焦还在用眼神催促她回答，可廖停雁满头的问号拔都拔不下来。

一个男人说愿意把命给自己，这种事情应该是很值得感动的，放在任何一本言情小说里，都该是男主角在向女主角表白。但是，这位司马焦大佬就是有这个能力，能把这种话说得好像要人送命一样。

廖停雁没有应对这种场面的经验，过了一会儿，说："嘤嘤嘤嘤嘤？"

司马焦瞪她："说人话。"

我现在是一只水獭呀，不就只有这个声音？

司马焦问："你要不要我的命？"真话 buff，加载！

廖停雁脱口而出："不了吧。"

司马焦拧眉瞧她，神情里还有几分怒其不争的意味。他说："这不是你的任务吗？虽然你不想杀我，但我死在你手里，毕竟还是对你有好处的，你怎么一点儿上进心都没有？"

廖停雁是蒙的。她还没完全搞清楚自己身上的设定。不过上进心这点说对了，她还真没有。世界上有人辛勤奋斗，也有人更喜欢轻松平凡的生活，她就是后者。

“是这样的，我的任务不重要，我也不想杀人，不想要你的命。我觉得你现在精神状态良好，不太像快死的人。要不然，我们想想办法找人给你看看，或者吃点儿什么灵丹？我觉得你还有救的，不要这么随便就放弃治疗吧。”廖停雁还怪紧张的，看着他身上滴下来的血，很想让他去看看大夫。

司马焦问：“你真不要？”

廖停雁说：“不要。”

司马焦说：“我给过你最后的机会了。”

廖停雁忽然感觉背后毛毛的，忍不住伸爪挠了挠，就听到司马焦说：“既然这样，你也会陪我一起死。”

廖停雁：您是怎么得出这个结论的？

“您真的不吃点儿药吗？”廖停雁受不住。

她刚说完，司马焦就在她面前吐出一大口血。廖停雁一惊，心里第一个念头竟然是：好浪费呀！这东西超珍贵的！

司马焦手指一动，火焰就凭空燃烧起来，将吐出来的一摊血烧得干干净净。见廖停雁盯着看，他竟然还笑了一声，对她说：“等我死了，我的身体也会被这些火烧干净，半点儿血肉都不会给他们留。”

火葬啊，那你还挺现代化呢。

司马焦朝她招手：“过来。”

廖停雁飞了过去，小心翼翼地直立踩在他的大腿上。到处都是血，这不太好落地。

司马焦垂眸看她，神情怪异，语调缓慢。他说：“我以为你会跑。我都要你死了，你怎么还不跑？”

廖停雁一来觉得自己不可能在这祖宗眼皮底下跑掉，二来怀疑他就是故意在等她跑。她要是现在跑了，估计三秒钟之内会被他烧成炭。虽然并没有相处太久，但她好像已经很了解他的鬼畜了。

司马焦说：“你怎么就不跑呢？”他这不是在问她，更像是感叹，似乎想不明白。

廖停雁觉得这人真的活得很纠结，她也不知道到底怎么做才对。他说自己要死了，现在还满脑子折腾她这个友军，而廖停雁只觉得他该去找医生，而且真的受不了他这个浑身是血的样子。

“师祖，您不找大夫看，不然也换身衣服打理一下吧？”廖停雁也不知道为什么自己现在还有这种谜之从容，就好像工作任务已经到了限期还没完成却仍然无所畏惧，甚至还想摸鱼。

司马焦用手摸着她身上的毛毛，带血的手摸得她满身的红色，他却毫不在意地说：“反正都要被烧成灰，是什么样子又有什么关系？”

发现自己身上的毛毛纠结在一起的廖停雁：这个臭猪蹄真的很过分。

司马焦摸着自己的水獭，瘫在那把寻常的椅子上，好像一个走到生命尽头的老人，已经准备安详地等死了。他的焦躁慢慢地平息下来，露出一种少见的迷茫与放空——虽然手里摸水獭的动作并没有停。

“就这么死了，那些人的表情肯定很有趣。奉山一族彻彻底底地灭亡了，庚辰仙府的根系也要断了，这些汲取血肉成长起来的繁荣之花将会很快枯萎。第一仙府崩塌败落，只在百年之内。”司马焦说完这些，很畅快地大笑起来，像个疯疯癫癫的神经病。

就在此时，外面忽然传来一股强大的威压，一群人浩浩荡荡地坠落在这一片院子上空。

司马焦的笑声戛然而止。他神情阴沉地看向外面，虽然有屋子作为阻隔，但他的神识已经能看到远在数十里之外的浩荡人群。掌门师千缕带着一群宫主、长老过来了，几秒之内就会将他包围。

“司马焦，今日留你不得了！”人未到，声先至。

掌门师千缕往日那温良恭俭让的好脾气与好人面孔这会儿已经维持不住，谁都看得出来，他已怒极。能不怒吗？他们师氏兢兢业业地准备了几千年，费尽心机地搞了个百凤山，就为了彻底将庚辰仙府握在手里，翻身做主人，再不必受司马氏的挟制。在这种马上快要成功的时候功亏一篑，千年功业没了一大半，任何人都受不了。

而且最糟糕的情况还没发生，司马焦先前蒙蔽了师千缕，来了个暗度陈仓。这个疯子直击要害，毁了他们师氏一族的心血，现在还准备让庚辰仙府陪着一起送死。要是现在就让司马焦把灵火完全熄灭，这才是最糟糕的。

庚辰仙府已经站在修仙界顶点太久，被打落神坛比死亡还要让他们难以接受。他们必须在那之前把司马焦的命握在手里！再多的伤亡也顾不得了！

司马焦在屋内冷笑："想要我的命，痴心妄想。凭这些东西，还不能降我。"他站起来，完全没有刚才那副动都不能动的濒死模样，反而好像一个准备去收割生命的死神。

祖宗突然间又燃起了求生的斗志，准备在自己死前再带走一拨人。

您刚才不是还一片安详，准备等死吗？现在别人要来取你的命，立刻就打了兴奋剂。廖停雁感觉有点儿荒诞，这是什么奇葩状况，感谢敌军激起我方大佬的求生欲？

她再次成为挂件，司马焦带着她，站在屋顶上。为了不破坏这个反派大魔王的形象，自身外貌过于可爱的廖停雁暂居他的衣襟里。感谢水獭这娇小的身形，不然她还真藏不下。

双方都红了眼，开杀只在两三句话之中。

司马焦完全不管不顾。他身上燃烧起火焰，这片火焰变成了火海，完全是打算大家一起死的状态。可师千缕他们却惜命，不肯轻易陪他一起死，他们还准备把司马焦打个半死，而不是完全打死，所以尽管他们人多，还是束手束脚的。

廖停雁以前看过司马焦和人动手。她知道司马焦很厉害，是个超级大佬，但直到这一天，她才明白他究竟逆天到什么程度。

对方除了师千缕，还来了许多潜修的前辈，差不多有三百人。每一个人的修为廖停雁都看不透，显然这些人的修为都比她这个化神期要高至少一个大境界，或许还不止。

这是几乎出动了一半的庚辰仙府顶层大佬吧？估计除了留守的，

所有能来的人都来了，毕竟是生死存亡的大事儿。廖停雁咋舌，觉得自己今天就要交代在这里了。她算了一下自己的度假时长，觉得应该知足。

司马焦又杀了两个人，笑得像个十足的反派，廖停雁不看都知道那些仙风道骨的大佬神情多难看。

“不可被他近身！他会吸取他人灵力与修为！”师千缕大声喊道，令众人散开。

司马焦脚底下的火海铺开得更加广阔，在众人想要后退的时候，又硬生生地将他们逼了回来。

“没用的。”司马焦在火海中也仿佛成了火焰，与这火海融为一体，甚至身后也出现了奇特的火焰虚影。那是那簇灵山之火涨大的模样，煌煌不可直视。他在毫不客气地大肆杀死那些攻击他的人，那些人不想彻底杀死他，开始还有留手。可慢慢地，他们就发现，留什么手？要是不使出自己压箱底的本领，他们一不小心就会被杀了。

虽然看上去是师千缕众人节节败退，拿司马焦没有任何办法，可廖停雁抬头看了一眼，见到司马焦脖颈上的青筋突起，十分可怖。他手上的血管与皮肤都在慢慢龟裂，像是被烧灼的焦土，凄惨又可怕。廖停雁在他的衣襟里都感觉有鲜血慢慢浸透内衫，她都快被整只染成血色了。

到现在，廖停雁才有了那么一点儿真实的认知——这祖宗好像真的是强弩之末，身体快崩溃了。

司马焦仿佛没有意识到自己的情况有多糟糕，眼里都是通红的血色。他在众人畏惧或愤恨的目光中大笑，挥动双手，血液落在哪里，哪里就是一片火海。

他们在天空上争斗，火海铺在天上，地上的建筑也被那热度烤得融化，还时不时有其他人的攻击如流星般落入底下的城池里，城中的人们纷纷尖叫逃窜。低阶的修士在这强大的威慑下与普通凡人没什么不同，也是惊叫着想要逃离这座沦为战场的城池。

所有战场上的修士都没有在意这些人。虽然在许多凡人百姓眼里，高高在上的修士都是正直善良的仙神，会在恶妖与魔物手中保护他们。但这只是个一厢情愿的美好错觉，实际上，这些修士并不在意这些人的性命。这一点，廖停雁倒是早就有很准确的认知。所以她大概是战场上最平静的那个人，还有心思一边整理自己意识内开辟出来的空间，一边等着战争结束。

这场战争的时间比廖停雁想象中更长，天色暗了又亮，亮了又暗，战斗仍旧没有结束。她眼前只有好像永不熄灭的大火和恶鬼一样噬人的司马焦。廖停雁在他怀里蜷缩着，小小地睡了一觉，睡醒后发现自己全身都沾着他的血。开门冰箱如今成了炭炉，不冷了，非常烫。有那么一刻，她怀疑这个人身上的血是不是已经流光。她忍不住伸出爪子摸了摸司马焦的肚子。下一刻她感觉自己被一只潮湿血腥的手按住了。

“你在害怕？”司马焦哑声说，“你有什么好怕的？真正应该害怕的是对面那些狗东西。”

廖停雁不知道他每次说狠话的时候都要吐血是为了什么，只觉得他撑到现在很不容易，应该快不行了。

于是她就轻轻地摸了摸这祖宗的肚子：“你要是实在太疼，就算了吧。反正都要死了，没必要为了他们延长自己痛苦的时间。”

沉浸在血与火中的司马焦其实已经听不见外界的声音了，他只是感觉到胸口那毛茸茸的一团动了动，觉得她应该是害怕的，才伸手按了一按。她说了什么他听不到，但他在她那里感觉到了一种他没有感觉到过的情绪。她似乎并不是特别害怕，而是带着一种有些酸软的情绪，这令他被杀意完全浸染的混沌思绪恢复了一点儿清明。

他摸了摸这软乎乎的一团，她温热的身体忽然让他想起之前几次他抱着她休息时的感觉。他许久没有睡着过了，闭着眼睛也得不到片刻宁静。但是他抱着她躺在那里，世界就突然变得安静了些，不再那么喧闹。她时常弄出一些小动静，但也并不惹人厌烦。

他需要浸泡寒泉来遏制身体里的灵火，所以身躯常年都是冷的，她却不同。哪怕现在，因为身体里的灵火太过强大，已经将血液都燃烧起来，他的身体变得比一般人的还要炽热，他也还是觉得冷，骨子里的冷。她不同，依旧是那样温温的，软绵绵的。

司马焦在这一刻，忽然不那么想让她陪着一起死了。

"算了。"他说。

廖停雁听到了，司马焦的声音不大，她也不知道他这一句"算了"到底是什么算了，只发现他忽然撕开本就血肉模糊的手臂，洒下一片鲜血。他的血已经从带一点儿金色的红变成了完全的金红，温度也越来越高，洒出去就是一片接一片的大火。

大火再度猛然升腾，隔开了那些伤亡惨重的庚辰仙府的修士。

"他要走，拦住他！"师千缕还是反应最快的那一个，几乎是在司马焦做出动作的一瞬间，师千缕就喊了出来。可惜，他们并没有人能拦住司马焦。

廖停雁感觉司马焦在往地上坠落，像一团燃烧的火从天上坠下来。他砸在地上，砸坏了一座金瓦红墙的高楼。楼内还躲着人，那些人被吓得尖叫连连。司马焦扶着废墟站起来，没管那些吓得不轻的人，径自离开。

他的速度仍然很快，像风一般掠向远方。每每有血落在地上，那块地面都会很快燃烧起来，廖停雁觉得他这个人也快要烧起来了。

他真的很厉害，之前就受了伤，还能坚持这么久，仿佛没有痛觉，廖停雁觉得如果换成自己，她是绝对做不到的。但她不知道他究竟有什么打算，之前明明是准备和那些人同归于尽，现在怎么又改变了主意？祖宗的想法真的很难捉摸。

司马焦停了下来，靠在一棵树的树干上仰头喘息。他捏着水獭的尾巴，把她拎了出来，放在一边。他们身后的树林里窸窸窣窣的，有什么东西来了。廖停雁扭头看到了那条熟悉的黑色大蛇，它钻出树林，爬了过来。

司马焦看都没看，仿佛知道是大蛇来了，对廖停雁说：“你跟这蠢货一起走。”

按照约定俗成的规矩，廖停雁这时候应该问一句：“那你怎么办？”但是她没问，因为这问题的答案很明显，那么多电视剧摆在那儿，类似的桥段能找出一百八十场。他是准备留在这里吸引火力，让她和大蛇赶紧跑，毕竟他看上去命不久矣，而且留在那边的火海不可能永远挡住那些人。“我拦着他们，你快走”，这样的剧情仿佛也应该出现在男女主角之间。廖停雁的心情很复杂，她一时没动弹。

蠢蠢的大蛇不知道怎么过来的，但今天它的智商也没在线。它见到他们，很是兴奋地冲过来，把他们绕了一圈。它还顶着浑身沾血的水獭，昂起脑袋，伸出芯子在司马焦的手上舔了舔，然后它就被烫嘴的血烫得嘶嘶叫。

司马焦踢了它一小下，又很厌世地骂了一声：“滚吧。”

他坐在这株平凡的树下，一副自闭的样子，被他靠过的树干留下了被烧焦的痕迹。大蛇和廖停雁都有些修为，并且都喝过他的血，不怎么害怕他身上的热度。这会儿大黑蛇还在他身边盘着，犹犹豫豫的样子，廖停雁也没动弹。

司马焦就又抬头看了她一眼：“我都不准备杀你了，连逃都不会逃吗？”

廖停雁忽然感觉身体一热，整个人一重，就变回了人形。坐在大蛇脑袋上，她愣了一下，看着自己的大胸、长腿和长裙，讶异地说：“不是说三个月吗？”

司马焦说：“骗你的，只能维持几天而已，你要是很想变回来，早就会变回来了。”谁知道她好像还对那个水獭样子挺满意的，效果多维持了半天。

廖停雁想起这不是祖宗第一次骗她玩了，顿时恶向胆边生，有种带着他的宠物赶紧走，让他一个人留在这里等死的冲动。

不过，她终究还是叹了一口气，把司马焦隔空搬到大黑蛇身上。她自己飞在黑蛇身边，摸了一把它的脑袋：“兄弟，用你最快的速度向前跑，我们应该逃命了。”

大黑蛇虽然智商不行，血统寻常，但好歹是被司马焦养了几百年的，整个都变异了，它比一般妖修要更皮糙肉厚，速度也很快，能快成一道闪电。廖停雁打起精神飞在它身边，觉得自己这段时间休息得那么好，养精蓄锐，就是为了这一场速度与激情。

司马焦有些诧异，没想到廖停雁会这么做。

“你带着我一起逃？”司马焦语气怪异。

廖停雁说：“对呀。”

司马焦说：“你很想死？”

廖停雁说：“其实不太想。”

司马焦说：“你带着我不就是找死，你应该没这么蠢吧？”

廖停雁在心里叹了一口气。“这不是蠢。你救过我，我总要报答的。”她说，“您老人家能不能有点儿求生欲？告诉我们，现在逃到哪里才比较安全？”

“哪里都不安全。”司马焦躺在蛇背上，语调随意，“既然你们不走，待会儿他们追过来把你们杀了，我再杀了他们，给你们报仇就是。”

哦哦，那您的逻辑还挺圆满呗。廖停雁发现了，跟精神病人讲这个没用。

要是只有她自己，垂死就不挣扎了，但多了一个司马焦，她就只好再努力一下。他们在崇山峻岭里飞驰，黑蛇只能在地面上游走，廖停雁自己飞，没给它增添负担。司马焦好一会儿没说话，廖停雁发现他闭着眼睛，他的胸口都没起伏了。

不会死了吧？

她犹豫着，想是不是先停下查看司马焦的情况的时候，眼前忽然一亮。他们冲出森林，面前出现了一个湖泊。湖边有一栋小木屋，木屋旁的小船上还坐着一个戴斗笠的人在钓鱼，这场景闲适又放松。湖光和水色都带着浅淡与朦胧，令人不由自主地心平气和。

廖停雁：啊，这是闯入了别人的地盘了。

钓鱼的人没有转头，声音不大不小，刚好让廖停雁听得清清楚楚：“既然有缘来了，便不要急着出去了。”

廖停雁被人拽到了后面。刚才躺在大蛇身上半死不活的司马焦站起来，走到前面去了，用警惕厌恶的目光看着那个颜色浅淡的背影。

廖停雁：这祖宗是看到威胁就求生欲暴增，瞬间回血的体质吗？不是快死了，怎么又能站起来了？

她有点儿怀疑司马焦是不是又在骗人，他其实根本不会死。

“孩子，看来你还记得我。”垂钓的人转过身，脸上带着令人如沐春风的老爷爷式的和蔼笑容。

但司马焦的表现就不那么友好了，他沉着脸说：“果然是你。”

廖停雁：谁？

那人斗笠摘下，露出一个光头。廖停雁看了看他身上的灰色僧袍，又看到他戴着的佛珠。原来这是位僧人。她想起之前听说过的八卦，司马焦很小的时候搞事情，上任掌门请了上云佛寺的得道高僧来教育他，高僧还给他起了一个道号“慈藏”。难不成那位高僧就是面前这位？

修仙世界诸位的年纪真是比司马焦的心情还难以分辨呢。看这位高僧长得这么年轻水灵，斗笠一拿下来，她都感觉被佛光普照了。

高僧瞧了廖停雁一眼，对她露出了一个慈祥的笑容，仿佛听见了她的心里在想些什么。

不是，难道你们这些人都是有读心术外挂的？

司马焦直视着这和尚，身上的杀意浓重起来，他说：“你是来杀我的，还是来救我的？”

高僧说：“杀人抑或救人，都有可能。在那之前，我需要解开一个问题。”

“哦？”司马焦的脚下出现了火焰。

高僧微一摇头，并不怕司马焦搞事情，说：“不过，这个问题，不是由你来回答。”

高僧的眼睛由黑色变成了琥珀色。廖停雁只觉得被那双眼睛一看，就迷迷糊糊的什么都不记得了。等她突然清醒过来，就见到司马焦倒在地上，黑蛇盘在一边睡着了。

您这是瞬间干倒两个呀。高僧厉害！

“看来是真的伤得极重了，这种程度都能压制他。”高僧感慨一句，又朝廖停雁一笑，上前拖起司马焦，“请你跟我一起过来吧，还有事需要你帮忙。”

廖停雁跟着高僧一起走向那栋小木屋，看着他把司马焦放在了木屋里唯一的木床上。那床应该没人睡过，只铺了一层寒酸的稻草。

“请坐，喝点儿水吧。”

廖停雁坐下喝水。

高僧坐在旁边，和蔼得好像一位老爷爷。他温和地问：“你是魔域的魔修吧？”

廖停雁捂住嘴，没让自己把喝下去的水喷出来。

“我？我是魔修？”

高僧说：“你怎么看上去很惊讶的样子？”

现在好了，她本来就觉得司马焦像一个反派 Boss，她身上也叠加了一个魔修设定后，他们就更加像是反派阵营了，简直就是全员恶人嘛。

廖停雁试图讲道理：“我觉得……虽然我是魔修，但应该没干过坏事儿。”

高僧说：“不用紧张，我知道。我的双眼可见善恶，所以能知晓你并非邪魔之流。”

廖停雁吁出一口气。吓死，她还以为这高僧是来降妖除魔的。

高僧说：“多年前，我在三圣山见过司马焦一次。那时他尚且年幼，就显露出了非比常人的心智与悟性。我当时为他取了‘慈藏’作为道号，便是希望他对生灵有慈心，能将杀心归藏。我算过他的未来。在我所见的未来里，他会成为一个可怕的罪恶之人，沾染无数血腥，以一己之力灭庚辰仙府，几乎颠覆了整个修真界，更屠杀无数无辜凡人，使沃土变成焦原，使仙境沦为地狱，导致生灵涂炭，犯下滔天罪孽。”

廖停雁：确认了，高僧就是来降妖除魔的。

高僧话音一转：“但是，万事万物都并非绝对的，哪怕是死路也有一线生机。我在他满是血腥杀戮的未来里窥见过一线生机。我预言他会等到一个转机，一个能改变他的人。”

廖停雁听到这里，心里有个预感。

“所以我给他留下一枚佛珠，镇压他的戾气，助他清心。同时，他若起杀意，就会感到痛苦难当。”高僧平静地指了指司马焦左脚踝上红线系着的木珠。

这珠子，廖停雁从在三圣山见到司马焦的第一面，就注意到了。

“这木珠，他人只觉得是束缚司马焦的封印，从戴上那日起就无人能解开，但其实它同时还是一样灵药。”高僧剔透的眼睛注视着廖停雁，仿佛能看穿她的灵魂，他继续说，“若你能解下这‘封印’，这枚灵药能救他一次，若你不能解下，就说明司马焦并没能等到那一线生机，今日，就是他生命的尽头。”

预感成真了，这个有缘人论调还真是穿越人士标配啊，哪怕她是咸鱼，它还是落在了她头上。

被逼上梁山的廖停雁：“那我试试？”

高僧颔首，让她去试，还给了她一个鼓励的眼神。

廖停雁：“……”

她过去端详了一下那连个线头都没有的红线木珠，两手用力，结果直接把它扯断了。

这么轻易就能解开的吗？这位高僧是不是在逗她玩呢？

“一定要解开吗，扯断了行不行？”她给高僧看了一眼那根断成两截的红线。

高僧忽然严肃起来，起身朝她行了一礼，郑重地说："果然如此，你既然是司马焦的那一线生机，也就是黎民苍生的生机。日后还望你对司马焦多加规劝，引他向善。"

廖停雁说："这个任务，我觉得我可能做不好。"

高僧笑着夸了她一顿，就像是黑心老板把艰巨的任务强按在员工脑袋上，还给员工使劲戴高帽子。

她扭头去看床上那个"艰巨的任务"，考虑着要么还是不救他算了。

"高僧……"她回头想问问接下来怎么办，却发现高僧原地消失。

嗯？

她出门看了看，也没见到人，只听一个逐渐远去的缥缈的声音说："我与奉山一族的这一场缘分已了结，今后还请珍重。"

事了拂衣去，这高僧还真是干脆，连半句售后指导都没有。

第八章

按照套路发展，救命之恩都是要以身相许的

廖停雁回到屋内，想了想，把手上的木珠直接塞到了司马焦嘴里。虽然这是从他脚上取下来的，但是管他的呢，又不是她吃。

把传说中的灵药一喂，廖停雁总算觉得放松了点儿。还好老板大难不死，有灵药救命。至于以后的事儿，那就以后再说好了。所谓“社畜”，都是深谙船到桥头再说的道理的，事情逼到眼前再做，没毛病。

她给自己拿了一个垫子出来，垫着坐下，准备休息一会儿，顺便给重伤病人陪床。

司马焦吃下灵药，身上的血就不再流了，廖停雁还发现他鼓起的青筋慢慢平缓了，伤口也缓缓地愈合。他说过他的伤口很难愈合的，可见这灵药果真是灵。

廖停雁试着去查看他身体里的情况，想象自己有透视眼，或者把自己当个 CT（计算机断层摄影）机。她最开始不得要领，后来研究了一会儿，就能看到了。她“看”到司马焦身体里的五脏六腑和各种血管经脉都有严重的损伤，正在灵药的作用下蠕动生长。

廖停雁咋舌，都这么严重了，他是怎么扛到现在的？要不是流血太严重，她都觉得他其实根本没事儿，谁知道身体里已经崩坏到这种程度了。

甚至还有不属于身体血肉范围，而是随着蜕去肉体凡胎后新长出来的灵脉都碎了一大半。他的身体几乎就是由那些火焰在暂时支撑着。那确实是一具颓败到极致的身体，只差一线就要完全崩溃。这时候，廖停雁才感到后怕。她忍不住用敬畏的眼神盯着司马焦，虽然他看着是个小白脸，但也是个真汉子，能忍。

不知道高僧用的是什么办法，司马焦一动不动，一点儿意识都没有。廖停雁守了他一下午，看着他身体里和表面的伤愈合。开始她还有点儿担心追兵，后来发现这里不太对劲。这里一直维持着天亮的环境，没有天黑，她才明白，这可能是在另一个空间内。他们暂时应该是安全的。连大黑蛇都醒了，还爬过来看了看他们，司马焦还没醒。廖停雁瞅着他满身血污的模样，实在受不了，又开始折腾自己的新技能，给他用水膜的方式洗去身上的污渍。用水团裹着司马焦的头发让它自动清洗的时候，廖停雁还架着腿在一旁一心二用，想着：如果这个技能能带回自己的世界，就能自动洗头，那岂不是太爽了。她把司马焦全身洗了个遍，因为她这里没有男人的衣服，所以给他盖了一床毯子。她还把他飘浮起来，换掉木床上的稻草，垫了一张床。

今天她做了这么多事儿，累，差不多也该洗洗睡了，可能明天早上她醒过来这祖宗就会生龙活虎地继续摆他的威风，她也可以继续当她的咸鱼，完美。

就在这时候，异变陡生。司马焦身上涌出火焰，这火焰汇聚成一簇，悬浮在司马焦身体的上方。

火焰张口说话，还是那股小奶音。它冲着廖停雁喊："你还愣着干什么？这家伙快死啦！"

廖停雁：什么玩意儿？

火焰大声地喊："这家伙的灵府里面一团糟，他之前要跟人同归于尽，连神魂都差点儿烧了拿来用，现在虽然身体正在恢复，但是意识已经快散了！"

廖停雁感觉自己像个无辜的医生，根本不是治脑袋的，却被人强行拉过来治脑袋，整个人都蒙了。

她实话实说："我是个半吊子，听不太懂什么意思。意识散了会怎么样？"

火焰说："会死！这么简单的问题还要问！"

所以它的意思就是，刚才高僧那灵药救得了身体，救不了神魂。廖停雁自闭了，坐在椅子上按额头。不是，所以那位高僧是治了一半就走人了？

火焰吼她："快想办法呀！"

廖停雁头疼地吼回去："我有什么办法，我又不学医！"

这火焰以前老是喊着要杀司马焦这个大浑蛋，现在倒急了。火焰大声地说："你进去他的灵府把他的神魂拼一拼不就行了！"

这听上去是个好简单的事情，但廖停雁不太相信这熊孩子。

她怀疑的目光惹恼了火焰，它恶声恶气地说："你以为我想救他吗？我还没想到办法和他分开，他现在死了，我不就一起死了！所以你赶紧救他！"

廖停雁虽说半路出家，但基本的情况她还是知道一点儿的。灵府是一个人最隐秘的地方，神识、神思与神魂都在其中，别人一般是进不去的。如果修为高，对待修为低、神魂较弱的人，可以直接侵入，如果侵入时带着恶意，轻则让人神魂受创变成痴呆，重则让人神魂直接消散。对于修为等级远高自己的人，一般来说，对方没有敞开灵府，是怎么都进不去的，廖停雁自觉没有这个本事闯入祖宗的灵府。

“你去试试呀，他不是很喜欢你吗？说不定你能进去呢！”火焰还在喊。

廖停雁问：“你从哪儿看出来他喜欢我的？”她就纳了闷了，这祖宗瞧上去是会喜欢别人的人吗？这火焰的眼睛是瞎的吧……哦，它没有眼睛。

火焰疯狂地扭动，尖叫起来：“我就是知道！你不要再浪费时间了，快点儿啊！”奶气十足的声音里都是焦急和害怕。它的火焰看上去越来越小，似乎都要熄灭了。

廖停雁骂了句脏话，认命地拖着椅子坐到床前，用额头对着司马焦的额头，尝试着进入他的灵府。她提着心，吊着胆，小心翼翼的，生怕自己连灵府门口都没到就被人家直接干掉了，她做贼一样将神魂慢悠悠地凑过去。

灵府就像是人意识的大门，不同的人有着不同的样子，如果是防备心重，很有攻击性的人，灵府也是极为危险的，比如司马焦。那厚厚的壁垒带着危险的气息，廖停雁闭着眼睛，额上的汗珠滚落下来，砸在司马焦的脸颊上。在灵府空间里，廖停雁将意识的一个小小触角试着碰了碰司马焦的灵府壁垒。她碰了一下就赶紧缩回去，但他半天都没有什么反应。

难不成是神魂受伤太重了，没有攻击性了？

她的胆子大了点儿。她凑过去扒在灵府壁垒上，想要找找看有没有缝隙……然后她就整个掉进去了。这简单得让她怀疑之前听说过的“擅入他人灵府极为危险”这一说法是假的。

廖停雁自从跳级成为化神期后，也能看到自己的灵府了。她的灵府里平静又悠闲，有风有花香，像是度假海滩一样，舒缓得让人想睡觉，所以她每次睡觉都把意识沉进灵府里，让睡眠质量更上一层楼。

但司马焦的灵府是一片暗沉的黑夜，唯一的亮光就是大地上燃烧着的火焰。伤痕累累的大地和肆虐的火焰散发出逼人的血腥气，令人感到无边压抑，几乎要窒息。在他的灵府里，代表着神魂的一大团意识层层分裂剥落，像是一朵凋零的花。

廖停雁见了，朝那边飘荡过去。

灵府里的神魂的形状都不是一定的，比如这会儿廖停雁的就像是一朵软绵的白云，所以她只能用飘的。

司马焦的神魂正在凋零，廖停雁看他那朵神魂之花的花瓣都快掉完了，过去试图捞起那些“花瓣”。她把神魂拉长一点，兜住一片掉下来的神魂。那一片神魂掉在白云上，廖停雁的脑子一蒙。她像是被电了一样，好像有哪里麻麻酥酥的，感觉非常奇怪，还有一种负面的厌世情绪顺着那片“花瓣”传递过来，这种感觉……就像看了一部致郁电影那么难受。

她继续去捞，每捞到一片，那种古怪的酥麻感就更清晰一点儿。虽然神魂在别人的灵府里，但身体的感知还是存在的，她发现自己的身体没有力气，腿软，还有点儿头疼。

这估计是后遗症，果然别人的地盘不是那么好进的——可是来都来了。

她兢兢业业地捞了一大半，还有一部分不是她不想捞，而是那些神魂就像枯萎的花瓣一样，卷曲起来消散了，所以她只能带着剩余的这些往上飘，飘到灵府中心，一颗发光的暗淡圆球旁边。这颗发光的圆球就是神魂的内核了，要是这个内核也消散了，人就真的会连魂魄都散了。

廖停雁不知道该怎么把这些神魂碎片给他粘回去，就试着把自己当一块胶布，裹着那些神魂碎片贴在内核上，想着它能否自己长好。

她贴上去的那一刹那，脑中一阵剧痛，然后身上一阵可怕的战栗，具体来讲就是又痛又爽。痛是因为司马焦的神魂太过锋利，哪怕没有恶意，他无意识地散发出的戾气也在廖停雁贴近后一齐反应在她的神魂之上。那种痛很难讲清楚，不是被戳了一刀的痛，更像是在搓澡的时候太用力，全身都有的那种刺疼感。至于爽……这个更不好讲。

总之在这个情况下，廖停雁猛然反应过来，明白了是怎么回事儿。

作为一个普通的凡人，她对这个世界一直都没有太深刻的认知，所以之前要她进别人灵府，甚至在她看到神魂的时候，她也没多想。可是现在身体的反应明明白白地告诉她，她现在这个行为，讲道理的话，其实可以叫作“神魂交融”，更简单的解释就是“神交”，再通俗点儿，可以说是修士专属的……双修行为。

现在，她算是明白什么叫作神魂颠倒了，那就是她在很长一段时间里都不记得自己是谁、在哪里、要做什么，只觉得自己和另一个人纠缠在一起，密不可分，分享了对方的情绪、感受，还有一些碎片式的心情和记忆，那些就像是沙漏里漏下来的几粒沙砾。

她好像被什么包裹了起来，在这一片空间里拥有了另一个身体，每一寸肌肤都沾染上了对方的气息……

神魂交融，修为低的一方会更容易承受不住，到了临界点，神魂就会回到自己的身体里。

廖停雁瘫软在椅子上，浑身战栗的酥麻余韵未消。她面红耳赤——不仅是脸，她全身都红了。她睁着眼睛不住地喘息，腿软，站不起来，手也软，一根手指都动不了。休息了一会儿，勉强恢复了一点儿，她稍微动了动，就又是一阵颤抖。

她无力地抬起手，捂了一把脸，像一个失足的中年人，满脸写满了疲惫和自闭。

“啊！我……”

“你！”

“啊——”

她都不知道该怎么说这件事情，说她自己送上门，然后把司马焦睡了？这应该算是睡了吧？他要是醒了，会不会立刻让她魂飞魄散？

廖停雁吓得毫不犹豫地踹了司马焦一脚出气。反正他没醒，肯定不知道，先出口气再说。

在这种危险时刻，火焰很没眼力见地出现了，它的语气很是兴奋：

“我就说你可以吧，现在他的情况稳定很多了，你再努力几次就搞定了！”

“再努力几次？”廖停雁用这辈子最暴躁的表情看着这熊孩子火苗。一次她都感觉自己死去活来了，还再来几次？

火焰毫无察觉，还在说：“啊，他还没恢复，醒不过来，当然要你再进去帮他。不过我真没看出来，你还真能干。我以为你这么闯进去，神魂多少要受损的，现在看来，你不但没受损，还得了好处嘛。”

廖停雁：之前信誓旦旦地说绝对能行、绝对没事的是哪个熊孩子？她就知道这家伙不能信。

“闭嘴，你这个熊孩子！”廖停雁说。

火苗哇哇叫起来：“哇，你们人双修会把对方的坏脾气也一起染上的吗？”

暴躁咸鱼，在线灭火。

廖停雁给了它一个隔音罩，扶着椅子站起来，又扶着墙走出去，没有看昏迷中的司马焦一眼。她不能看，看就是自闭。

廖停雁自闭了一个小时，泡了个澡，吃了东西，喝了茶。她在湖边支了一个地方看山看水，自闭不下去了，人要是太舒适了，心情是很难抑郁的。

其实，这也不是很难接受，爽还是挺爽的嘛，成年人有点儿性生活又没错。现在她甚至整个人充满了一种爽过后的超脱。

好了，她现在唯一的问题就是担心司马焦因为不爽而在醒过来后对着她一个毁天灭地。想到在某个过程中感觉到的情绪，廖停雁又没那么怕了，甚至还有点儿膨胀地觉得司马焦是不是挺喜欢自己的。

不好不好，她太过膨胀了。人生的三大错觉之一就有“对方肯定是喜欢我”，十有八九是自作多情。

蠢蠢的大黑蛇在湖里玩水，丝毫没有察觉自己的同事就要升级成老板娘了，廖停雁也没察觉。

她休息了一天，再次被火苗吼着飘进了司马焦的内府。不然她要怎么办呢，救人救到一半扔下不管吗？还是那句话，救都救了，不好前功尽弃，否则不是更划不来？

正所谓一回生二回熟，廖停雁飘到司马焦的灵府外面，和之前一样轻易地进去了，感觉就像是拿着门票那么顺利。司马焦的灵府看上去比昨天要稍好一些。干涸开裂的大地还是那个样子，火焰也还在，但是小了些，空气中的血腥味淡了很多，压抑的气息消散不少，主要是他的神魂不再凋零了。

双修的效果真的好。

灵府内的情形是一个人心理和身体状况的投射，这样荒芜可怕的地方，本身就代表着司马焦的情况糟糕。廖停雁感受到的痛苦不过是司马焦所感觉到的万分之一，像被过滤的沙一样漏给了她。

廖停雁第二次进来前做了功课，对这些了解了不少。她再次把自己戳在那散发光芒的神魂上面。感受到了熟悉的刺痛感，她忍不住想：如果时刻经历着比这强上千百倍的痛苦，不管是谁，大概都要发疯的，可司马焦更多时候只是显得阴郁又厌烦，而很少露出痛苦的表情，也不知道他是习惯了，还是善于隐藏这些痛苦。

廖停雁：糟糕，我竟然生出了一点儿怜爱。清醒一点儿，这位可是五百岁打底的祖宗，杀人比喝水还简单的！

但是她和人家的神魂纠缠在一起，太过亲密了，仿佛成为一体，她完全兴不起一点儿害怕或是其他的情绪，只觉得安心和快乐。

再一次全身发软地清醒过来，廖停雁打理了一下自己，坐在床边看司马焦，看了好一会儿。

其实，她之前都没怎么认真地看过他的容貌，对他的印象一直留在第一次见面。她当时看着旁边那姐妹的尸体倒下，鲜血沾上自己的裙子和手，真的冷汗都下来了。后来她见到他杀了越来越多的人，对他的害怕反而没有之前那么深，到现在，好像完全不怕了。哪怕想着说不定他醒来后要发飙，说实话，她也没办法生出什么紧张感。

他的头发很黑，摸上去是软的，细软的那种，和他这个人不太相衬。

他的容貌其实也好看，说他小白脸并没有错，只是他每时每刻都不高兴，气势就显得很吓人，反而让人不注意他的脸长什么样了。他的鼻梁很高，唇很薄，原本鲜红的唇色因为失血过多变成了淡色，这大概是他身上唯一鲜亮的色彩。

火焰说了，起码要帮他融合休养三次他才能苏醒，廖停雁就很是放心大胆地观察他，还对他的脸动手了。他的耳垂意外的有点儿肉肉的，还挺好捏的。廖停雁捏着捏着，就对上了司马焦睁开的漆黑的眼睛。她收回手，无比自然地拉起刚换的薄被，遮住他的脖子，露出一个“目前这个问题我很难跟你解释，因为我只是一条咸鱼罢了”的表情。

其实她心里在实名辱骂熊孩子火苗，这家伙真的不靠谱！枉她之前还看在它的小奶音可爱的分儿上，没有给他浇太多水！

司马焦坐了起来，薄被从他身上滑落，露出白皙的胸膛。这男人只要一睁开眼睛，不管身体怎么虚弱，都不像个病人，好像随时随地都能出去再杀个来回。他朝廖停雁伸出手，神情看不出什么怒意。

廖停雁默默地放上了自己的手。此时此刻，她诚挚地希望自己还是一只水獭，不用面对这样的修罗场。

司马焦握住了她的手，将她拉到床边。然后他就抱着廖停雁躺下了。他一手抚着她的头发，一手抱着她的腰，静静地躺了半天都没什么动作，他常年的不高兴情绪都没了，表现出来的是她从没见过的平静。

廖停雁：我有种好像要和人谈恋爱的错觉。

司马焦抱了她一会儿，将额头贴在她的额头上，漆黑的眼睛离她格外近，和她对视的时候，仿佛成了一个旋涡。廖停雁的意识有些模糊，不知不觉中，她的灵府就被叩开了。之前两人气息交融，熟悉了对方的神魂，她的灵府都没怎么抵抗就打开了，他们的神魂就像是两个相互吸引的小球，贴在一起互相融合。比之前两次更加剧烈的感觉一瞬间就几乎夺去了廖停雁所有的意识。

她失去意识前，感觉颈后被冰凉的手指轻轻地捏了捏，捏得她浑身都在颤抖。司马焦的声音在她耳边说："你之前是在做什么？这才是神交。"

廖停雁双眼无神，瘫软在床上大喘气，整个人都不太好，是那种怀疑自己肾亏的不好法。什么被玩坏的破布娃娃，不存在的，她觉得自己就是一摊烂泥，捏都捏不起来，或者是一摊水，软绵绵的，骨头都没了。要不是司马焦在旁边拦着，她都能流下床去。她都不知道自己失神了多久。总之，好不容易缓过来之后，她的第一个反应就是捂住了司马焦的额头。

司马焦拉下她的手："你怕什么？"

你说我怕什么？廖停雁心有余悸。刚才死去活来，活来死去，简直可怕，她受不住，怕了怕了。

弱小可怜又无助的咸鱼准备爬开，又被司马焦抓住腿拖了回去。廖停雁扑通一声给他趴下了："祖宗饶命。"

司马焦就笑了，笑得像个恶作剧的年轻人，眼角眉梢都是搞事情。"不饶。"他说。

廖停雁搞不清楚他是说真的还是开玩笑，说他是真的吧，他的神情又太懒洋洋了，看上去好像有点儿饱，说他是开玩笑吧，他又作势靠过来，唬得廖停雁缩起了脖子。

啪。

司马焦的额上忽然被贴上了一张清凉的绿叶，这是清谷天的特产，是用来清心凝神的一种灵药。廖停雁急中生智，给了他一片。这叶子贴在额头上可以清心，她是试图让他冷静，虽然看上去有点儿像是在僵尸脑袋上贴黄符。

司马焦的动作一顿，廖停雁还以为他真的被镇住了呢，谁知道他捏着那片绿叶，半晌，笑倒在床上。他都没穿衣服，倒在凌乱的床铺上，头发散乱的样子，非常不和谐，是那种拍了照片发图传微博，图就会挂掉的不和谐。

“你该不会以为，只有对着额头才可以吧，嗯？”

廖停雁又有了不好的预感。

她不好的预感又成真了。她瘫软在司马焦身边，被逼得喘不过气。朦胧中感觉一双手臂抱过来，她顺手就抱了回去，在大海里飘荡的时候想要抓住浮木，这是人的下意识的反应。

被榨干的咸鱼找回神志时，脸上还挂着眼泪，她听到抱着自己的人胸膛一直在振动。司马焦不知道为什么一直在笑。他低头看着她，眼角有些红色，漆黑的长发披在肩上，垂落在她胸口，像个水妖。他用冰凉的手指擦了一下她的眼角：“你哭得好大声。”

大猪蹄子，你也笑得好大声。

廖停雁的心态崩了，她甚至想让司马焦直接身体力行地来一发算了，那样可能还能在中途休息一会儿——至少精神能休息一会儿。那天杀的神交就完全没有一点儿思考余地和休息空间的呀，就是没完没了。

她自暴自弃，假装自己已经死了，瘫在那里一副“要想奸尸你就来”的模样。

司马焦戳着她锁骨下的那个凹陷：“嗯……你是觉得这样我就不会动手了？”廖停雁被这句话说得脑壳隐隐作痛。

为了避免自己死在床上，她忽然间缩成一团，异常敏捷地从司马焦身下钻了出去，滚下床后迅速夺门而出。屋内的司马焦躺倒在床上，笑声大得外面都听得一清二楚。廖停雁披头散发，扭身朝屋子里比了个中指。

司马焦醒来后，廖停雁发现这一方浅淡山水色的不夜边缘正在变淡。

“我们是不是该离开了？”廖停雁坐在司马焦三米开外，问他。

司马焦已经穿上衣服了。他若有所思地看一眼窗外：“还有半日，这里就会消失。”

廖停雁考虑着他们接下来去哪儿，就听到司马焦说：“走吧。”

他是个说走就走的男人，没人知道他在想什么，廖停雁这个在他灵府里走了几个来回的人也不知道。她只知道，祖宗好像对她更亲昵了，还更喜欢抱着她。这一点她能理解，香香软软的女孩子谁不想抱着呢，反正只要他不搞神交，他爱怎么抱就怎么抱。

要去哪里，廖停雁没问。司马焦要去哪里，她觉得自己改变不了，而且什么地方对她来说都没差别。她本是游子，处处是异乡。不出意外，他会回庚辰仙府。

果然，在一日后，他们来到了洛河仙坊。

这一处不是城池，而是一片普通人和修士杂居的坊市，是庚辰仙府最边缘的地带，也是进入庚辰仙府地界的第一站，洛河就是庚辰仙府地界和外界的分界线。

洛河仙坊因为庚辰仙府才有幸能在名字里加一个“仙”字，其实这里更像是凡人的坊市，修士很少。就算有修士住在这里，也大多是被排挤的或者修为不高的小修士。这些修士在庚辰仙府的外府算不上什么，可在这种边缘小城里，就格外尊贵。而且有个现象：越是这样的人，越喜欢大排场。

廖停雁和司马焦一起走在洛河仙坊里的时候，看到街上一队凶神恶煞的护卫正在清路，他们把所有人都赶到路边上站着，阵仗非常大。

当然，他们俩不可能被赶到路边，因为司马焦大佬修为高绝，哪怕是伤重未愈，也足以吊打一堆人。他和廖停雁坐在大蛇身上，周围的人看不见他们俩，还会下意识地自动回避。那些来清理路况的侍卫也不自觉地避开了他们俩。

廖停雁扭头去看后面来了什么人。司马焦瞧了她一眼，屈指敲了敲大黑蛇的脑袋，大黑蛇的速度就慢了下来，在大街上以龟速扭动前进。

远处十几个人抬了一架小屋子似的轿子过来，后面还跟了一大串侍女。廖停雁开始还以为是什么很厉害的角色，结果发现那轿子里坐着的中年人只是个筑基修士。

她看多了各路大佬，没想到自己现在也能算是大佬了——哦对，因为双修，她的修为又上了一层楼，已经达到化神后期的巅峰，差一点儿就能到炼虚期了。

虽然很厉害，但认真考虑起来，廖停雁还是觉得没用。他们这边，祖宗一个能群挑一堆，她就是个零头。她就算能挑动对方一个，对司马焦来说也没差别，所以她尽可以安心地当着咸鱼。

其他修士动不动就有瓶颈，突破时还有大雷劫和小雷劫，廖停雁就压根儿没有。她好奇地问了一句，司马焦嗤了一声，也不知道在嘲讽什么："不然你以为为何人人都想要奉山血凝花。"

"我还以为这花不难长。"廖停雁回想起当初他直接折了一朵丢给她的大方劲儿，实在没办法像其他人一样感受到那种珍贵。

司马焦瞥了她一眼："长一朵花，需要我一半的血。这花只有新月才能生长，每一次我都会元气大伤。若不摘，一朵花能生千年。"

就算是师氏一族，经过这么多年的积累，也绝不会有超过十片花瓣。对比起他们，一次性得了几十片花瓣的廖停雁可谓财大气粗，而她自己毫无觉悟。

一次性流一半的血，人会死。廖停雁想起现代医学，又想起之前司马焦那个破烂的身体迅速复原的样子，决定拜服于修仙世界。好吧，你厉害，你说了算。

金子和各种宝石及珍贵木料做成的轿子从旁边经过，大黑蛇就跟在旁边。仗着没人看见，廖停雁还用风吹开轿帘好奇地往里面看。中年男修士长得不错，他旁边坐着的少男少女长得更是不错。

廖停雁多看了两眼，司马焦两指微收，抠起了轿外镶嵌的宝石，随手砸进了轿内，把那两个正在奉承中年男人的少男少女砸得哎哟叫。廖停雁撤去了风。她怕再看下去，祖宗能当街把这土豪轿给拆了。她虽然不看了，司马焦却让大黑蛇跟了上去，好像对人家起了兴趣。

廖停雁：“……”

中年修士姓木，虽然修为不是很高，但七拐八弯地和内府木氏一族沾亲带故，所以才能在这洛河仙坊里当个小小的地头蛇，享受这等风光。这回他大张旗鼓是去接人的。

木氏一族有位外嫁的大小姐，与夜游宫一位少宫主结为道侣，生下了一对龙凤胎。这两个孩子如今年满十六，被送到庚辰仙府外祖家学习来了。

庚辰仙府内是有学府的，内府和外府都有好几个不同等级的学府。这一对兄妹的身份不是特别高，只能在外府修习，但也是在外府顶尖的学府里。这说出去已经很值得骄傲，所以那对兄妹就像是高傲的孔雀一般，昂着脑袋过来了。

廖停雁和司马焦跟着中年修士过去，看到了全程。

那两个身份不低的天之骄子见了来接驾的中年修士，没有好脸色。特别是那个少女，她直接哼了一声就骂：“俗不可耐。什么东西？也配来接我们。”那少年倒是人模狗样，劝了两句，可惜眼中的讥讽和不屑压根儿没掩饰，是个人都能看得出来。中年修士不以为意，点头哈腰地把他们迎了进去。这两位小祖宗对他来说是了不得的大人物，需要好好巴结，这个接待任务是他费了不少心思才抢到手的。

兄妹两个带了大堆奴仆，万里迢迢赶路过来，要在洛河仙坊暂作休整，停留一日。

司马焦跟着他们一路去了那个中年修士的宅邸里，大摇大摆地骑着黑蛇进去，又大摇大摆地进了兄妹俩暂住的地方。

“哥，这地方破破烂烂的，我们真的要在这里住一天吗？我可受不了。我待会儿就要走，不然要给我找个更好的地方！”少女一进屋子就开始发脾气。

廖停雁瞅着这充满了金钱味儿的建筑与摆设，觉得除了略有些晃眼睛之外，和破烂二字真的不沾边。这小妹子一看就是娇养出来的，而且被宠坏了。

修仙世界怎么这么多被宠坏的二代？果然，家族延续久了就容易出事。

少年拿了一把装样子用的玉扇，摆了摆手，让自己带来的侍从重新装饰屋子。他们的东西都装在乾坤囊里，看样子是把整个屋子都装来了。众仆人忙碌片刻，就把屋子装饰得焕然一新。

“出门在外，条件自然比不得家中，你就稍稍忍耐吧。”少年说。

少女哼一声，又转而笑起来：“哥，你说庚辰仙府里的学府是怎么样的，比咱们曾经去过的重九学府还好吗？”

少年说：“重九学府怎么能和庚辰仙府里的学府相比？就算只是外府学府，也不是什么人都能去的。我们这次来，母亲可是说了，让我们好好待着。若我们能成为庚辰仙府的弟子，日后出去，那才是风光呢，说不定连夜游宫以后也要靠我们庇护。”

少女说：“我知道，我们肯定比那些野种优秀，到时候夜游宫都是我们的。”

兄妹两个展望未来的时候，司马焦已经带着廖停雁在他们院子里溜达了一圈。回到了兄妹两个面前，司马焦指着他们两个，对廖停雁说：“就用他们的身份怎么样？”

廖停雁说：“嗯？”

司马焦当她答应了。然后，廖停雁和司马焦就变成了这对兄妹的模样，那对兄妹……被司马焦变成了两只麻麻灰的小山鸡。顶着哥哥外貌的司马焦将两只惊恐的小山鸡推到廖停雁面前：“妹妹，喏，给你玩。”

廖停雁：祖宗你这是什么奇怪的玩法？

廖停雁见到了司马焦走在三圣山高塔上的场景。

他那时候似乎年纪并不大，因为脸庞上还带着一点儿稚气。他一个人，绕着高塔一圈又一圈，一层又一层地往下走，走到底，再从另一边的楼梯走上去，不知疲倦，又形单影只。周围很安静，连风声都没有，有种逼人的窒息感。

她还看到了他独自走在日月幽昙中间。这日月幽昙一株只开一朵花，永不凋谢，但折下花朵，就会整株枯萎。他站在那里看着那些花，伸手折了许多，折了后，厌烦地丢在地上，任由其枯萎。

这都是些记忆碎片，廖停雁之前进了司马焦的灵府，接住了许多他的神魂碎片。大概是因为这个，那之后，她偶尔休息的时候，就会看到这样一些关于司马焦的记忆碎片，它们浮光掠影般从她睡觉的缝隙里浅浅地溜过去。

有时候，她甚至能感觉到一点儿他当时的心情。他的心情总是不好的，她醒过来后回想，觉得他每天都在不高兴。当然，她也能理解，被关在那里，像坐牢一样，谁开心得起来。

除了这一点后遗症，和师祖大佬神交之后，她还得了个好处，那就是她的修为在缓步上升。哪怕她压根儿没修炼，修为还是在上升。所以她总有种自己采阳补阴的错觉，还怪不好意思的。

司马焦没有半点儿不好意思的样子。他除了表现得对她更亲密一些外，没有其他异常，这让廖停雁感到很放松。

她没什么真实感。可能因为这神交太高端了，而她的人生观在科学的凡人世界被奠定了，在她那里，关于最亲密的关系的定义是低级的肉体关系，所以她反而对这种修仙人士最亲密的关系没有真实感。

至于司马焦，他就不是会因为和别人有什么亲密关系而改变的人。但他这样，神奇地令廖停雁更能接受，所以没两天，廖停雁就又和以前一样能自然地瘫在他身边了。

他们冒充夜游宫的两位公子小姐，被护送前往庚辰仙府的辰学府，如今已经走过了一半路程。

廖停雁现在的身份是大小姐永令春，司马焦是她“哥哥”永莳湫。他们两个一个没演技，一个懒得演戏，表现难免和之前那两位小祖宗的人设不符。夜游宫派来保护他们两人的两位元婴修士自然也怀疑，可是找不到异常，也只能当成是这个年纪的孩子性格古怪。

真正的两位小祖宗成了两只毛茸茸的小山鸡，被司马焦丢给廖停雁玩。廖停雁不爱玩小鸡，但是被司马焦变成拇指粗细的小黑蛇很喜欢玩这两只小山鸡，经常在桌子上围着他们转，把两只可怜的小山鸡撵得叽叽叫。

他们离开洛河仙坊时，那位地头蛇修士为了讨好他们，还夸他们养的小山鸡非常有灵性，并且给他们送了由稀有金属打造，镶嵌了宝石、珍珠的迷你小笼子，刚好能放下那两只袖珍小山鸡。

于是，廖停雁被迫养了两只宠物，好在不需要她喂。傻黑蛇自己吃完东西，会叼着些零零碎碎的食物去喂两只小山鸡，非常乐在其中。

廖停雁：行吧，靠你养了。

虽然这两位野心勃勃的骄傲的少男少女变成了小山鸡，但是对比之前被司马焦搞死的那些大佬，他们已经非常幸运了。

司马焦敲敲笼子，吓得里面的两只小山鸡瑟瑟发抖。他们很怕司马焦，见到他就抖。司马焦无聊的时候会逗逗鸡，看他们抖成一团。

不过他更多时候并不理会那两个小东西，更喜欢过来抱着廖停雁，然后睡觉。这个睡觉，不是普通的睡觉。因为他的神魂还没恢复，所以他喜欢到她的灵府里面去睡。这是什么样的睡觉呢？要做个比喻的话，大概就是他自己家的环境太恶劣，他休息不好，但廖停雁家气候宜人，很适宜睡觉，于是他就到她的屋子里去睡。他的神魂去到她的灵府里，只要不故意去纠缠她的神魂，她就不会有什么奇怪的感觉。

司马焦的神魂只是静静地待在她的灵府里都显得很有存在感，导致廖停雁也有两天没睡好，但廖停雁的适应能力很强，一旦确定司马焦没有其他动作，就随便他待着了。她还是自个儿睡自个儿的。

而对司马焦来说，睡觉成了一种新奇的体验。

他以前很难理解廖停雁对睡眠的热爱。直到一次，他的神魂跑到廖停雁的灵府里休息，没有了血腥味和窒息感，没有了焦土和火焰，只有花香和风，舒适宜人……司马焦拥有了生平第一个香甜的睡眠。

那之后一发不可收，只要廖停雁瘫着开始休息，旁边就会长出来一只司马焦，她要睡他就和她一起睡，不只抢她一半的床，还抢她的灵府地盘。

不知道是不是因为最近得到了充足的休息，廖停雁感觉司马焦的脾气好了些。他们一路上走了半个月，他竟然一个人都没杀。她还以为他换了个马甲回来，是要继续大杀特杀的，但是，他堪称规矩地做着符合目前的身份的事儿。

他们来到了庚辰仙府外府的木家。

外府的木家，与内府的木家关系亲密，而内府的木家又和掌门师氏一族多年联姻，所以在外府，这木家也有不小的势力。

永令春和永莳湫两人的外祖是木家的一位长老，因两人的母亲在外祖的子女中还算得宠，那位长老亲自接见了两人。

如果是开始刚穿越过来的时候，这么一重一重闯关似的去见那位大家长，廖停雁觉得自己估计受不住。但她现在就像是满级了再开小号重玩，连庚辰仙府食物链顶端的大佬司马焦都睡了，还怕什么其他人。哪怕木家再大，规矩和人再多，她也能淡定地跟着司马焦去瞧热闹——有大佬带着升级就是这么爽。

长老“外祖”显得很年轻，看上去就像是他们的父辈，但气势很足，显然是身居高位惯了的人物，哪怕对两个小辈有点儿好感，说起话来也带着几分纡尊降贵的感觉。

在木长老眼中，外孙和外孙女乖巧地向他请安问好，但实际上廖停雁从进来开始，就被司马焦带着坐在了一边的椅子上，瞧着那木长老对着面前的空气表演。

障眼法，厉害！

廖停雁曾经请教过司马焦各种技能怎么学，结果这大佬诧异地说：

“这还要学，不是自然就会了吗？”

廖停雁：告辞。

这大概就是先天差距。

见过木长老，两人又被木家的管事带着，前去辰学府印名。之后，他们就要像其他外府家族的子弟一样，住在辰学府内，直到成绩优异毕业被吸纳到内府学府进行再教育，或者学不成什么，回家另找出路。

“所以……祖宗你是带我来打基础，学知识的？”廖停雁盯着这个修仙世界版的大学，感觉有点儿不太好。

她怀疑是自己表现出了好学的一面，所以才被带到这里，顿时感到非常后悔。其实，她也不是很想学习。技能什么的，会就会，不会就算了，她真的不强求。

在原本的世界她就学习了十几近二十年，花掉了人生十之七八的时间，好不容易穿越一回，想着度假，结果还要学，那不如死了算了。

司马焦说：“学什么，我是来杀人的。”

廖停雁说：“那我就放心……不是，您还要杀谁？”

司马焦脸色一沉，他说：“杀师氏一族和与他们关系密切的家族。”

廖停雁第一反应竟然是，还好这祖宗没准备杀了庚辰仙府所有人，不然那么多，可怎么杀得完？

司马焦瞧她一眼，忽然说：“我已经看在你的面子上，放过其他人了，师氏我一定会杀光，你不用想其他。”

廖停雁：我想什么了我？看在我的面子上放过其他人？我的面子这么大？不是，为什么要看在我的面子上，我有劝过你别乱杀人？为什么司马焦表现得好像自己给他吹了枕头风似的，这祖宗是不是脑补太多了？

司马焦似笑非笑，一指点在她的额头。他说：“你是不是不知道，神交的时候我能看到一些你的想法。”所以她虽然没说，但他知道她对杀人这件事的抗拒非常明显。他愿意稍稍迁就她一点儿，哪怕他之前根本没想过自己会愿意迁就什么别的人。

好吧，破案了。在这种时候，廖停雁不由自主地想：下次要是再来神交，脑子里千万不能乱想什么……我为什么要考虑下次？我不能想，想就是肾亏。

他们分在了辰学府的天字班，住在高级学生别墅——一栋独门独户的大院子，能住下他们两个以及一大群侍从和保镖。在这里上学的诸位关系户几乎都是这样的标准配置，有些格外脱俗的就差没把父母带过来陪读了。

学府里除了他们这些关系户公子小姐，还有因为天分过人而被挑选出的底层弟子。因为庚辰仙府地域太广、人太多，每年招收的弟子在自己范围内的城池里就能收够，都不用像其他中型、小型门派一样四处寻摸修仙的好苗子。

进入学府学习第一天，悠扬的学府铃声响了第一下，廖停雁就从床上直挺挺地坐了起来。原本雷打不动每天吃吃睡睡，一旦睡着就很难醒过来的廖停雁，今天醒得格外早，并且纠结地坐在床上，睡不下去了。

司马焦睁开眼睛："怎么？"

廖停雁的表情不太美妙。她这人吧，从前上学的时候普普通通的。很多时候，普通就意味着遵守规矩，所以她算是个好学生，不迟到，不逃学。哪怕换了个世界，都变成这样了，她听到学校的铃声，还是有种想要起来听课的强迫症，不然良心不安，睡不安稳。

廖停雁看了一眼旁边被自己带得爱上赖床的祖宗，将他扯了起来。

司马焦说："嗯？"

廖停雁扯着他去上课了。

"上课？"司马焦用"你的脑子是不是坏掉了"的眼神关怀她，然后一路保持着这个眼神，来到了课室门口。

已经开始上课了，一位元婴修士正在上首讲述五行之术法的不同灵力运转和灵根影响。

廖停雁扯着司马焦的袖子："祖宗，来个障眼法，我们悄悄进去。"

司马焦："……"

片刻后，廖停雁拉着心情不太好的祖宗从老师眼皮底下进了课室，找了个角落坐下。廖停雁坐下后，瞧了一眼周围的同学，放松地打了一个呵欠："好了，咱们现在可以继续睡了。"

第九章

爱情和灾难一样，总是来得非常突然

最终他们还是没睡成，因为司马焦没有要继续睡的意思。哪怕他们两个奇葩把进入对方灵府睡觉这种事儿当成吃饭喝水一样简单，但是这终归是一件私密且危险的事儿。有众多陌生人在场，司马焦不可能安心入睡。

既然不能睡，他就只能百无聊赖地坐在那儿。他手指微动，掌心浮出许多小球。廖停雁一开始以为他是无聊打发时间，结果看了一会儿，发现那些小球每一个都写着字，好像是姓氏。他不是在玩，而是在挑选。

廖停雁毫不怀疑，被选中的就是司马焦的下一个目标。

司马焦不睡是对上课兴致缺缺，在这里搞死亡抽签，廖停雁不睡则是因为被老师讲的课吸引了。

元婴修士讲的是比较基础的五行灵根和灵力运转之类的问题，恰巧就是廖停雁不清楚的，所以她趴在那儿听了起来。为了趴得更舒服，她还拿了一个软枕垫在胳膊底下。

他们这一角，因为有司马焦，基本上成了死角，谁都不会看到他们在做什么。廖停雁用最舒服的姿势听了一会儿课，觉得自己有点儿收获。

她空有一身修为，就像空中楼阁一样虚浮。修为的高低决定了他们能用多少灵力，用出来的术法有多强，而灵根的多寡和不同则决定着他们对五行灵力的掌控力，以及他们能用出什么术法。

之前廖停雁自己瞎琢磨折腾出来的技能，大概就像是做数学题时不知道公式，面对一些简单的题就靠数数手指头来解决了，但更复杂的她就没办法使用。

修仙界的前辈留下了无数术法，修士不仅要修炼提升等级，还要学习各种术法。庚辰仙府能成为第一仙府，其中的一个原因就是他们有最多的术法典籍，当然，威力巨大的术法也不是所有弟子都能修习的。

修为是人物等级，学习的术法就是人物技能，用游戏来比喻，清楚明白。

“师祖，你也学过很多术法？”廖停雁扭头问玩球的同桌。

校霸同桌的表情不太美妙，但还是回答了她的问题：“没有。”

所以这个人用的术法都是自创的。廖停雁也没有觉得惊讶，因为这人用的术法大部分是杀伤力强大的款式，用出来就是杀人，所以估计他就是在杀人的过程中领悟的。自创术法，还是杀伤力强大的术法，这非常难，不是天才基本不用想。

面对这样一个学霸，想到自己唯一自创的术法是用水贴面膜这种低端小法术，廖停雁不由得生出一点儿惭愧。厉害还是祖宗厉害。

上面的老师在用一个水属术法举例子，廖停雁跟着学了一下，结果失败了。基础不牢靠的人就是容易翻车。她又试了试，还是失败了。旁边的司马焦看不过去，一把抓住她的手，一小股灵力直接冲进她的灵脉，带着她体内那迷路的灵气飞快地运转了一遍。

廖停雁摊开的手掌上立刻涌出寒冰的气息，那气息顺着她的心意凝成一座冰雕小塔，虽然她现在的这个造型活像个托塔天王，但她还是有点儿小兴奋。

司马焦简单粗暴的引路让她用最快的速度掌握了这一个术法。她现在只是试验，就可以凝成这样一座小塔，如果她用了全力，甚至可以凝成一座巨大的冰雕高塔，或者变成其他的样子，比如武器什么的。

“就这种小术法，试两次都失败，真是……”司马焦碰一下那坚硬的冰塔，灼热的温度将之融化，冰塔变成一片水汽，水汽又在他手掌翻覆间凝成一片尖锐的冰针——在这转眼间，他又自创了个术法，转换自如，就好像呼吸那么简单。

廖停雁：“……”

司马焦说：“你跟上面那半吊子学什么。”他的手指一动，那些冰针竟然变成了闪着寒光的金属色。

大佬？冰怎么变成金属？你开挂也考虑一下基本法吧？

司马焦说：“我的灵根特殊，你不能这么用，但是你可以用别的。”

他好像突然间体会到了当老师的乐趣，抓着廖停雁的手，教她各种术法在身体灵脉里流转的路线，还试图让她学会用五行相生来操作高级术法。

“你用水、木和土系最佳，攻击、速度和防御，你还可以用衍生术法。”司马焦一边说，一边用廖停雁做试验，灵力在她的灵脉里冲刷。

“这个，如果周围的水属灵力足够，你用出全力可以淹没方圆百里内的城池。”

廖停雁：不了，不了。

“木属修士大多没用，但他们没用是他们的。你可以这样……可以把人的身体变成木头，这时候再加上一把火，烧成灰很简单。”

廖停雁说：“我觉得……”

“土与石只是质变，你可以凝土成石。修为低于你一大阶的，你可以用这个术法随便砸，连肉带骨砸成烂泥。”

廖停雁说：“够了，祖宗，真的够了。我的灵脉受不住您这样的实践教学，要裂了。”

司马焦收回手，不太满意：“化神期的修为还是太弱。”

廖停雁相信，如果不是那血凝花瓣吃过一次后效果不大了，他肯定会直接让她再吃个十几二十片，让她直升最高级。

“我已经满意了，我觉得足够了，真的。大佬您先休息，您喝啤酒。”廖停雁掏出之前收藏的清心祛火灵液，给他倒了一杯。

如果不是和司马焦比，她现在这个修为真的很不错。

司马焦端起那杯子，目露嫌弃。他说：“啤酒，什么玩意儿？”

这祖宗从来不吃不喝，让他吃点儿东西，比让他不杀人还要难。那杯灵液最后是小黑蛇喝掉的。它变小后存在感直线降低，跟着两人来了教室老半天，两人都没注意到它也在。它也不在乎这个，爬出来喝完了一杯灵液，又盘在桌面上玩小球。司马焦搞出来的那些小球在桌上滚得到处都是，有一颗还被小黑蛇顶到了廖停雁手边。

廖停雁看了一眼上面写着的“木”字：“你要处理师氏一族和与他们关系亲密的家族，但是你怎么知道他们到底和哪些家族关系亲密呢？”她是真不明白。这位祖宗在三圣山被关了那么久，什么都不清楚，被放出来没几天他就搞事情，她也没见他做过些什么调查，他是怎么知道那些复杂的家族关系的？

司马焦又用那种仿佛看傻子的表情看她：“他们不是自己告诉我了？”

廖停雁：你到底在说什么，我感觉自己仿佛失了智。

司马焦往后靠在低矮的椅背上，一手把玩着那些小球，说：“灵岩山台，挑战和百人比斗，看他们牺牲什么人，看那些家族怎么联合，所有的关系自然一目了然。”

啊？廖停雁还以为他那时候只是纯粹发疯，没想到还是有目的的吗？

她扭头，把自己的目光奉献给了前面讲课的老师。算了，司马焦这个人就是个最复杂的问题，不要考虑他了，咸鱼的生活精髓就是闲。

司马焦把那些小球拢在一起，摩挲她的指尖：“你抽一个。”

廖停雁敷衍地把小黑蛇抓过去放进小球堆里：“让傻孩子来。”

小黑蛇兴奋地在小球堆里钻来钻去，一次圈住了三颗小球，玩了起来。司马焦弹开它的蛇头，把三颗小球拿起来看了一眼。当天晚上，他不知道去了哪里，天亮都没回来。

廖停雁没了作弊器保驾护航，自己打着呵欠进教室。因为今天她独自过来上另一门课，旁边便主动坐了一个人模狗样的青年。青年模样一般，但穿着一身看上去很贵的法衣。他扭头看她，脸上的神情里写满了蠢蠢欲动的勾搭。

“你是夜游宫那对双生子里的妹妹吧？之前怎么没见到你？你哥哥呢？”青年凑过来搭讪。

廖停雁觉得他可能要死，忍不住悲悯地看了他一眼。

青年凑得更近：“我叫齐乐添，你是叫永令春是不是？我们齐家与木家关系一向很好，你可以叫我齐大哥，日后我说不定还能照拂你。”

齐……昨天小黑蛇圈出来的一个小球好像就有齐字。

永令春长得还挺好看，这大小姐脾气不好，看上去就格外高傲。但现在披着这皮囊的是廖停雁，她看上去无害，还有点儿困，显得格外地软。齐乐添就喜欢这种软绵绵的小姑娘，见她没反应，还当她害羞，不由得凑得越来越近，想占点儿便宜。

突然，他嗷了一嗓子，捂着屁股从座位上跳起来。

上首那严厉的元婴修士拉着脸，以没规矩为由把他赶了出去。廖停雁摆了一脸好学生的认真神情，继续听课，心里想着：昨天跟司马焦学的那个冰针还挺好用的。她刚才试着凝出十几根冰针，扎了那兄弟的屁股。就是业务还不够熟练，才扎了一下那些冰针就化了，还把那兄弟屁股处的衣服打湿了一片。看他表情那么难看地走出去，估计是屁股太凉了。廖停雁突然感觉到了一点儿跨级欺负人的快感。

“今日讲的是神魂与灵府。”上首的严肃元婴清清嗓子说。

廖停雁的思绪被“神魂”与“灵府”这两个关键词拉回来了，她听到老师告诫大家：“一个人的灵府是最隐秘的地方，绝对要保护好，若被闯入灵府，非死即伤。”

有学生问：“那道侣又怎么说？”

这些学生大多十几二十岁的模样，也有调皮捣蛋的，和廖停雁从前见过的那些同学没什么两样。问出这种话的促狭学生果然引起了课室内的一阵低笑和议论。

老师拉着脸说：“哪怕是双修的道侣，也不会轻易进入对方灵府，这是很危险的行为。若你真的有幸遇到能同舟共济、同生共死的同道道侣，或可尝试。但如今你们还年轻，也不知险恶，可千万莫要贪图一时欢愉，与人尝试这种事儿。”

廖停雁听到这里，明白了，原来这堂是异世界的生理健康课。她想到自己和司马焦，顿觉自己像个偷尝禁果的问题学生。

老师还在强调神魂、神思、神识的重要性和杀伤力以及灵府的私密性：“神魂的交融是最亲密的联系。庚辰仙府从前便有几对闻名修仙界的道侣，他们往往是一人死，另一人也无法独活。这便是因为神魂联系太过紧密，感情太过深刻以致无法分割彼此，所以大家万万不可在此事上轻忽。”

廖停雁：“……”

廖停雁这天晚上没能早早入睡。这当然不是因为白天老师讲的生理卫生健康课程，而是因为她被同学们邀请去参加宴会了。

她如今的身份是夜游宫大小姐永令春。在这个身份阶层，大家除了吃喝玩乐，也需要搭建人脉，因此聚众吃喝就是必不可少的调剂。一整个教室的人都去了，廖停雁也就跟着去了。毕竟“社畜”也有社交，她没在怕的。

一大伙人由一男一女两位身份最高的学子牵头，去了辰学府外的锦绣画堂过夜生活。男女分席而坐，隔着灯火与朦胧的花能互相看到对面，有乐人坐在花下弹奏吟唱，有侍者奉上酒点灵食，场面甚是和谐友好，和谐得甚至令成年人廖停雁有点儿失望。

永令春坐在女席中部，上席没多久，大家喝着酒聊开了，就有左右两边的女子前来搭话。

"令春，我听说你是与兄长一同来的辰学府，怎么现下没见到他人？"

廖停雁只得放下吃到一半的带芍药花图案的小肉丸："兄长另有要事去做，过几日便回来了。"

长相清丽柔弱的女子挽着她的手："既然你这几日没伴，不如与我一道去上课。我也是独自一人，还怪孤单的，我们住的院子也不远呢。"

看女子的表情，好像廖停雁应该知道这女子是谁，所以这女子连名字都不用报。但廖停雁很头痛，自己可不认识这位呀。没办法，只能演了，廖停雁用上几年"社畜"生涯锻炼出的社交能力，寒暄完了，顺利把这女子送走。

刚走一个，又来一个，这回是个瞧着甜美可人但脾气似乎不太好的姐妹。她一上来就说："你在课上是不是与我表兄闹矛盾了？是不是你让他出丑的！"

跟自己闹矛盾的，不就只有那个被自己扎了屁股的齐姓男子？廖停雁满脸无辜，茫然的神情生动得令人无法继续怀疑她："我没有哇，令表兄是哪位？"

咸鱼技能之一：都行，可以，我随便。

咸鱼技能之二：什么？我不知道，不是我。

把这姐妹忽悠走了，廖停雁又吃了一口小肉丸，还没咽下去，第三个来搭话的也来了。这个明显不怀好意，是过来吵架的："哟，你们夜游宫的人，怎么也要到我们庚辰仙府里来求学了？不过也难怪，夜游宫地方那么小，人也不多，怕确实是没人能教你们呢。"

廖停雁放下筷子，满脸诚恳地说："没错，你说得对。"

咸鱼技能之三：是的，没错，你说的都对。

妹子说："我看你的灵根也不是很好，过来了大概也修不成什么，还是早早找个道侣依附算了。"

廖停雁说："好，你说得好哇，有道理。"

妹子说："你今日过来，莫非就是找道侣来的？可惜这里的诸位同道都是你高攀不上的，你最好有自知之明。"

廖停雁说："对，我也是这么想的。"

妹子："……"

妹子过来挑衅，被堵了回去，反而把自己气得不行，咬着牙走了，心里想着：不是说永令春是个脾气不好的，一点就爆吗？怎么跟面人一样，说什么都没反应？

人走了，廖停雁终于能吃掉最后一口小肉丸，在心里叹了口气。这里就没有一个人是冲着吃来的，全在说说说，她连吃个肉丸都被打断三次。她吃完就去舀另一道乳白色的甜羹，那甜羹味道爽口香甜，算是不错。

她这度假的日子，伙食待遇时好时坏。当初在三圣山，连吃食都要自备，那段时间里她连块肉干都没吃上。后来出了三圣山，过了几天逍遥日子。在白鹿崖，她想吃什么只管吩咐，随时随地都有各种大餐端上来任她挑选，那时候吃的东西也是最好的。之后司马焦搞事情他们不得不逃命，又开始自备伙食，还好她有准备，带了不少保鲜菜肴能一饱口腹之欲。至于现在，吃食虽然比不上在白鹿崖那会儿，但比下也是有余了。

廖停雁吃第二口甜羹的时候，又有个小妹子蹭了过来。

小妹子对她说："你的脾气真的很好哇，方才元融雪那样说你，也不见你生气。"

廖停雁说："没什么好气的。"

毕竟那人骂的是永令春，跟她廖停雁又有什么关系呢？她现在吧，是大佬师祖司马焦一系的人。司马焦的身份呢，大概就相当于一个公司的老董事长留下来的孙子。他空降公司，公司的元老表面上供着他，实际上架空他，现在把他下放到底层分公司做基建……也不对，应该说，这位势孤力薄但很疯的 Boss 为了搞垮自己看不顺眼的公司，主动下放自己，决定撬公司的基石。作为 Boss 这边的贴身助理，她无所畏惧。别的不说，大佬罩人的时候，那可是金钟罩。

大家吃吃喝喝一阵，场面更加火热，终于开始说一些内部消息。

有人神神秘秘地起了个话头："你们可知，近来内府发生了一件大事儿。"

"哦，可是与那位师祖有关？"

众人脸上带着八卦的神情，用遮遮掩掩的代号指代，谈论起了慈藏道君的事儿。这些人都是大家族分支里的公子小姐，年龄又不大，所以他们不会知道太多，却又比一般人知道得更多。

廖停雁之前就感到奇怪，司马焦搞了那么一场大事儿，又弄死了不少高层大佬，怎么庚辰仙府各处都跟没事儿人似的，都没人谈论这件大事儿。现在终于听到有人提起一点儿话头，她竖起耳朵，也凑了过去，去听八卦。

"听说师祖大发雷霆，杀了不少人，只是因为他宠爱的一个女弟子给他吹了枕边风，掌门还要替他隐瞒此事呢。"

"那位师祖听说是与掌门起了争执，如今在白鹿崖闭关不出。"

廖停雁：好了，不实消息。上面肯定是把真实情况给掩盖了。

"我以前还道，师祖出关，我们庚辰仙府会更加强盛。现在看来，有这个师祖，真不是件好事儿。"

众人被这句太直白的话说得一阵沉默，哪怕有的人心里是这么想的，也不好直接说出来，而且有些人的想法则完全相反。

瞧着有些高傲的一个男子说："师祖修为极高，还是司马一族唯一的后裔，随性些也很正常。诸位也不是没看过庚辰史，像师祖这样的司马子弟有许多，可最后，他们每一个人都成了我们庚辰仙府的顶梁柱，给我们仙府带来了荣誉，是值得我们尊敬和膜拜的前辈大能。若有机会，我倒愿意为师祖效死。”

像这个男子一样的还有许多人。他们大多觉得，杀些人没什么，只要不杀到他们自己头上，他们当然是更愿意去追随这样强大的人。

可惜司马焦没有先拉拢势力再去和人斗的意思，他从头到尾就没掩饰过对整个庚辰仙府的厌恶，要做什么也是独自去做。

“吃完了吗？吃完了就回去。”说师祖，师祖到。失踪了一天半的司马焦顶着永莳湫的脸突然出现，站在廖停雁身后。因为此刻场中安静，所有人的目光都看向了他。司马焦不以为意，只对廖停雁示意了一下。廖停雁干脆地放下吃了一半的甜羹，起身跟着他走。

“稍等，你是夜游宫的永莳湫吧？今日我与师道友在此设宴，供学府里这些新学子互相认识。你又何必急着走，不如与令妹一齐留下，之后还有精彩节目，若错过就可惜了。”领头的男子出言挽留。

司马焦瞧了他一眼，用的是那种看到一只蚂蚁爬过脚背的目光。司马焦说：“设宴？我看你们只顾着聊了。”

廖停雁：这话对，说到我心坎里去了。不愧是老板。

司马焦扭头看了她一眼，是发现自己孩子半个月没见瘦了的表情。

廖停雁：我肯定读错表情了。

假兄妹扫了所有人的面子，直接走出了这片花宴林，把所有人的尴尬与不愉快的表情留在身后。

“你喜欢这里？”司马焦走在水榭长廊上，随意问道。

廖停雁咂了咂嘴：“还行吧，东西比学府里的好吃点儿。”

司马焦不太理解她对吃东西的执念，指出：“你如今的修为，根本不需要吃这些，除了一饱口腹之欲，根本没有其他益处。”

廖停雁说：“哦，我吃东西就是因为嘴馋。”

这祖宗的人生真是太可怜无趣了，要是一个人连好好睡觉和吃好吃的都没办法做到，活着真的失去了很多意义。

廖停雁说：“其实你也可以尝试一下不同的美食，对保持心情愉悦很有效果。”

司马焦不屑地呵了声。

他们没有离开锦绣画堂。因为廖停雁今天的晚饭只吃了肉丸和半碗甜羹，没吃够，所以他们另外叫了一桌。廖停雁吃，司马焦坐在一边。从某种角度来说，廖停雁觉得祖宗像个孤僻的自闭儿童。

司马焦说：“我能察觉你在想什么。”

廖停雁住脑，开始配上《舌尖上的中国》的 BGM（背景音乐）吃东西，并且不断用《中华小当家》里配角的语气夸赞起食物的美味。

司马焦盯着她。

廖停雁说：“不然你尝尝？”

司马焦凑过来，把她勺子上颤颤巍巍的乳白的蛋羹吃了。

廖停雁：那不是还有一碗，为什么非得抢我的，抢别人的你才觉得能吃得下是吗？

她放下勺子，用筷子夹了一颗莹白宛如珍珠的鸟蛋，迅速塞进了嘴里，朝司马焦露出个假笑。呵，我都吃进嘴里了，你再抢啊。

司马焦托着她的下巴，凑近。

廖停雁喊：“啊！”

柔软的唇舌贴近纠缠时，廖停雁脑后一麻，好像想起了之前神交时的某个瞬间。

司马焦放开她，靠在桌边，嚼了两下嘴里的鸟蛋。廖停雁下意识地抿了抿嘴，发现嘴里除了口水什么都没有。她不由自主地咽口水的时候，司马焦好像笑了一下，但他这个笑容很浅，消失得很快。他立刻就又显露出了烦人精的一面：“这有什么好吃的。”

廖停雁想把那一盘在汤里沉浮的珍珠鸟蛋全塞进他那张嘴里，然后把汤从他鼻孔里灌进去。

下一刻，司马焦端起那碗珍珠鸟蛋，连汤带蛋一起泼在一边的花丛下。这么干之后，他好像愣了一下，顿了一下才把空了的盘子丢回桌上。

廖停雁：“……”

不远处，某位宴会迟到而误入此处的齐姓男子正好目睹了方才的一幕，此刻脸色乍青乍白，格外难看。齐乐添认出了那边亲密接吻、打情骂俏的男女，那女子不正是他看上的永令春吗？他都还没把上手，没想到会被别人捷足先登。她旁边那男人又是哪来的？

齐乐添整了整表情，走了过去，装模作样地对廖停雁说："令春妹妹怎么在此处，不是与其他人一同参加花夜宴吗？"他又看司马焦，"不知这位是？"

廖停雁压根儿没意识到刚才的事儿被这人撞见了，说了句："这是我兄长永莳湫。"

齐乐添的表情霎时僵了，他的脑海里闪过了许多污秽的思想，最后汇聚成四个大字：兄妹乱伦！

司马焦似笑非笑地看他一眼，用勺子拨了拨面前自己不感兴趣的菜："没事儿就滚。"

齐乐添鄙夷地看着他们，然后一句话没说就僵着脸走了。

廖停雁满头问号地说："他为什么一脸便秘的表情？"

"我觉得，你好像能知道我心里在想些什么。"廖停雁盯着司马焦，心情略沉重。

他们回到自己的房间，廖停雁摆出一副要促膝长谈的模样。她怀疑司马焦真的会读心术，但是没有证据，所以她决定找点儿证据。

司马焦说："对呀。"他竟然无耻地直接承认了。

以为自己还需要多费些工夫才能得到答案的廖停雁把表情定格在痛心疾首："祖宗，你骗我，你又骗我，不是说好了你不会读心术的吗？"

看她这样，司马焦竟然笑出了声。他一只脚抬起，架在一边的圆凳上，往后一躺："我确实不会读心术。"他只是从小就对他人的真实情绪敏感，而且会真言之誓。

"最近你心情激动的时候，我偶尔能听见你心里在想什么。"司马焦说，“只有你。”

这是什么人间惨剧？只有我？廖停雁差点儿哭出来。我一介咸鱼，我何德何能！

然后她灵光一闪，猜到了内情——这很有可能是她和祖宗神交的后遗症。肯定是因为这个亲密接触，祖宗原本那个逆天的技能在她这里变异了！

廖停雁：我窒息！

说来说去，这还是年纪太轻，没好好读书惹的祸。要是早在这修仙世界上学，上过生理卫生健康课，她也不会稀里糊涂地轻易和人发生关系，导致这样令人头疼的历史遗留问题出现了。

睡睡睡！大佬是能这么随便睡的吗？要付出代价的！

廖停雁感觉自己现在就好像是不小心搞出了人命，满心苦恼又不知道该怎么办。而给她搞出问题的罪魁祸首还在那儿咯咯笑，好像觉得她这个棘手的样子特别有趣。

廖停雁：我怎么就不是美少女战士呢？我要是美少女战士，我会是这个样子？

她忍不住又在心里想象自己爆捶司马焦的样子，并且大骂“这个糟老头坏得很”。

司马焦撩起眼皮，那张过分年轻的小白脸上带着点儿警告，他说：“我听得到。”

廖停雁开始在脑子里默念九九乘法表，用数学刷新了自己脑子里的血腥暴力。

司马焦拉长了声音说：“你怕什么？我又不会没事儿就去听你脑子里在想些什么。而且我什么污秽阴暗没见过，你整天除了吃和睡，难道还会想什么怕我知道的事儿？”

廖停雁觉得祖宗对自己的认知还不够全面，比如听他说起污秽，她脑子里不由自主地回忆起前世看过的各种小电影。

她生活在一个信息爆炸的时代。想当年，她年轻的时候，看了不少奇葩的东西。以A开头以V结尾，或者以G开头以V结尾的各种剧，她都见识过不少。

人的脑子就是这样，越是不能去想的时候，越是忍不住去想。而且思想这种东西，真的很难控制，一不注意就飞跃。

司马焦看着她，神情越来越古怪，最后他似笑非笑地按了按太阳穴："我还真没见过这样的。"

廖停雁赶紧把自己脑子里的东西打码扔进垃圾桶。她听到司马焦说："不愧是魔域教出来的，让我大开眼界，受教了。"

廖停雁：魔域风评被毁，我对不起魔域。

她奓毛奓了十分钟，又平静下来了。

算了，没什么大不了的。只要保持平静的心态，不要激动，这祖宗就不会听到她在脑子里骂他。从今天起，做一个心平气和的人。说起来，她之前可没少在心里骂祖宗，莫非都被他听到了？廖停雁一个控制不住，又激动了起来。

司马焦说："听到了。"

廖停雁惨号一声："求你了，祖宗，不要再跟我的脑子隔空对话了。"

廖停雁猛然意识到了另一个问题，她那么骂司马焦，他都没反应，也没恼羞成怒一巴掌打死她，莫非是真爱？

司马焦没反应，好像没听到——那她就当他没听到。

廖停雁给自己倒了一大杯香甜的饮料，一口闷了，镇定心情。这时候，司马焦好像突然想起什么，拿出一本超厚的大辞典丢给了她。

廖停雁问："这是什么？"她抱住那石头一样又厚又重的书。

司马焦随意地说："之前去解决一点儿事儿，看到这本书，顺手带回来了。"

书的表面是一片鬼画符，廖停雁打开，感觉书中一道光芒与自己的神识轻触，立刻便知道了这是什么书。

这是一本术法录，包含天地玄黄四阶术法以及五行和另外十二种变异灵根的特殊术法，共计十万五千条。整个修仙界能数得上的术法都收录在上面了。这样的一本灵书，价值不可估量。这么一本足够成为一个中型门派的镇派之宝，就算在庚辰仙府这种豪门大户里，它也算得上是珍贵的宝物，是立身之本。这是会被收藏在重要的宝库里，普通弟子一辈子见不到，长老也无法拥有，只能供在那里的东西。

所以……祖宗把这东西都随手带回来，他到底是去干什么偷鸡摸狗的事情了？

“不会明天就有人到处寻找失物，找到我们头上吧？”廖停雁抱着书，僵着脖子看司马焦，“或是到处戒严，然后寻找贼人。”

司马焦说：“他们的人我还杀得少了？这都不怕，拿本书你反倒怕了。”

这……好像很有道理呀。廖停雁被他说服了。

灵书和一般的书的不同之处在于它是自带教学的，用神识在书内选定一种术法，就能沉浸式学习，所以这就是个智能课程学习库。不过，能学到多少还是要看自己的悟性。

廖停雁：这沉重的学习任务好烫手。

“我热爱学习，我以后每天都要背五十个单词……不是，是学十五个术法。”廖停雁声音平板地道。

司马焦说：“不，你不想。”你明明在脑子里大哭着说不想学习。

廖停雁说：“既然你知道，为什么还要给我这么超厚的一本练习册！”她摔书。

司马焦被她的大声抱怨吵得脑子都抽了，黑着脸说：“你再吵，就神交。”

廖停雁软硬切换自如，立刻躺平默念阿弥陀佛，并在脑门上贴了一片清心灵草叶子。在巨大的压力下，她只用了三分钟就原地睡着，司马焦都怀疑她贴脑门上的灵草是不是有什么助眠效果，揭下来看了看。

草没有助眠效果，有助眠效果的是廖停雁本人。她浑身上下都散发着一股“生鱼忧患，死鱼安乐”的气息。司马焦成功被催眠，一脑袋扎到她颈脖处，闭眼休憩。

不知道什么时候开始，只要在她身旁，他就能自然而然地感觉到困倦，也能很寻常地入睡，就好像……他只是个正常人。

廖停雁发现了不对劲儿。

周围的同学看她的目光带着奇异的鄙夷与猎奇，还有不屑。她看了一眼自己身上的衣裙，没有发现哪里不对劲儿。光看他们的表情，她还以为自己没穿裙子只穿着睡裤就出门了。

她开始以为是花宴那天晚上装得太过被孤立，结果没过几日，木家来人，永令春和永莳湫的外祖父派人来抓他们回木家去问罪。

廖停雁：什么玩意儿？

外祖父痛斥他们丢人，说他们败坏了木氏一族的名声。廖停雁坐在一边的凳子上，听着木外公对着他们的幻象大骂了半个小时，才总算明白这一出无妄之灾是因何而起。

最近，永令春和永莳湫这对双生兄妹乱伦的事儿在辰学府流传甚广，已经不是秘密，大家私底下都知道。还有小道消息称，他们在新生花宴那夜旁若无人地在锦绣画堂里做那种事儿。

那种事儿是哪种事儿？

廖停雁一摸自己的脑门：妈呀，差点儿忘了还有这个兄妹设定。

司马焦笑了：“哈哈哈哈哈。”

廖停雁说：“祖宗，这种情况下你的反应怎么也不该是大笑吧！”

司马焦却笑得停不下来，在回学府的路上，他坐在云车上还在笑。

廖停雁心说：真的有那么好笑吗？

司马焦从大笑变成了阴森森的冷笑，又开始搞他的死亡抽签小球。他摇晃着那些小球，漫不经心地说：“听说我的父母就是兄妹。当初那些人为了得到司马氏的纯净血脉，日日给他们洗脑，催促他们诞下孩子……我还以为这些人都是不在乎这些的，今天看来，原来他们也知道廉耻，知道什么能做什么不能做。”

“看刚才那老头骂得多痛快。”司马焦直接从那堆球里拿出了一个写着木字的小球，内定了下一个目标。

廖停雁猜他是在搞庚辰仙府内府那些家族的本家，但是不知道他具体在做什么。她好像也没听到什么大乱的消息。

司马焦把那个木字小球捏碎了，星星点点的灵力飞散在云车里，像洒金一样洒在廖停雁的淡紫色裙摆上。

看他这个样子，廖停雁就知道今天晚上他要出门继续搞事情，所以她又能一个人睡了。

倒不是说两个人睡不好，只是司马焦这人老爱把脑袋钻在她的脖子旁边睡。他的头发挠着她脖子，真的很痒。还是一个人睡开心。

司马焦果然说：“今晚我要离开。”

廖停雁说：“哦，那你一路顺风，注意安全。”

过了会儿，廖停雁觉得自己好像一个叮嘱丈夫出门小心的妻子，顿时头皮都被自己雷麻了。

司马焦一勾唇，探身上前，盯着她的眼睛：“你想要什么吗？”

廖停雁说：“我想要什么？”她不是很明白祖宗为什么这么问。

司马焦说：“我出去，你想要什么，我给你带回来。”

更像了！这是丈夫出差给妻子带礼物的剧情！但你明明是出门去搞事情的，为什么说得和出差一样，还带礼物？Hello（你好），你难道要带敌人的人头回来吗？

廖停雁说：“啊，都可以，我不挑。”

“那你等我回来。”司马焦摸了摸她的脸，竟然显露出一点儿从未见过的温情，吓得廖停雁差点儿当场去世。祖宗，你怎么了祖宗！

廖停雁没事儿上上课，翻翻那本术法灵书，学些小技能，在同学的孤立圈里过着自己的日子。学会了小范围的障眼法之后，修为低于她的人都看不到她在课上睡大觉，而学会了小术法，她就可以用那些爱嚼舌根的同学试验一下。找不到恶作剧凶手的同学爆发了好几次小型斗殴，廖停雁表示，打得好，再来一架！

两天后，司马焦果然回来了。他是半夜回来的，披着一身湿润的露水，坐在床边把廖停雁摇醒了。

廖停雁在迷迷糊糊中看到他，含糊地说："回来了。"

司马焦见她好像准备继续睡，就拉开她的衣襟，把一个冰凉的东西塞进了她怀里。廖停雁被冻得一个激灵，拉着自己的衣襟，把那东西掏了出来。

"什么东西？"

"在……嗯，不记得哪一家的宝库里看到的。"司马焦靠着她的靠枕，说，"觉得不错，带回来给你玩。"

冰凉、坚硬、圆形、扁的。

廖停雁打一个响指，搞了一个光团出来照明。她把那东西掏出来仔细一看，竟然是一块脸大的镜子，边缘还有精致的花纹，充满了古朴之味，看着就很珍贵。

她把那镜子对着脸照了照，发现两边都有镜面，而且同样模糊不清。不太明白这宝贝怎么用，廖停雁上供给司马焦，虚心请教。

"这个要怎么用？"这应该不会只是单纯的镜子。

司马焦的手指又白又长，很是漂亮。他拿着那镜子，不知怎么的，三下两下转了转，一个镜子就分成了两个，原来这还是可以拆卸的一套。

"只要有灵力，哪怕这两面镜子相隔万里，也能看到对面的情况。"司马焦说。

廖停雁满脸淡定。讲真，虽然修仙世界大家单人飞天，动不动就能呼风唤雨，好像很厉害，但现代科技也很厉害，比如这东西，它就比不上手机。手机要是有电有网，同样相隔万里也能看到对面发生了什么，而且功能更多样，更便捷。她看了一眼镜面，嗯，手机的画质也会更好。

司马焦敏锐地察觉到了廖停雁对这东西并不喜欢，于是他捏着两面镜子，直接就掰断了其中一面。

廖停雁：你搞什么？

她赶紧把剩下的一面放到一边，免得被这喜怒无常的祖宗一起捏碎了。

“不喜欢就碎了。”司马焦说。

廖停雁连忙说：“喜欢，喜欢！”不能让这败家祖宗继续无法无天下去了，好不容易从他手里明明白白地得到一份礼物，还被他自己搞坏了一个，这是什么小学生式低情商送礼方式？

司马焦并不太相信她的回答。他不太高兴，沉着脸盯着她的眼睛又问了一遍，是开了真话 buff 的那种问：“你喜欢这东西？”

廖停雁说：“喜欢。”她嘴里说着喜欢，心里问号刷屏。你有事儿吗祖宗，这种小事儿你特地用真话 buff 来问？你以前用真话 buff 的时候都是一副说错话要杀人的表情，刚才却是说错话要生气的表情，你什么时候降级了？

这事态好像有点儿不对，她好像逃不开穿越人士必定谈恋爱的准则了。廖停雁不动声色地稳了稳。没关系，谈恋爱这种事儿需要两个人，他单方面也没法谈，只要自己稳住……

刚这么想着，司马焦就勾起她的脑袋，俯身亲了她的唇。他含了含她的上唇，两人的鼻尖在一起蹭了蹭，姿态又缠绵，又亲昵。

廖停雁：稳、稳住，我还能再坚持一秒。

司马焦的气息纠缠着她，他垂着那双看人时总不太友好的眼睛，唇微微扬起了一点儿，好像心情又变好了。

冰凉的手指托着她的下巴和耳后，还有一只手抚在她的脑后，压着她的头发。他似乎很喜欢捏着她的后脖子，那是个不许别人退后的姿势。廖停雁感觉后脑一阵发麻，也不知道是因为被拿捏了要害而下意识地感到危险所以紧张，还是因为司马焦像一条亲吻鱼一样一直在轻啜她的唇。

他的神情和动作都太自然了，自然得就好像他们本来就该如此亲密，她本来就是这样能够靠近他、亲吻他的人。

他身上有露水的气息，有院外花的淡香，还有一点儿几乎察觉不到的血腥味。显然，这个靠坐在她身边亲吻她的男人，不久前还杀过人，或者是从某种血腥味重的地方走过。她本该感到害怕的，可是此时此刻，她只感觉到心里颤得厉害。那不是恐惧，而是一种奇怪的激动情绪。

还有点儿……嗯，那个冲动。

我是变态了吗？廖停雁心想，我的立场终于从混沌中立变成混沌邪恶了？

后来发生了什么是显而易见的。总而言之，他们又搞了一次神交。如果说之前是她为了救人，懵懵懂懂、莫名其妙地那啥啥，那这次，她就是鬼迷心窍了。鬼是司马焦，他就像个水鬼，在水里把人缠住人就挣脱不开。

神交其实非常愉悦，不只是身体的愉悦，还有神魂的，甚至思想的。那种满足和畅快的感觉，就好像看到一望无际的蓝天与白云，什么忧愁都没有，在云中飞翔，非常自由。这种感觉甚至在结束之后还会久久不退，让人感到平静，感到安心。

一直以来，虽说她把这场突然的穿越定义为度假，但心里难免有些许漂泊的彷徨和世界之大孤身一人的孤独感。可是这种时候，那些孤独感都散去了，因为另一个更加孤独又更加暴躁的人与她相融。她好像待在一个极度安全的地方，能香甜地入睡，也不用担心醒过来之后会发现独自一人，不会觉得明日不知去何处，人也不知往何归。

廖停雁发现神交其实是个很公平的交流方式。如果是肉体，或许男女的身体天然就分为了上下，可是在神交中，所有的感觉都是相互的。有一刻，她清晰地感觉到了司马焦的心情和感觉，它们像温水一样朝她漫过来，把她淹没。

他这个人，就算是柔软的时候，也带着一点儿能刺伤人的锋锐，他的神魂又太过强大，廖停雁有些时候受不住。这种时候，他摸在她脑后的冰凉手指就会安抚一般地轻轻揉按一会儿。那是与他平时臭屁烦人精的一面完全不同的体贴——可能还能称作宠爱。

廖停雁睡到日上三竿，神清气爽地醒来，躺在床上反省自己。

昨晚司马焦是不是用了什么迷魂咒之类的术法？她怎么就这么把持不住呢？想起昨晚的事儿，她恨不得自己能失忆了。他们到底是怎么说着说着就开始了的？她还想起自己半途中因为挺舒服而抱着人家脖子瞎哼哼。当时的司马焦眼角微红，唇色也非常红，衬得他皮肤更加白，眼睛更加黑。他艳鬼一般地抱着她嗯了几声，那种抱着小婴儿哄的嗯嗯声听得人心都酥了。脸贴脸，耳朵蹭着鼻子……

廖停雁捂住了自己的脸，不准备再继续回想了。她不能想，想就是早恋。

司马焦睡在她旁边，应该是醒着的，但他懒得睁眼。他拾了她的枕头圈了个窝，又在窝里给了她一个不错的位置搁她的脑袋，让她必须用一种情侣标准姿势贴着他睡。

男人，哪怕是司马焦这样的男人，在这种时候也显得放松很多。他无害又自在地瘫在那儿，是晒饱了太阳的猫的那种瘫法，让人想上去照着他的肚子一顿摸。

廖停雁一巴掌把自己打醒了。摸什么摸，毛都没有摸什么摸。

可能是她想得太头痛了，情绪波动比较大，终于把旁边假寐的大佬给逼得睁开了眼睛。

他朝她伸出手，廖停雁往旁边一滚，刚好避开，脑袋却咔的一下硌在了一个硬物上。那是她昨晚收到的镜子。幸存的镜子本该是昨晚的主角，却被遗忘在角落里，现在才再次被拿出来。

“没用就丢了。”不知人间疾苦的老祖宗司马焦如此说。

廖停雁说："可惜捏坏了一个，不然还是有用的。"

她想了想，这个镜子要是多几面，可以放在各个地方，再把所有画面集中到手上这块镜子上，不就是直播吗？放一面镜子在庚辰仙府大广场，能看弟子们比武打架；放一面在闹市街坊，能看人生百态、市井生活；放一面在山林花树里，还能看野生动物生活录呢，岂不是美滋滋。

廖停雁把这些揉在一起随便说了说，司马焦露出思索的神情，片刻后说："不错。"然后他把那完好的一个拿了过去，摩挲上面复杂至极的花纹。

他们去上课的时候，司马焦仍然在把玩那面镜子。

廖停雁不明白，自己去上课，他这不需要听课的人为什么也要浪费时间一起去，不过她从来都搞不懂他想做什么，所以就随他去了。

司马焦拿着那镜子一连琢磨了小半月，之后出门三天，回来就把镜子还给了廖停雁。

"你看。"

廖停雁拿过那镜子，给了司马焦一个疑惑的神情。司马焦瘫在她身边，用手指点了点镜面。那镜面泛起一阵涟漪后，显现出三圣山的模样。

镜子里的三圣山和他们离开时的三圣山不一样，高塔重建了，旁边的宫殿也在重建，有看上去很厉害的大佬站在那里，他们神情严肃地商讨着什么。

司马焦再敲了敲镜子，画面一变，变成了白鹿崖下的那棵蓝盈花树。

廖停雁明白了，她上手把画面往旁边拖了拖，发现视野竟然还能三百六十度旋转。她看到云山雾罩的白鹿崖宫殿，也看到了附近巡视的修士，那些修士个个表情紧张警惕。她学着司马焦那样敲镜子，画面毫无反应，只有镜子里的人在交谈走动，声音有点儿小，听不太清楚。

司马焦说："灵力。"

廖停雁默默地用上灵力，这回画面改变了，画面上是一座焦黑的山。这山好像经历了火山爆发，整个山从山腹炸开了，只剩下狰狞焦黑的石头朝天耸立，一点儿活物都没有。画面半天没变，廖停雁都怀疑是不是网络不好卡住了。

她猜到这些都是司马焦搞出来的，地方也是他选出来的地方，但是这片焦山有什么特殊的吗？

她再换了个地方，这回是个她不认识的集市，很热闹，小贩的叫卖响亮，街上嘈杂的声音都一同传递过来了。

还有一个能看到山间一片瀑布下的小湖的视角。廖停雁换到这个视角，看到有白色毛茸茸的长角的灵兽在湖边喝水，雪白的鸟掠过湖面，站在温驯的毛绒灵兽身上，画面宁静美好。

下一个场景是一家店，一家有很多漂亮男女陪客人聊天、弹琴、说笑的店，里面还有个台子，有人在台上表演。廖停雁看完了一曲飞天舞，觉得那一群跳舞的小姐姐简直美呆了，半天都没舍得切换。

司马焦催促她："下一个。"

廖停雁换台。画面换到一片如镜平湖，不过这镜头人晃了，它在湖面上一掠而过，下一刻又飞了起来，飞在天上，能看到下面的山川河流。没过多久，视角又落进树丛。

看上去这是一只鸟所见。不行，她有点儿晕 3D。

她继续切换视角，切到一个巍峨的神像，神像之下有人在讲道，底下坐了一堆安静聆听的弟子，神像下方的大石上刻着"问道原"三字。廖停雁听过这地方，这是庚辰仙府内府高等级大佬给优秀弟子开小灶，进行课外补课的地方。

下个视角是厨房。不知道这是哪里的厨房，它非常大，各种食材摆放整齐，二十多个厨师忙碌着做各种吃的，有在蒸糕的，有在片鱼的，有在和肉馅的，还有在做点心的，一派热火朝天的忙碌景象。

看完所有的直播频道，廖停雁略带感动地看向司马焦，祖宗懂我！

司马焦问："你想要的是这个？"

廖停雁说："没错，看这种直播最容易打发时间了，还催眠。"

司马焦不置可否，瞧着那镜面里各种冒油的食物出锅，问："还有呢，你还想要什么？"

廖停雁：完了，看师祖这个她要什么他都能弄来的昏君样，他们真的要走"霸道师祖小妖妃"的剧本了。

第十章

谈恋爱能有效治疗失眠和抑郁症

如果廖停雁是个事业系大女主，她可能会借着司马焦的帮助提高自己的修为，并且每日勤奋修炼，同时积极寻找各种天材地宝和秘境来磨炼提升自己，顺便再学点儿什么炼丹术炼器术，学阵法，搞发明；再帮助司马焦引领一次修仙界大改革，和他一起有冤报冤、有仇报仇，打怪升级；最后感化司马焦，两人一起建设灾后的庚辰仙府，走上人生巅峰。

如果廖停雁是个柔弱系恋爱女主，她可能会和司马焦上演你追我逃的囚宠剧情，畏惧他又不由自主地被吸引，想逃离又被抓回去，认识其他人而被司马焦误会，因身份暴露再被误会，被人离间又再生误会，如此种种。两人就“你相信我，你不相信我”上演五十集的虐恋情深大戏。

但真实的廖停雁，只是个无心事业与恋爱的“社畜”。人生的魅力可能在于靠自己的努力爬上顶峰，可能在于激烈的感情碰撞，当然也可能在于度过平凡而容易满足的日子。

崛起发奋？可以，但没必要。如果为了让生活更加方便，她愿意多学几个有用的小术法，什么清洁防尘术之类的，再学两个防身的术法，一天最多学三个，不能更多。反正让她每天修炼，闭关探索大道，她是拒绝的。

为感情纠结？这个，她也有点儿做不到。现代社会里，她身边那些同学朋友，谁不是看着不错就凑合过，不过了再离？毕竟爱情最多只占人生的五分之一。所以廖停雁现在对她与司马焦的感情问题没有太大的反应，想一想就觉得好疲惫，只能放置处理。好在司马焦也没有什么恋爱脑，不会抓着她问“你到底喜不喜欢我”。他还要忙着去搞他的事情，下班后才有时间瘫在她身边。

是的，不知不觉中，他也学会了“瘫”这个毫无求生欲的姿势，廖停雁怀疑他可能是在自己的灵府里待久了，被传染了懒病。

病人目前情绪良好，抑郁、自闭情绪日渐消减，连黑眼圈都有所改善。

司马焦去搞事情的时候，廖停雁一个人除了上课了解基础知识，顺便学两个小术法，就是出门觅食。这和她在原本世界的周末一样，她要去超市补充一点儿生活用品，再吃点儿好吃的。

她一个人逛了周围的坊市，看到喜欢的东西就囤一点儿在自己的空间里。除了生活用品和她喜欢的一些东西，她还会存些吃的，以免哪天迫不得已流浪到什么犄角旮旯，没吃没喝。鉴于司马焦这人的不定性，这是很有可能发生的事儿。就算他哪天半夜把她摇醒，说想去沙漠挖煤，让她陪着一起，廖停雁也不会觉得奇怪。

买东西不差钱的快乐，从前她根本想象不到，现在她感受到了，所以每次出门买东西她都非常满足。廖停雁偶尔也会带上永令春的侍女一齐出门，这样试衣服的时候就有人夸她了。彩虹屁的芬芳充满了周围的空气，令她的购买欲大幅度提升，幸福感也是。要是她把全套护卫带上，还能享受耍威风的快感。不过廖停雁大多时候喜欢自己出门，这样的话，她会找地方吃个饭，算是隔几天一次的加餐时间。

打扮得赏心悦目去尝试新的美味食物，这是取悦自己的一种方式。

有时候她吃到合口味的食物，会连续几次过去，平时在辰学府里想吃了，也会让侍从特地去打包送回来。

虽然辰学府里的同学看她的表情仍旧怪怪的，还有意无意地搞孤立，但其实廖停雁的日子过得很滋润。她好像回到了大学的那段时间，那大概是她前二十几年的人生里最自由散漫也最开心的日子了。

她越来越觉得司马焦用别人的身份待在这个辰学府里可能跟她有很大关系。以前廖停雁不会这么自恋，但现在，她越来越觉得这个原因的可能性才是最大的。司马焦看似什么都不怕，做什么都看心情，想一出是一出，从不顾及他人，可实际上他事事都想得清楚明白，还能做出最好的安排。

学府里终归比庚辰仙府的其他地方少了功利和混乱，在这里的日子可以说是悠闲的，而这个悠闲，对司马焦来说没有意义，只对廖停雁的意义比较大。

她最近总是能感觉到司马焦的“宠爱”，不只是感情方面的，还有他做的事儿。

从前在三圣山，她和他还没有这么亲密的时候，他都会注意在和别人打架前先把她随身携带，不让她被波及。现在他这种罩着自己人的观念表现得更明显了，她直接远离了他的战场，在一片本该是腥风血雨的背景里岁月静好。

司马焦这男人，不能深想，想多了就容易泥足深陷。

夏至时节，暑热难消，虽然作为修仙人士她不太怕热了，但每日午睡是必不可少的。要是夏天没了午睡，就好像人没了灵魂。拜廖停雁这个睡眠习惯所赐，司马焦也习惯了每日小歇，不过他要泡在池子里歇。看在夏天天气热的分儿上，廖停雁还是陪他一起在水里泡着。

要按照司马焦那不讲究的习惯，随便挖个长方形的池子往里灌水一躺就完事儿了，但廖停雁不干。她找了一块僻静的溪流石滩，解决了场地问题。石滩上的石头被冲刷得光滑圆润，摸起来手感温润，就像玉石一样，溪水清澈清凉，细沙和鹅卵石在溪水中闪闪发亮。大片的浓绿树荫盖在溪流上，漏下几点璀璨的光点，绿色和夏日独有的蓝天白云令人睡意浓郁。

廖停雁很快就从最开始的勉强陪祖宗去泡着水睡觉，变成每天主动过去午睡。她还搞了一个漂浮竹盘，弄点儿果汁灵液，切点儿西瓜什么的，又制造出冰块来冰镇。睡醒后喝点儿冰水，吃块瓜，这简直是神仙日子。

睡醒了，廖停雁也不太想动弹，眯起眼睛看着头顶的树枝发呆。一片绿叶落下来，落在司马焦的头发上。

廖停雁伸手拈过来，看了一会儿上面的树叶脉络，就将它放到一边，让它顺流而下。过了他们这一段平静的溪流，下面的溪流还挺湍急的。盘在水底睡觉的小黑蛇游上来，顶着那片绿叶子，又把它拱到了廖停雁手边。这小黑蛇日渐“狗化”，非常有哈士奇的气质，尤其喜欢把他们丢出去的东西捡回来，搞得廖停雁都不能当着它的面儿扔垃圾。

上游冲下来一些红色的花瓣，那些花停留在了司马焦身边，缀在他黑色的衣袖上，还挺好看的。

廖停雁看得久了，司马焦睁开眼睛，看她一眼。他把她拉到身边，抱着她的腰，再度闭上眼睛。

廖停雁：我真的不是这个意思。

司马焦说：“我听到了。”

廖停雁：你听到什么了？我自己都不知道，你就知道了。

这是司马焦出门后的第三天。这是一个并不宁静的夜晚。

廖停雁穿着睡裙靠坐在窗前看直播，直播镜头里是跳舞的漂亮小姐姐，笑靥如花的小姐姐旋转起来，裙裾如花一般绽放。院外传来附近的同学院子里的欢笑声，他们大概在聚会，有点儿吵闹。廖停雁看了会儿直播跳舞，移开目光，看着院子外面的夜空。夜深了，隔壁院子吵闹声小了下去，可能是散席了。直播镜子里的小姐姐们早就不跳舞了，各自陪着客人说笑喝酒，一对对的野鸳鸯打情骂俏。她换了个频道，可是换来换去都没什么喜欢的画面。做菜的厨房现在没人，一片漆黑；曾经热闹的街市，现在也没什么人了；那只鸟的视角许久未动，它在窝里安静地待着，旁边没有老婆孩子，可能是只单身鸟。

廖停雁把一只手伸出窗外，脑袋枕在手臂上，手指随意挥动着。忽然，一只冰凉的手点在了她的手背上，像是突然落下来的一片雪。廖停雁抬头一看，果然是司马焦回来了。

他握住她伸出窗外的那只手："为什么不睡？"这应该是个问句，但他没有用疑问的语气。他的神情有种透彻一切的小得意，特别像个小学生。

不是，你瞎得意什么？和他隔着窗对视一会儿，廖停雁声明："我不是在等你。"

司马焦探身进来亲她。廖停雁在暗淡的灯光里看到他的唇失去了鲜红的颜色，颜色是淡的。但他的语气和姿态一如往常，仿佛并没有什么事儿。

然后他接连半个月没出门，仿佛成了一个失业游民。他每日无所事事，抱着廖停雁摸她的肚子，搞得廖停雁每天都怀疑自己是不是要失身。

"你不出去了？事情做完了？"廖停雁忍不住问。

司马焦说："没有，让他们多活一段时间。"

廖停雁莫名有种"从此君王不早朝"的负罪感，但她也不能劝人出门，一劝不就要死人了吗？所以她保持沉默。

关于为什么让他们多活一段时间，廖停雁没问，司马焦也没说，他只是问她喜不喜欢热闹。

廖停雁说："挺喜欢的。"她心里想着：该不会是祖宗开窍了，准备带她去热闹的地方约个会什么的吧。这么一想，她还有点儿小期待，心里的小鹿怦怦蹦跶。

结果司马焦说："过段时间，庚辰仙府会非常热闹，到时候带你去看那庚辰仙府万万年来最热闹的时刻。"他是带着笑说的，很可怕的笑。显然，他说的和他近来搞的大事儿有关。

廖停雁：小鹿啪叽一下摔死了。

司马焦突然就大笑起来，笑得肩都在颤抖，把旁边的小黑蛇吓得扬起脑袋四处看。

廖停雁明白过来，这祖宗又在搞逆天的读心术。他肯定听到小鹿啪叽摔死了，不然不会笑得像抽搐一样。

"说好了只有在我心情特别激动的时候你才能清楚地听到我心里在想什么的！"廖停雁大声地说。

司马焦说："你觉得你刚才的心情不激动吗？心跳很快。"

廖停雁不想看他了，她拿出镜子看直播。但是一打开，她就看到三圣山的宫殿里有一对不怕死的男女在偷欢，直接被糊了一脸活春宫。

丢出去的直播镜子被小蛇屁颠屁颠地叼了回来，司马焦看了一眼双手放在腹部，一副安乐死状的廖停雁，伸手接过镜子："你不看了？"

廖停雁说："你好，本人已睡着，请在嘀一声后留言。嘀——"

司马焦笑了："哈哈哈哈哈哈！"

这人的笑点真的很低呀。

廖停雁做了两天的高冷美人，"直男"司马焦似乎完全没看出她隐藏在闲适下的策略试探性生气，他只是有一天突然用真话 buff 问她："你最喜欢做的事情是什么？"

廖停雁一脸蒙，还没反应过来问题是什么，脑子里就已经下意识地迅速给出了铿锵有力的答案——

"'摸鱼'。"

作为“社畜”，大家都懂的。试问哪个“社畜”上班的时候不爱“摸鱼”呢？如果上班不“摸鱼”，上班最大的乐趣就没有了。但司马焦不懂，他得到了答案后，直接把人带到了一处守卫很森严、灵气很充裕、景色很特殊的白湖边上。

指着透明湖水里游动的冰蓝色小鱼，司马焦说：“去吧。”

廖停雁：去什么，你当我是神奇宝贝吗？

这片湖边的沙子是雪白的，上面还零星地开了许多白色小花，乍一看很像雪地。湖不大，岸边的水位特别低，只到人小腿的位置。湖底的沙也是白沙，再加上湖水清澈，里面那些游动的冰蓝色半透明小鱼就特别显眼。

廖停雁站在那里，半天没动静。司马焦眉头一挑，他感到奇怪：“你不去摸鱼？”

摸鱼？廖停雁现在只想抓一把沙子塞进这祖宗的衣领里。

“我不去。”她说，语气很硬。

比她更硬的“直男”师祖司马焦上前就从湖里抓出一条鱼，往她面前一放：“摸吧。”

他满脸写着“你真是太懒了，喜欢摸鱼都要别人抓了送到面前来才肯摸”。廖停雁被他气得“精神焕发”，抓住那条还在动弹的小鱼，想扔回水里去。

司马焦说：“听说，这种冰蓝鱼吃了能美容养颜。”

廖停雁收回了手，决定不迁怒于无辜的小鱼，毕竟这是司马焦作的孽，跟这条可以美容养颜的小鱼有什么关系。

司马焦说：“你要是摸完了，这鱼还能烤着吃了。”对廖停雁的能吃和能睡，司马焦已经有了深刻的认知。

廖停雁问：“就在这儿烤？”他们进来的时候，她看到那么多守卫，显然这地方不简单。他们大摇大摆地来摸人家的鱼也就罢了，还当场烤鱼，这也太叛逆了——司马焦，就是这么叛逆。

廖停雁自从有了储物空间，就着力于把自己打造成小叮当，想要什么都能当场拿出来。所以她一边说“这不太好吧”，一边拿出了烧烤架子。

这烧烤架子和现代的不太一样，是她之前在一个食肆里面看到老板娘做烤肉，觉得他们家自制的工具很不错买下来的。她还定做了好几套，就为了这种需要野餐的时刻。

“一条鱼是太少了。”廖停雁掂量着自己手里这条灵气浓郁的小鱼，觉得还不够自己两口吃的。她难得想主动做吃的，不能这么没有排面。

这回不用司马焦说，她就主动下水去摸鱼了。而司马焦，完全没有要帮忙的意思，坐在廖停雁拿出来的软垫上，已经瘫了下去，仿佛一个软饭男。廖停雁也没管他，反正司马焦不吃东西，鱼都是她自己吃的，自己抓也没什么。她本来以为，以自己化神期的修为，抓几条小鱼，那是手到擒来，完全没问题。可是下水十分钟，她竟然什么都没抓到，不由得开始怀疑人生了。

这些能在她手底下逃生的，真的是鱼吗？它们真的不会什么瞬移吗？上一刻还在眼前悠闲游动的小鱼眨眼就能消失得无影无踪，刚才司马焦怎么抓到的？

她已经用出了自己所有能想到的术法，还是不行。她总不能动用很厉害的雷系术法来电鱼，弄出了大动静，岂不是会招来很多守卫？

廖停雁空手而归，默默地在司马焦旁边躺下了，摆出了和烧烤架上那孤零零的一条鱼同样的姿势。

司马焦：“……”

廖停雁：“……”

虽然表面上两个人都保持着沉默，但实际上廖停雁的脑子里在慷慨激昂地重复着一段话：“谁能给我抓到好多鱼，谁就是世界上最好的男人！我超喜欢，超崇拜的！会抓鱼的男人太帅了吧！好让人有安全感！真的，那鱼好难抓，能抓到的都是超级厉害的。”

司马焦按着额头坐起来，往水边去了。

廖停雁也迅速起来，坐在烧烤架旁边等待。在司马焦提着一大串鱼回来的时候，廖停雁还有模有样地递给他一块帕子，殷勤地说：“辛苦了，辛苦了，来擦擦汗。”

根本没汗的司马焦接过那个小毛巾擦了擦手，指挥她：“不要全烤了，给我煲个汤。”

廖停雁问：“嗯？你要吃？”

司马焦说：“我抓的鱼，我不能吃？”

廖停雁说：“能、能、能。”

廖停雁处理鱼的时候心想：是什么让从不爱吃东西的祖宗开了尊口要吃，是这能美容养颜的鱼吗？不是，是爱情啊！没想到，他竟然这么喜欢自己，喜欢到都愿意克服厌食症，吃她做的东西。

这个念头在吃鱼的时候动摇了。妈呀！怎么会有这么好吃的鱼？烤好的鱼表面酥脆，鱼肉软糯，没有半点儿腥气，还没有刺，又鲜又香，炖的鱼汤更是好喝得舌头都要被吞掉了。

本该是给司马焦做的汤，他就喝了两口，剩下的都被廖停雁咕咚咕咚地喝完了。

“好喝？”司马焦撑着下巴看她，眼中有一点儿戏谑。

“好喝。”廖停雁抱着肚子坦荡地说。

破案了，司马焦肯喝那两口汤，肯定不是因为什么见鬼的爱情，而是这汤实在太好喝了。她这么随便一搞都这么好吃，要是让大厨用心去做，简直没法想象。

司马焦说：“我幼时在三圣山，每日都会有人送许多吃食过去，这种鱼也有，吃得太多有些厌烦。”

廖停雁：原来您不是厌食症，只是嘴刁挑食。从前天天吃这么好吃的东西，难怪这人现在基本上不吃东西。天哪，好羡慕哇！

廖停雁搓了搓手：“您看，咱们能打包吗？”

司马焦袖子一挥，捞空了半个湖的小鱼。

廖停雁说："够了够了，留一点儿资源再生嘛。"这些小鱼全被廖停雁保存在保鲜盒子里，只要嘴馋了就能拿出来加个餐。

这片湖名为云空境，湖里的鱼是蕴灵飞鱼。巴掌大的鱼要长一百年，吃的食物都是最精纯的灵气凝聚出的小颗粒，它们还只吃水灵气，所以呈现出一种漂亮的冰蓝色。

这里最开始是司马一族中某位大能开辟的，不过现在，时过境迁，这里已经属于师氏一族了。管理此处的是掌门师千缕同父异母的弟弟师千记。师千记本性贪婪，又爱钻营，仗着长兄是掌门，手里揽了不少的宝贝，这片湖和这些鱼就是他的宝贝之一。

平时他自己吃也舍不得多抓，只过段时间抓个两三条解解馋，他最疼爱的孩子们也只有在讨了他欢心的时候才能被赏赐一条。

这一天，心情愉悦，前来抓鱼的师千记发出了心痛至极的怒吼。

这一场摸鱼风波很快连身在庚辰仙府外府的廖停雁都听说了，闹得沸沸扬扬。师千记因为自己的宝贝被偷而大发脾气，怎么都不肯善罢甘休，派出了不少弟子门人追查贼人踪迹。他是个什么身份？他的宝贝被盗当然是大事儿。消息很快就传了个遍，到处都在讨论是谁那么大胆子，又有那种修为，能做出这种事儿。

司马焦当初"大闹天宫"杀了那么多大佬，消息都没传出来，现在随便带她去摸个鱼倒闹得轰轰烈烈，你们可真是有趣哇。廖停雁听着消息，心想。

她听周围的同学讨论的时候，手里还拿着刚炸出来没多久的香酥小鱼干。

原来小鱼干是这么珍贵的东西，她顿觉嘴里的小鱼干更加香了。

司马焦听着这些，面无表情地玩着他自己的小球。那是他又要出门搞事情的预兆。

廖停雁多看了他两眼，司马焦就忽然伸手拉过她的脖子，按着她的后脑勺，凑过来亲了一口。

他嫌弃地说："一嘴鱼味儿。"

廖停雁擦擦嘴，继续嘎嘣嘎嘣地吃鱼干。

她吃完鱼干，理性地分析："我建议你找点儿更好吃的给我，那下次就会有一嘴其他味儿，我想想……牛肉味儿怎么样？"

司马焦说："牛肉有什么好吃的？"

廖停雁说："你这句话臣妾已经听厌了。臣妾都可以，都想吃。"

司马焦说："你最近吃太多，肚子上长肉了。"

廖停雁瞬间站起："胡说，修仙人士怎么会长胖？"

司马焦说："那就是怀孕了。"

廖停雁腿软地坐下："不可能，神交怎么怀孕？"

司马焦满脸无所谓的表情，他说："你没听说过'感而有孕'？"

他说得和真的一样，廖停雁看着他，惊恐地说："什么乱七八糟的，你们这么会玩的吗？既然这样都能怀孕，你都没有做好保护措施的吗？"

司马焦笑了一声："噗。"他用细长的手指遮住了额头和眼睛。

廖停雁说："你笑了，所以你是在骗我的，是不是？"

司马焦摇头大笑，看她的神情就好像在看白痴，满脸怜爱。廖停雁怒从心头起，她张牙舞爪地扑过去，要给这个欺负女同学的小学生一个教训。他伸腿一绊，又抱着她的腰把她压倒在桌上，她动弹不得。

被人全面镇压，廖停雁严肃而残忍地说："我要减肥，把我肚子上的软肉全减掉，以后再也没有这么好的手感了！"

司马焦："……"

司马焦这回出门回来，带回了一头牛。

他每次都半夜回来，廖停雁次次被他摇醒。这回被摇醒看到屋内还哞哞叫的牛，她简直无言以对。

这牛披着华丽的垫子，角上镶珠宝，颈上戴宝圈，打扮得珠光宝气的，比廖停雁还像贵妇。这显然不是什么普通的牛，普通的牛怎么会哭着求饶呢？

牛说了一嘴人话："求前辈不要吃我！"

廖停雁一脑袋扎回被子里，不想面对这个夜半三更的噩梦，又被司马焦不依不饶地捞起来。

"你不是说要吃牛肉？"

廖停雁怒了，你这带回的是牛吗？管它是牛妖还是牛精，总之这就不是牛。

"我只想吃不会说话的牛。"廖停雁漠然。

司马焦满脸理所当然："切掉舌头就不会说话了。"他还冷冷地看了那嘤嘤哭的牛一眼，阴气森森地说，"不许再说话了。"

牛吓得抽抽噎噎的，如果不看那壮硕的身躯和有力的蹄子，它真像个可怜的良家妇女。

司马焦的凶残是纯天然的。廖停雁也想像那牛一样抽噎了。她握着司马焦的手："我真的不想吃。求你了，祖宗，来，肚子给你摸，随便摸，这牛哪里来的让它哪里去行吗？"

司马焦捏着她软软的肚子，还很是不高兴："你近来越发胆大妄为了。"他的语气不是很凶，在这样的情境下更像是抱怨。

廖停雁不仅不害怕，甚至还想骂人：你说的这是什么屁话，我还有你胆大妄为吗？

她心里平心静气地大骂，嘴上飞快地认输求饶："是，是，我胆子超大的，大半夜的不好吵架，咱们睡吧，好不好？"

第二条早上起来，屋里的牛没了，廖停雁还以为是自己昨晚做梦了。谁知道一低头，她就看到小黑蛇顶着关小山鸡的笼子过来了，笼子里面多了一只变小的牛。变小的牛还挺适应的，追赶着那两只小山鸡玩。

黑蛇要喂的，除了两只小山鸡，又多了一头牛。

廖停雁问司马焦："这牛究竟是什么身份？"

司马焦说："一只牛妖的妻子。"

廖停雁说："你把人家老婆抢过来，人家牛妖不会来寻仇吗？而且这牛妖莫名其妙地被抢了老婆，有点儿惨哪。”

司马焦考虑片刻：“你说得对。”

然后，他消失半天，把牛妖也带回来了，让它们夫妻团聚。两头变小的牛待在另一个小笼子里，成了小黑蛇的宠物。

廖停雁：“……”

廖停雁问：“请问，您是怎么想的？”

司马焦说：“灾难的惨痛不应该只让其中一个承受，既然他们感情好，当然要一起承受。”

还以为他会把牛大姐放回去的廖停雁服了。她面前的这位祖宗，神色理所当然，显然他就是打从心底里这么想的，并且不觉得这有什么不对。

大佬，你是反社会人格吗？

没过多久，廖停雁发现那对被抓来的牛妖夫妇对司马焦不仅没有仇恨，还异常恭敬，总是想要讨好这个深不可测的大佬，非常期望能成为他的小弟。为此，他们主动承担起了牢头的责任，开始放牧那两只小山鸡，连小黑蛇都升了一级，成了牛妖夫妇的大哥。

小黑蛇的智商不高，对人的敏感和司马焦却是一脉相承，对生活的态度则和廖停雁异曲同工，还多了一分天真稚嫩的憨傻，简称一根筋。司马焦对它虽然不是很好，但有些纵容。廖停雁则时常给它带些吃的喝的，偶尔摸摸它的脑袋，跟它玩一会儿宠物飞盘。

牛妖夫妇私底下聊起来，猜测那位把他们抓来的前辈是个蛇妖，因为修为太高，所以他们看不出来他的原形。而小黑蛇，就是前辈和那个女子生下的孩子。

“肯定是那女子生的，只有对自己的女人，自己孩子他妈，才会这么纵容！”牛妖信誓旦旦，他老婆也点头赞同。

于是，对廖停雁这个大佬的女人，牛妖大姐十分热情地恭维，还试图载廖停雁上街。

“我跑起来可快可稳了！骑在我身上很舒服的！”

廖停雁说：“不了，不了。”

廖停雁完全不知道自己在那对夫妇眼里是个什么形象。她看着那对被变成拳头大小，还试图融入敌营的牛妖，再次见识到了这个世界对强者的崇拜。如果司马焦想，以他展现出来的实力，估计分分钟就能拉起一支庚辰仙府反抗军，可他完全没这个意思，自信自我到了偏执的程度。

“你们人那么多有什么用，老子一个人能搞死你们全部！”——这大概就是司马焦的真实心理写照，是真正的傲慢了。

他这样的男人不会把两只小牛妖看在眼里，既然廖停雁不吃，他很快就忘了这事儿。两只变小的牛妖只好保持着这个体形，勤勤恳恳地表现，期望哪一天能真正被司马焦收入麾下。

又到了廖停雁出去吃独食的日子。眼看换季了，她准备买点儿衣服，所以这回是带着侍女出门的。她带了四个侍女、两个护卫，算是低配版的大小姐出行。

辰学府里多的是富 N 代，他们手里都有钱，个个出手阔绰，直接拉动了周边坊市的 GDP（国家或地区生产总值）。学府周围这一片算是庚辰仙府外府最热闹的地方，诸位小姐、夫人最爱的衣裙铺子、首饰铺子、香药铺子等自然也少不了。

廖停雁最常去的主街上最大的那家云衣绣户，专营高端女子服饰。几千种布料被制作成彩蝶，飞舞在宽敞的室内，供女客挑选。这里有已经制作好的衣裙售卖，还可以定制衣裙。

来过好几回，撒下大把灵石的廖停雁是位 VIP（贵宾），一走进去就有笑成花的侍者前来带她去专门的小花厅看布料和新式的衣裙。这里的 VIP 都有单独的小厅，避免和其他客人一起等在外面，还有专人全程陪护，服务的贴心程度丝毫不亚于“海底捞”。

“您请看，这是本月新到的一种布料，星云纱。若是在夜晚，裙摆上的星芒闪烁，就如同天上星河流转，极为美丽。而且这些星辰会巧妙地刻印上阵法，基础的防尘自不必说，还可以用以防御……”声音清脆的侍者一样样地介绍新品。

“还有这缎花锦。这一种花锦的图案可不是普通的花，若是一般的人，别说见过，就是听都从未听过。这花名为‘日月幽昙’，可了不得！”侍者介绍到这里的时候，神情崇敬而肃然，“庚辰仙府最负盛名的司马一族您想必知道，这日月幽昙是那些大人的伴生花。很少有人能见到这花的真容，而这花纹，可就我们云衣绣户才有！”

廖停雁说：“嗯，挺好看的。”但是，作为亲眼见过这种花，甚至还吃过的人，廖停雁发现，这花朵的形状不太对，叶子也不太对。

不过，这花绣得确实很好看，用黑白两色织出的花不显单调，随着光线移动，花枝摇颤，这大约用的不是普通丝线，也不是用普通方法绣出来的。

介绍的侍者似乎对这独有的花纹很是自豪：“这花锦向来难求，我们云衣绣户每年也才得十几匹，从来都是供不应求。”

廖停雁看侍者吹得这么卖力，点点头：“那就这一样和刚才那种星云纱都要了。”

侍者笑吟吟地继续给廖停雁介绍下一种：“您再看看这个，这是溶金缕……”

这侍者刚说了一句话，穿着青衣的小侍者从外面匆匆走进来，小声对那介绍的侍者说了两句什么。在单独的小花厅里解说的侍者都是蓝衣侍者，比青衣侍者的等级要高一些。听了那青衣侍者的话，蓝衣侍者皱皱眉，对廖停雁告罪一声，到一边说话去了。

廖停雁虽然不是有心要听，但她的修为摆在那儿，她听得清清楚楚。旁边好像有个身份挺高的大小姐，那大小姐瞧上了那日月幽昙缎花锦，放话说全要了，所以廖停雁刚才定下的那匹也要送去给她。

如果是脾气不好的人，听说要把自己看中的东西让出去，肯定就要发作。但廖停雁无所谓，反正她也不是非要这日月幽昙缎花锦不可，毕竟花纹不对，看着总感觉是假货。

过了一会儿，蓝衣侍者硬着头皮过来了，很是抱歉，小心地赔笑："真是不好意思，这日月幽昙缎花锦已经被预订。是我疏忽了，不知道这件事儿……为表示歉意，您今日随便选二十匹新布，当作给您的赔礼，不知可否？"

这事儿说起来怎么做都讨不了好，主要是看谁更不能得罪。侍者把抢布匹这事儿说成是自己的错也是为了避免发生争执，不想把事情闹大。

廖停雁身后的侍女是永令春调教出来的，都是大脾气。她们在夜游宫霸道惯了，到了辰学府没有从前那么得宠，时常被她们小姐冷落，正焦急地想要表忠心，重得小姐喜爱。如今遇上事儿了，她们比廖停雁还要生气，立刻站出来身先士卒。

"什么疏忽？我看是有人抢我们家小姐东西，你们狗眼看人低，不敢得罪，才想这样随便打发我们吧！"

"正是，所谓先来后到，哪有让我们把东西让出去的道理？"

"你们可知道我家小姐是谁？我们家小姐是夜游宫的大小姐，木府暮修老祖的外孙女！"

廖停雁一个字都还没吐出来，就被几个侍女连珠炮般的话给堵住了。她们吹"彩虹屁"的时候很能说，怼人的时候也很能说，只是有个问题——这语气，这说法，真的很像十八线恶毒女配身边狐假虎威的丫鬟，等着女主来打脸的那种。

"呵，区区一个夜游宫。"花厅门口传来一声冷笑，"就是夜游宫宫主和暮修老祖亲自来了，在我面前，也只配下跪磕头。"

你看，果然，打脸的人来了。

站在那儿的妹子浑身上下散发着高贵的气息，珍稀的天级灵器身上戴了好几个，脑袋上的钗环首饰不仅看着别致，还有着许多阵法禁制，身上从衣服到鞋和配饰没一件凡品。不只是她，她身边伺候的那些男男女女，一个个也是高贵优雅，一群修为极高的护卫里，和廖停雁一样的化神期修士有四个。

廖停雁看得眉心一跳——打不过呀，而且这众星拱月的妹子，廖停雁认识！

当初廖停雁和司马焦还住在白鹿崖，有一次那祖宗闹脾气，莫名其妙关她禁闭。禁闭地点在白雁飞阁，就是能在空中飞的，被白雁群托起的一座小阁楼。那是月之宫宫主的女儿月初回的东西。当时司马焦带着她，把白雁飞阁的主人月初回踹了出去。因为当时那个倒霉妹子被踹飞的表情太"颜艺（指某角色脸部异常扭曲甚至变形的样子）"，让人记忆深刻，廖停雁就记住了。

那不正是此刻站在面前，一脸讥讽不屑的妹子吗？这种在庚辰仙府内府小公主一样的人物怎么会跑到外府来了？这是何等的孽缘？

这事儿说起来还与司马焦有关。

司马焦之前搞死了内府那么多大佬，各家闭关的老祖宗都被他弄死弄伤了许多，这引起了不小的动荡。掌门与其他人虽然极力稳住了局势，没有让消息传出去，但他们都知道司马焦不会善罢甘休，最近庚辰仙府内府是人心惶惶。月之宫宫主在那一战里也受了不轻的伤，月之宫内发生了些事儿，她焦头烂额，又担心司马焦回来报复，于是把女儿打包送到外府的分支里，让女儿散散心，也让女儿避避祸。

月初回自从当初被慈藏道君毫不怜香惜玉地一脚踹碎了一颗少女心，郁郁寡欢了许久，脾气也越发不好了。这回被母亲送到这里，她更是心情烦闷，才在外府月家分支诸位小姐的陪同下前来看新衣。月初回不是很喜欢那日月幽昙的缎花锦，毕竟她从小到大要什么没有？她可是见过真正的日月幽昙的。不过不喜欢不代表她不要，她要了别人就不能要。廖停雁这回就是纯粹倒霉，撞上人家火药桶了。

眼看事情无法善了，廖停雁站起身，选择先退一步："既然你想要，那就给你。"她自觉语气还是很友好的。对方人多势众，自己难免吃亏，她觉得先走为妙。然而，月初回不让她走。

"我让你走了吗？"月初回认不出那张永令春的脸，但不妨碍她觉得廖停雁讨厌，"你是夜游宫的？"

廖停雁坦坦荡荡地回答："是。"

月初回只冷笑一声，都不用说话，旁边的那些陪客就开始了三百六十度无死角的语言羞辱，气得廖停雁身后那几个侍女脸色涨得通红。廖停雁岿然不动，连眼皮都没抬。月初回就是想羞辱廖停雁，没想到廖停雁什么反应都没有，月初回更加生气了。恰巧这时，缠在廖停雁脚腕上的小黑蛇醒了，它爬出来看了一眼。

月初回看到这条小黑蛇，一下子想起慈藏道君养的那条大黑蛇，心情更加不好。她对着廖停雁微抬下巴，吩咐："把这蛇给我留下，你滚吧。以后不要再让我看见你，不然我要你的小命也只是一句话的事儿。"

廖停雁把小黑蛇抓起来，塞进了袖子里。

这位朋友，你知道吗？我要你的命，也是一句话的事儿。

灵山根部，千丈之下，有灵气冲刷多年形成的空洞。这些空洞形状各异，就如同人灵脉上的细小络膜。交错的灵气管脉会在山腹中结出一处灵池，这处灵池便是一座灵山里最重要的地方，是灵山的心脏。

一个修长的黑色身影在灵池边俯身，屈指一弹，金红色的液体落入灵池，仿佛火星落入酒池。火焰在灵池里铺开，无声而迅速地燃烧起来。燃烧的灵池散逸出更加浓郁的灵气，灵气穿过那些空洞向外弥漫。那人冷白的手指微动，挥开依附过来的灵气，转身往外走去。

灵池的所在地并不容易寻找，想到达灵池边也并非易事。若不是庚辰仙府中的灵山几乎都与奉山灵火有一丝联系，司马焦也寻不到此处。

在他身后，他留下的一点儿火焰开始慢慢地顺着散逸的灵气燃烧到各处。

庚辰仙府内府有九条灵山山脉，住着师氏一族几乎所有的人。掌门与几位宫主的宫阙也在此处，祭坛广场和奉山神殿也都在山脉中心。而这些山脉的灵池此时都已经燃烧着暗火，只等有朝一日东风来。

司马焦离开山腹，外面等待着一个身穿师氏家纹衣袍的男子。男子眼神空洞，神色恭敬。司马焦从男子身旁走过，在男子的额心轻点，男子也毫无反应，只是半晌后眼神清明了些，毫无异样地朝另一个方向走去。

像这个男子一样的人，内府已经有了不少。他们都是些身份不太高、修为也不高的家族边缘弟子，出于种种原因在主支内不得重视。这些都是司马焦选中的“火种”，到了那一日，他们就会像真正的火种一样点燃整个庚辰仙府。

庞然大物看上去不好惹，可是正因为身躯庞大，它才有许多顾及不到之处。树大根深，司马焦无法轻易拔起，但若在树心放一把火，又会如何？大约是火乘风势，烧他个干干净净。

今日司马焦身上没有沾上血，也就没有看到什么能带回去的小玩意儿。司马焦走到院门口，才发现自己空着手。他不知道哪一次起养成的习惯，回来总要带点儿什么。

算了，既然今日没带什么，他就让她好好睡，不把她摇醒就是。自顾自地决定了，他进了屋。

人不在。

以往他每次回来，那张大床上都会鼓起一个包，屋内会有淡淡的香气，床边摆着的小几上面还会有用小盘子装着的零碎小吃和大瓶的灵液。那个千里镜会挂在床边，发出细微的响声。里间的烛火总是熄灭了的，但外间会挂着一盏光线不太明亮的小花灯，花形的影子会安静地落在地面和床帐上。

但今日，屋内一片安静，那股暖香散得差不多了，有些寥落冷清，小花灯也没亮——她又跑出去玩儿了。

司马焦在黑暗里坐了一会儿，心情不太妙。他站起来，准备去把人揪回来睡觉。

他刚站起来就听到窗边有一阵动静，窗边溜进来一条小黑蛇。小黑蛇见了他，猛摇了两下尾巴，哧溜冲过来咬住了他的衣角。司马焦低头看着被自己养了很多年但完全没长过脑子的蠢坐骑。它不知道想表达什么，身体纠结得快成麻花了。

“松嘴。”

小黑蛇㞞㞞地松嘴，委屈地在地上打转。忽然，它往地上一躺，躺得僵直。

司马焦看了它一会儿，神色渐渐冷了下来。他问：“廖停雁？”

小黑蛇听到这个名字，扭动着转了圈，又换了一个姿势僵硬地倒下。司马焦的脸简直冷得快要结冰了，他一把掐起地上团团转的小黑蛇，把它丢了出去。

“去找她。”

小黑蛇落地，变回了大黑蛇，司马焦踩在它身上，被它载着，风驰电掣地冲向辰学府外的紫骝山别宫。

这一处别宫如今是月初回住着，整座别宫依山而建，月初回就住在山顶最高处的宫殿云台，几十位侍女和上百位护卫守着这个小公主。

月初回住在别宫里最好的宫殿，而廖停雁作为阶下囚，住的当然是禁闭宫牢。当时在云衣绣户，廖停雁不肯交出小黑蛇，还在月初回眼皮底下把小黑蛇放跑了，把这小公主气得当时就直接让人把廖停雁抓回来了。月初回还以为廖停雁是那个什么夜游宫永令春这种小角色，完全不怕她，把人收拾了一顿，就将她随便关进了阴冷的地牢，然后把这事儿忘在了脑后。

距离那场冲突已经过去了一天多，廖停雁都睡了两觉了。

司马焦找到人的时候，发现廖停雁蜷缩着躺在角落里，脸色苍白，十分可怜。他大步上前，半蹲在廖停雁身边，伸手抚摸她的脸。地牢里很冷，她的脸颊也很冷。司马焦最开始以为她是晕倒了，后来才发现她是睡着了。

司马焦说：“醒醒。”

廖停雁睡迷糊了，睁开眼睛看到司马焦一张凶凶的冷脸，听到他说：“你醒了，睡得舒服吗？”

她下意识地点了点头："还行。"眼看那张脸上的神情都狰狞了，她顿时清醒，立刻改口，"不舒服，太难受了！你终于来救我了，呜呜呜！"

司马焦说："起来。"

廖停雁叹了一口气："不是我不想动，我是动不了。"

司马焦这才发现她的情况确实不太好，她受了内伤，灵力也被压制。

廖停雁看着他的脸色，清了清嗓子，憔悴地说："是这样的，要是等级比我低，我就动手试试了，但是对方有四个化神期修士，我打不过，就没动手。"

四个修为跟她差不多且身经百战的化神期，真动手，她不仅没胜算，还很有可能会暴露身份，只好先吃点儿亏。反正他肯定会找过来的，等大佬来了再说。虽说想是这么想，可她当时被踢在肚子上，打在脸上，也是真的疼。一个人在这里躺着还好，这会儿见到了司马焦，她放松之余，立刻觉得难受起来。

司马焦的神情已经很久没有这么难看过了。廖停雁多看他一眼，就感觉自己更㞞一点儿，他好像变回了最初在三圣山的时候那个立刻要杀几个人祭天的杀人狂模样。

司马焦将她抱起来，让她靠在自己身上，这才发现她侧着的那半张脸上还有一道长长的划痕，伤口凝着血，像是用锋利的东西划出来的。他的眼神又冷又沉，伸手摸了一下那没再流血的伤口。

廖停雁喊："疼，疼，疼！"

司马焦没理她，捏着她脸的动作越来越重，把她脸上的那个伤口又给崩开了，鲜血像露珠一样从伤口的缝隙里溢出来。

廖停雁被他捏得直往后躲："祖宗，你停手，我要疼死了！"

司马焦捏着她的后脖子把她按回自己怀里，不许她躲，探身上前，贴着她脸颊上的伤口舔了一下，舔掉了被挤出来的血珠。

廖停雁看到他的下巴，看到他的锁骨，还有滚动的喉结，脸上一热——这个热，来自面前这男人的唇舌，也来自自己的身体反应。

不是，你这是干吗呢？修仙世界不流行口水消毒吧！咱能别做这种变态的动作吗？

她忍不住捂了捂自己的肚子。那里可也有一道伤呢，要都这么来，她可受不住，都是成年人了，不带这样的。

司马焦的唇上沾了她的血，神情可怕。他又在她的唇上贴了贴，然后将她抱了起来。

廖停雁挂在他身上，伸手揽了一下他的脖子，整个人放松地瘫着，无意识地抱怨："这地方真是要命，连个床都没有，地上又凉。那个大小姐的手下动手特别狠，打得我灵力都用不出来了。本来我空间里还放了床的，吃的也取不出来，我还没洗澡，等回去了要先泡个澡。"

司马焦说："住嘴。"

廖停雁说："我再说一句话，咱们这是去哪儿？"她还以为救了人，这祖宗要先带她回去，结果他直接就朝着别宫最高的云台宫去了。

廖停雁试探着问："去杀人？"

司马焦说："不然呢？"

廖停雁说："我觉得可以先把我送回去再说。"

司马焦沉着脸说："等不了那么久，你安静待着，不然连你一起杀。"

廖停雁：不是，大佬你是已经气疯了吗？这说的是什么傻话？我是你的小宝贝呀，你舍得杀我吗？

司马焦完全不像是在开玩笑，语气阴沉地说："死在我手中，总比死在别的人手中要好。"

廖停雁不敢吱声。这祖宗好像又发病了，不能讲道理，她先让一让再说。今晚最危险的肯定不会是她。

全场最倒霉——月初回。

月初回在她云霞锦铺就的床上醒来，发现门外有火光，不由得颦眉扬声责问："外面什么动静？朝雨，给我滚进来！"

门开了，进来的不是诚惶诚恐的侍女，而是一个月初回没见过的陌生男子。他长衣带血，怀里还抱着一个女子。女子捂着眼睛，一言不发。

月初回认出那是之前因忤逆自己而被关起来的永令春，立刻喝道："大胆，谁给你的胆子，敢闯入我月之宫！人呢？韩道君，角风道君！"月初回喊了两声不见回应，终于发觉不对劲儿了，眼中露出些许疑惑，"你是什么人，你们做了什么把他们引开了？我告诉你，就算一时把他们引开，他们很快也会回来的，到时候你们都跑不掉。"

月初回根本没考虑过自己那些护卫已经死了，毕竟除了四个明面上的化神期修为的护卫，她还有一个暗地里保护她的护卫，那人的修为已经达到了炼虚期，有他在，她在这外府能横着走。

廖停雁放下捂着眼睛的手，看了一眼坐在床上的月初回。翻车现场，谁翻谁知道。

司马焦将廖停雁放在一边，让她自己坐着。他走到床边，捏碎了月初回祭出的几个防御法阵，又拦下了她求救的信号，掐着月初回的脖子把她从床上拖下来，一路拖到门口。挣扎不休的月初回看到门外的场景时，双眼大睁，不敢置信，身体也僵住了。廖停雁很能理解这小公主现在的心情。跟了司马焦这么久，他杀人廖停雁也现场看过不少次了，但那些场景都没有这回的恶心。从前那些廖停雁还能忍住，可今天这回实在忍不住，不捂住眼睛就要吐出来了。

"不可能，不可能的，怎么会……"月初回颤抖着，低声喃喃。她再次看向司马焦时，神情变了，眼里满是恐惧。面对死亡，他们大多是这样的姿态，与他们杀死别人时截然不同。

司马焦掐着脖子把人拖到廖停雁面前，对廖停雁说："你来，剥了她的脸皮，再杀了她。"

廖停雁说："嗯嗯嗯？"她当场就滑下椅子跪了，"我不。"

司马焦抓住她的手，捏着她的手指往月初回脸上探去，指尖凝聚出锋利的刀形。他是铁了心要教她亲自动手剥皮杀人。

廖停雁把手往回缩，奈何比不过司马焦的力气。他环着她的身体，压着她的背，脸颊贴着她的侧脸。他在她耳边说：“这人欺负你，伤了你，你就要亲手报复回去。她伤你的脸，你就剥了她的脸皮；她让人打你，你就打断她身上所有的骨头经脉；她让你疼，你就让她剧痛而死。”

司马焦语气森然，眼睛带着愠怒的红，吓得地上不能动弹的月初回眼泪狂飙，大声求饶。

廖停雁的手抖得厉害，她疼得嗷嗷叫，叫得比月初回还大声：“我真的疼，肚子特别疼，真的。你先放手，有话好好说，我们回去再说行不行！”

司马焦说：“不行。”

廖停雁当场吐了一口血给他看，奄奄一息地说：“我受了好严重的内伤，你再不救我，我就要死了。”

司马焦一口咬在她脖子上，咬得她像条鱼一样无法动弹。廖停雁发觉他手里的力道松了点儿，立刻挣脱他的手，一把抱住这位凶残老祖宗的脑袋，胡乱地亲了几下：“我错了，我好怕疼，先回去养伤行不行，求你啦，祖宗！”

第十一章
怎样逗笑一个“暴走”状态的大佬男友

廖停雁又是装死，又是撒娇，终于把处于半疯状态的祖宗给哄松动了。

他用那种超可怕的眼神盯了她一会儿，微不可察地动了动眉头，然后俯身把她抱起来。廖停雁知道他这是放弃逼她亲手报仇了。她放松下来，把手放在自己肚子上，轻轻吸了一口凉气。疼是真的疼，不是装的。

在这个世界，或许哪一天她迫于无奈，被逼到绝境，为了自保会动手杀人，但现在这种情况下握着她的手逼她杀，她是不会听的。当然，这主要是因为现在逼她的算是和她关系比较亲密的人，她清楚对方不会真的伤害自己，所以有恃无恐，还敢撒娇。虽然业务不熟练，好歹是有用的。

司马焦抱起廖停雁，走到月初回身前。

月初回越发恐惧，哭喊起来："放过我！不要杀我，我是月之宫的少宫主。只要你放了我，我母亲会给你很多珍贵的宝物，天阶功法、灵器，还有灵丹，什么都可以！"月初回被司马焦定在原地，无法动弹，只能看着死亡降临，崩溃地大哭起来。

许多年来，月初回拥有尊贵的身份，过着无忧无虑的生活，被所有人捧在头顶。她怎么都没想到，只因为自己闹脾气收拾了一个身份不高的女人，就会招来杀身之祸。到现在，她还不知道面前这两人究竟是谁。司马焦没有要和她多说的意思。他冷漠地抬起脚，踩在月初回的脸上。

月初回惨叫一声，更加急促地哭喊："如果你们杀了我，就是和月之宫作对，我母亲绝对不会善罢甘休。只要你们现在放过我，所有的事情我都既往不咎，还给你们身份、名望……永、永令春是吗？你帮我求情，我让母亲帮夜游宫！"

廖停雁把脸埋在司马焦的胸口，不准备看血腥画面。她只是不肯动手杀人，真说起来，也就是她不适应这个世界的法则而已，可她也没有要用自己的标准去干预其他人的行为的意思。再说，她现在算是反派阵营里的，怎么会帮害自己的人求情，这个远近亲疏她心里有谱的好吗？

扑哧，像是踩碎了西瓜的声音，还有一点儿黏腻的水声。

司马焦一脚踩碎了月初回那颗美丽的脑袋，连带着飘散而出的神魂都一齐踩碎了。

廖停雁一动不动，被他抱着离开云台宫殿。路上，廖停雁也没有抬头，因为这边一片都是血腥场景，多看一眼晚上都要做噩梦的那种。

大黑蛇在外面正对着一地尸体愁眉不展。不知道一条蛇是怎么表现"愁眉不展"的，总之它对着那些尸体，张着大嘴，犹犹豫豫的。在三圣山时，它被司马焦养久了，就是个垃圾桶。它要负责吃掉尸体，保持主人的居住环境卫生整洁，所以养成了看到尸体就主动过去吞掉的习惯。以前没有其他吃的也就算了，可它现在跟在廖停雁身边，被投喂了那么多好吃的，哪样不比尸体好吃？它真的好嫌弃这些“垃圾”，可是不吃吧，它又怕主人发脾气。这一耽搁，就耽搁到司马焦带人回来。

大黑蛇感受到主人那熟悉的可怕气息，立刻就尿了，张开大嘴准备吞尸体。

司马焦见了，骂了句：“什么脏东西都吃，住嘴。”

大黑蛇：你以前不是这么说的，“蛇蛇”好委屈哦。但是不用吃这些尸体，“蛇蛇”开心。

廖停雁如愿以偿地洗了澡。躺回自己柔软的大床上，她感觉身体里的疼痛都减轻了几分。

在她洗澡时，消失的司马焦回来了，这么短的时间，他不知道是去了哪家的宝库走了一圈，带了好些丹药回来。这位大佬进庚辰仙府的宝库，就像是进自家后院，来去自如。

廖停雁吃了他拿出来的两枚白色丹药，觉得身体暖洋洋的，伤处瘀滞的雷灵力被化解开。这是一个化神期的雷属修士留下的伤。月初回觉得廖停雁不服管教，让那雷属修士用雷属长鞭打。那家伙为了哄小公主开心，还故意把爆裂的雷灵力扎进伤处，疼得廖停雁差点儿晕厥过去。司马焦的手按上她的伤处，缓缓移动。他的手是冷的，可是随着他的动作，剩下的那一丝四处肆虐的雷灵力也被他引出，廖停雁的灵脉好受许多。再有丹药缓解，破损处便开始慢慢修复。被阻断的灵力也缓缓地流动起来，自行修复身体的损伤。

还有一处比较严重的伤在腹部，是月初回身边一个土属修士踢出来的。那矮墩墩的胖子踢人超疼，如果廖停雁不是化神修为，估计能被他踢得肚子都直接炸了。不过现在也没好到哪里去，廖停雁的脏腑受创，肚子上一团青黑。不知道是不是那胖子用了什么特殊的能力，伤处看着特别可怕，一直坠着疼。

司马焦撩起她肚子上的衣服看到伤处的时候，神情难看。他冷冷地说：“方才我处理得太简单了，早知道那些东西这样伤你，就该让他们死得更惨。”

廖停雁：他们还要怎么死得更惨？那几位仁兄死得还不够惨吗？其他不说，就那位雷属修士，您老人家把暴雷从他天灵盖灌了进去，把人家灵脉连脑花一起炸碎了。那个土属修士，灵府都被人撕开了，肚子也被人掏破了，肠子拉出来好长一截，被用来勒死他了。

“呕。”不能回想，她要吐了。

就现在，司马焦用那双掏人家肚子的手轻柔地抚摸着她的肚子，她都觉得毛毛的，怕他一个想不开给她一个“黑虎掏心”。他之前气疯了都说要杀她了，现在看上去也很气，掏个肚子真的很有可能。而且他之前撕人家肚子的时候是笑着的，现在摸她的肚子，脸色比掏人家肚子的时候更难看。

大概是感受到了她的紧张，司马焦眯了眯眼睛，大手盖着她的肚子，手指沿着伤口边缘划动。他俯身问她：“害怕？”

她感觉这是个说真话就会送命的问题。既然他没用真话 buff，就表示祖宗允许用假话绝境求生，于是廖停雁说：“不怕。”

司马焦说：“你现在都还不知道怕。”他说这句话的语气很平静，平静到令人害怕。

廖停雁心想：我这选项选错了？

司马焦一手抚着她的脸，摸了一下她脸上那个伤口。他说：“你应该受点儿惩罚。”

廖停雁：我做错什么了，就要受到惩罚？什么惩罚？你真要掏肚子吗？别了吧，掏完再帮我治的不还是你吗？

廖停雁紧张地捂住了自己的肚子，却被剥掉了衣服。一时间，廖停雁的心情竟然有点儿复杂。你是这个“惩罚”的意思，你早说嘛，搞得我这么紧张。

司马焦说：“你好像没有要挣扎的意思。”

廖停雁说：“啊？如果你有这方面要求的话，我试试吧。”她敷衍地扭动了两下，“不要这样，快住手。”

暴怒的司马焦差点儿被她逗笑了，但是面色扭曲了一下，他又忍了回去。他捏着她的脸：“不许逗我笑。”

廖停雁：谁知道你清奇的笑点长在哪里，你这人真的很难伺候，你知不知道?

司马焦说：“不许挣扎。”

可是他低头去亲吻她肚子上的伤痕的时候，廖停雁还是忍不住挣扎了一下，那感觉太奇怪了，只是腰被人家捏在手里，她挣不动。

“你的脸很红。”司马焦抬起头，用拇指蹭了一下她的脸，探身过去亲她。

这个很凶残的男人，他的动作有着和他的性格完全不同的温柔缱绻。

不过，廖停雁明白为什么他把这种事儿说成是惩罚了。

“你们司马家的男人做这种事儿的时候女方都要受这种罪吗？”廖停雁实在忍不住，哭着大喊出来，揽着司马焦脖子的手转而去掐他的肩，拽他的头发。她全身的皮肤都红了，感觉像火烧一样，难受得她用脑袋去撞司马焦的下巴，神志不清地哭喊：“我要被烧死了！”

司马氏少与外人结合的一个原因就是这个，他们体内的奉山灵血带着灵火的气息，在结合的过程中会让外族人很难受，尤其是第一次，说这是“惩罚”绝不为过。司马焦是蕴养灵火的人，如果廖停雁不是喝过他那么多血，今日绝对承受不了这种被灵火烧灼的感觉。

但是这种感觉是司马焦多年来日日夜夜都在承受的。

“本不想让你这么难受，但你让我不高兴了，所以这一次是你必须受的，知道吗？”他亲了亲廖停雁红通通的脑门，哑声说。

廖停雁难受得勒住他的脖子，准备把他勒死在自己身上，好像没听到他的话。

司马焦咬了一口她的脸，又舔了一下伤口溢出来的血珠，像是某种成年的兽类安抚受伤的幼兽，又克制不住自己的凶性，总想加一些疼痛给她。他拨开廖停雁脸颊边的碎发，贴着她的脸。

神交不是第一次了，但身体力行和神交一起，这还是第一次，廖停雁简直让他这超高端局给玩傻了。

“不用怕，有我在这里，不会有任何人能伤你了……这样的疼痛以后也不会再有。向我哭诉，不许忍着……不许你再让我感到疼痛。”

司马焦睚眦必报，所有让他痛苦的人他都会动手杀死，可是廖停雁也让他痛苦，他却不能杀死她，只能忍受她带来的痛楚，多么令人生气。

“要是有下一次，我就杀了你。”能把杀人威胁说得像是情话一样，司马焦这男的真是绝了。

廖停雁感受到他在神魂交融中传达出的内心真实想法，瑟瑟发抖。大佬，原来你是说真的吗？可是，她不仅不害怕，还有点儿鼻子发酸。

她想起之前上课时老师讲过的那些神交“后遗症”。如果感情很好，很喜欢对方，“伤在你身，痛在我心”就不只是一句话，而是真实存在的。不然，为什么那些多年相伴相爱的道侣会在爱人死去后选择结束自己的生命呢？同生共死不是某种强制机制，只是情到深处，他们不愿一人独活。

她在不知不觉中越来越依赖司马焦，这份感情是相互影响的，她也不知道究竟是自己影响司马焦多一些，还是司马焦影响自己多一些。

爱意在心中生长开花，每一次的神魂交融都是一场雨露，所以爱意一直盛放。从前，廖停雁的灵府里是一片悠远的蓝天，不知什么时候起，那里又有了大片花丛。司马焦的神魂到她的灵府里来休息时，最喜欢落在那片花丛里。司马焦的灵府原本是一片焦土，只是不知何时，一片净土出现了。那里没有红色的业火，没有干涸焦黑的土地，长着一丛花，享受了唯一的一束阳光。

在廖停雁昏睡过去之后，司马焦试了试她额头的温度。她的身体内部正在发生改变，这一次之后，她的身体会比普通修士更特殊，以后再受伤，她会恢复得很快。说起来有趣，司马一族里，血脉越强大，身体受伤就越难愈合，他们却能给予他人伤势快速愈合的能力。

司马焦取下了外面挂着的山鸡笼子，将两只山鸡倒了出来，让他们变回了人形。

永令春和永莳湫兄妹二人会回归他们自己的身份，但不会记得这段时间发生了什么，而司马焦和廖停雁的行迹会在这里被掩埋。

他们必须离开这里了。

月之宫宫主知晓女儿月初回的死讯时，几乎要疯了。她一辈子只得了这么一个女儿，她把女儿如珠如宝地养大，女儿却死得这么突然，神魂也寻不到，想让女儿寄魂托生都没有办法。

月宫主双眼泛红，带着月之宫的弟子浩浩荡荡地赶赴紫骝山。

这座曾经华美的宫殿被死亡蒙上一层阴影，所有前来的弟子都看到了山上的惨状。月宫主无心在意这些人，直接冲进内殿。已经有人守着月初回的尸身，却不敢去动，月宫主见到女儿尸体的惨状，悲鸣一声，扑上前去。

“是谁？是谁杀了我的初回？”月宫主不复往常的端方美丽，神情狰狞，恍若恶鬼。她一手抱着月初回冰冷的尸体，双眼恨恨地看着旁边的修士。

那修士是依附月之宫的外府家族眠家的人。月初回来到外府，住进紫骝山，都是他们负责让家中女子来陪伴，给月初回解闷，每日过来问安，送些礼品什么的。今日他们过来，发现紫骝山被血腥味笼罩，一片死寂。他们察觉不对，上来看看，这才发现紫骝山竟被人屠了，连月初回和好几个化神修士也惨死此地，连忙送了消息。如今站在这里等待的是眠家中有为的弟子，这些时日常陪月初回出门游玩的。

“你说！是谁做的？”月宫主几乎失去理智，眠氏修士暗中叫苦。他如何知道是谁，能做下这种事儿的肯定不会是等闲之辈。他跪下低声劝慰几句，月宫主仍旧悲怒交加，厉声斥责：“我的初回住到此处，我吩咐了你们好生照看，你们却好，连我的初回被人杀死都不清楚！”

眠氏修士慌忙解释，却被月宫主愤而一掌拍出，摔落在远处。其余的眠家人脸色难看，目露恐惧，不敢多看，都低头站在一边，生怕自己像他一样被月宫主迁怒打死。

月宫主收起月初回的尸体，对着自己带来的月之宫众人说："查，去给我查！我一定要找到杀害我儿的凶手，抽筋扒皮，撕碎神魂，让他们为我儿偿命！"她又看向那些眠氏修士，沉声说，"这些日子，凡是照顾我儿的修士，都要为我儿的死赔罪！"

月初回之死因为月宫主的愤怒变成了庚辰仙府内最大的事儿。能教出月初回那样的女儿，月宫主也不是良善之人。她月家几代家主都是月之宫的宫主，她的家族也是站在庚辰仙府顶端的几大势力之一。如今月初回死了，她不只失去了唯一的女儿，还感到了一种浓重的危机感。月之宫的权威被人挑衅，脸面被人踩在脚下，一日不把凶手找出来处死，她就一日不能纾解心中的怒火，恐生心魔。因为此事，庚辰内府外府都已死了不少人。一个悲伤的母亲陷入疯狂，什么都做得出来。因为她行事太过，掌门师千缕不得不前去劝告她。

师千缕前去月之宫时，月宫主正在发脾气。

她的几位弟子去追查月初回的死因，却没有什么发现，只知晓杀死月初回之人修为之高，手段之狠辣，绝非一般人。看其行事，那人似乎对月初回怀有深仇大恨，所以极有可能是月之宫的仇敌所为。

月宫主并不想听这些，她只想找出仇人。

"再给你们半个月时间，若是找不到有用的线索，都去给我的初回陪葬。她与你们感情好，你们去替我陪她，我也放心。"

那几位弟子额上的冷汗都出来了，他们跪在原地，神情各异。

其中一人犹豫了一下，说："师父，我们在查看紫骝山时，还找到一个活口，是一个被关在山脚地牢、无人看守的女子，名为永令春，是夜游宫少宫主之女。据说，她是之前惹怒了月师姐才会被关在地牢，只是不知与此事有没有关系。"

站在月宫主身侧的一人说："此事青师弟已经报过了。那永令春修为低微，身份卑贱，她不过是在地牢侥幸未死罢了，我看她与凶手未必有什么关系。阮师弟，我看你还是再用心些查，不要用这种无关紧要的事儿浪费师父时间。”

月宫主冷冷地说：“不管她和凶手有没有关系，让我的孩儿不痛快，我就杀了她为我的初回解气。”

师千缕带着两位弟子进来，淡淡地说：“月宫主，还是不要再造杀孽了。你这些日子着实闹了不小的动静，近来有不少人到我这里来说闲话。”

月宫主冷笑一声：“你倒是装得像好人似的。论手里的人命，我比得过你吗？你少给我在这里装模作样。死的不是你的女儿，你当然体会不到我的心情！”她盯着师千缕，忽而说，“若是无事，你定然不会来管我的闲事。你在想什么？不妨直说。”

师千缕也不生气，只让众人下去，对月宫主说：“这件事儿，我要插手。我怀疑此事与司马焦有关。”

月宫主的神色一变。

师千缕自顾自地说：“自从那次之后，司马焦一直未再出现，可我知道他绝不会轻易放过我等，只要有机会，他就会再回来。我怀疑，他现在就在庚辰仙府内，之所以不现身，只是因为他伤重未愈。你也知晓，他若受伤，极难痊愈，此时恐怕还在养伤，我们必须尽快将他找出来。”

月宫主终于缓缓开口：“若按你所说，他为何会杀我的初回？”

师千缕反问：“司马焦那人，他想杀谁，需要理由？”

月宫主知晓师千缕一直在寻找司马焦，但凡有什么异样，师千缕都会派人暗中调查的。这回发生这样大的事儿，师千缕会怀疑到司马焦头上也很正常，只是这次的凶手太高调，月宫主反而觉得此事不太可能是司马焦做的。司马焦受了那么重的伤，现在就该像阴沟里的老鼠一样好好躲着，怎么敢这么大张旗鼓杀她的女儿？莫非司马焦真的不怕死？看司马焦受了伤还会躲，就知道他也还是怕死的。

月宫主心中转了几次，语气稍缓：“你要查尽管去查，若是能替我找到杀害女儿的凶手，这份恩情我自然不会忘。”

师千缕从月之宫回去，便让人将所有与月初回见过的人都控制起来，连带着永令春也一起被关在了另一处地方。

廖停雁感觉自己就像是高烧了一场，病得迷糊了，等她终于恢复神志，已经过去了好几天。

她脸上的伤好了，脸颊滑嫩；肚子上的伤也没了，是一片光滑紧致的白嫩肌肤；身体里的灵脉更是完全没问题。她一觉起来，从重伤病号又变回了生龙活虎的一条鱼。

果然，双修治病救人，古往今来的故事诚不我欺。

司马焦摸着她的肚皮，捏了捏，似乎不太满意手感，把手往衣服里其他地方伸，似乎在想哪个地方的手感好。

不对。廖停雁立刻捂住胸口躺下：“我好柔弱呀。”

司马焦说：“你觉得我的眼睛瞎了？”

廖停雁：不是，我只是以为你会配合我的演出，忘了你是个死“直男”。

她拉起自己的衣襟，商量着说：“我真的不行。我觉得我可能肾亏，如果真要选，神交行不行？”

司马焦被她气笑了。他没想那事儿。但廖停雁这个被他吓尿了的感觉他不喜欢，于是作势要压上去。

“嘿！”廖停雁一个翻滚，身手敏捷地滚到了床的内侧。然后她发现，这床好像不太对，不是她睡习惯的那张大床，而是另一张超级大床，花里胡哨的。地方也不对，这怎么又换了个陌生的地方？

发现是在陌生的地方，她一个翻滚又滚回到司马焦身边，抱住他胳膊：“咱们这是在哪儿？”

司马焦被她抱着胳膊，就不想再吓唬她了。他躺在柔软的大床上，随意地解释了一句：“风花城，你现在是这个城的城主师余香。”

师？廖停雁捕捉到这个姓氏，又看了司马焦一眼。他们这是直接打入敌营了？

风花城是个小城，但是位置很好，在庚辰仙府内府。师余香则是师氏一族内府的族人，身份还挺高的，是掌门师千缕的弟弟师千记——上回那个鱼塘塘主——的孙女。师千记这个人，虽然其他能力比不过兄长师千缕，但生孩子的能力比兄长强多了，是所有庚辰仙府顶层大佬中的佼佼者。他生了一堆孩子，孩子又生了一堆孩子，师余香就是师千记众多孙女中的一个。她不受宠，但因为是师家人，还是得到了许多资源，能让她过着逍遥快活的日子。这位师余香小姐平生钟爱小白脸，搞了个风花城，大开声色场所赚钱，还养了很多美男子陪伴自己，所以外面都把她的风花城叫风月城。

这是一个有身份但存在感不高，因属于大家族边缘人物而没人管的角色，不得不说，司马焦真的会选，而且……他自己现在的身份是师余香养的小白脸，他还真是不讲究那些虚的，能屈能伸。

廖停雁说：“你应该知道我的演技不太好吧？”天将降大任于我，我不干的。

司马焦最开始不知道，后来知道了。他斜斜看了一眼廖停雁：“你觉得我的脑子有问题？”但凡脑子没问题的都不会让她去搞间谍。

廖停雁说：“当然没问题。”虽然我嘴里说没有，但我心里在说有。

司马焦说：“你不用做什么，睡你的就行。”

廖停雁放松地躺下了。

小黑蛇兴冲冲地爬了过来，尾巴捆着一只白老鼠。

廖停雁说：“吃老鼠到旁边去吃，不要在床上吃。”她睡着了祖宗估计不会喂蛇，看把它饿的，都自己去抓老鼠了。

小黑蛇扭了扭身子，把用尾巴捆着的白老鼠放到她眼前。

廖停雁说：“不了，你自己吃，我不吃。”

司马焦笑了一声：“噗。”

廖停雁：您是在干吗，又突然嘲笑人？

司马焦抱着她："我笑一下你就知道我的意思，怎么就看不出来这蠢蛇的意思？"

廖停雁：这人是在骗她说情话，真是个"心机 boy（男孩儿）"。

司马焦说："这老鼠是师余香。"

廖停雁这下明白了，原来小黑蛇是在给她介绍新的小伙伴。原来那两只小山鸡和牛妖夫妇哪儿去了，廖停雁没问。少点儿问题，生活才会更轻松。

小白鼠生无可恋地被小黑蛇绑着拖来拖去，在廖停雁面前展示过一圈后，就被带去玩耍了，大床上就剩两人静静地躺在那儿。

躺到晚上，司马焦起身，挠了一下廖停雁的脖子："起来，跟我去个地方。"

廖停雁说："哦。"

她还以为司马焦是带她出去玩浪漫，没想到他是带她去了某个宝库扫荡，搞了一大堆的高品阶法宝。

司马焦走在落满灰尘的宝库里，就像逛超市一样，看看旁边摆放的法宝灵器，看到合适的就让廖停雁拿着。廖停雁翻着那些好像很厉害的法宝灵器，觉得奇怪，司马焦以前从不要这些"身外之物"的。

"这些法宝都有什么用？"

司马焦说："防御。"

廖停雁问："还有呢？"

司马焦说："防御。"

廖停雁问："还有？"

司马焦说："我说了，防御。"

廖停雁：所以说，全是防御类法宝。她懂了，这些都是给她的。

这些防御法宝很是多样：有做成玉钗、手镯、耳环款式的，有做成臂钏、脚镯的，这些还好，她能戴着。可是做成盔甲的，还是XXXL（加加加大）号的，她能穿得上？盔甲拿了也就罢了，那个圆形的，纹路看上去像龟甲的大盾也要？司马焦怕不是想把她改造成一个移动堡垒。

廖停雁看到司马焦拿起一副沉甸甸的鼻环。他掂了掂，似乎挺满意的样子。心里对他早亡的审美有点儿痛心，廖停雁上前握住了他的手："这个鼻环就算了吧，要真给我用上，我这个漂亮的鼻子恐怕要掉。"

司马焦说："嗯？这个是鼻环？"

廖停雁说："是呀是呀，这鼻环估计是给牛的，太夸张了，就不要了吧。"

司马焦说："我觉得可以。"

廖停雁：祖宗，我不可以呀！

他越过廖停雁，又拿起了一块肩甲。那是一块布满了晶莹倒刺的超大号肩甲，估计能让一个拥有十八块腹肌的壮汉穿上。看他的神情，他还挺喜欢的，他把肩甲也拿上了。廖停雁没想到他内心的喜好竟然如此狂野，脸上的表情都控制不住了。司马焦走在前面，仿佛能看到廖停雁的表情，露出个忍俊不禁的表情。

廖停雁不死心，还想挣扎一下。她拽着司马焦的衣袍："这些都给我用？"

司马焦慢悠悠地说："当然都给你用。"

廖停雁不得不拿出自己的实力撒娇了："可人家不喜欢嘛，算了行不行？"

司马焦的嘴角往上翘，他听到廖停雁在心里骂他了，骂得可凶了。

他拿起一个十分漂亮的璎珞项圈，给廖停雁看："这个喜欢吗？"

那璎珞项圈坠有玉燕祥云，那坠儿上有缠丝花纹样，镶嵌红色宝珠，缀着金色流苏，项圈上也有细细镂空的花纹，精致异常。

廖停雁说："喜欢哪！你看这个多好看！"祖宗正常点儿的话还是有审美的。

司马焦把那璎珞项圈往旁边一扔，项圈发出哐当一声。他说："可惜不是防御法宝，所以不要。"

这男的是怎么回事儿？他真的对我有感情吗？这什么塑料感情！

师余香在自己的风花城里就是老大，没人能管她，身边伺候的还都是一群修为不高但足够赏心悦目的小白脸，廖停雁到了这里，过得比之前在学院里还要自由。毕竟她现在连课都没了，还有种放假的悠闲感。师余香住的地方比学府里的住处要好，和白鹿崖宫殿比起来也不差什么，由此可见，师家人的待遇真的是超级好了。廖停雁自从到了这个世界，看到的华美宫殿和宝贝太多，现在都有点儿视金钱为浮云的意思了。如今，她睡最狂躁的师祖，住最华丽的房间……戴最丑的防御法器。

廖停雁回去后，拒绝把那一大堆东西往自己身上穿戴。她直挺挺地扑倒在软绵绵的大床上，把自己埋进花团锦簇的云被，一动不动，用沉默抗议。司马焦没管她，连看也没多看她一眼，只带着那些东西去了其他地方。廖停雁没听到他的动静，爬起来找了找，没看到人。

廖停雁：祖宗肯定在搞什么事儿。

她感觉司马焦刚才纯粹是逗自己玩。都几百岁的男人了，有些时候还跟小孩子一样幼稚，说他是小学生一点儿没错。她有个读小学的小外甥，那孩子都比他稳重成熟。小外甥会给自己喜欢的小女孩送花，早上还给人家带奶喝呢。

廖停雁撇撇嘴，在外面找了个舒服的台子坐了，又忧愁地摸出一瓶丹药，啃了两颗。这是在那宝库里拿的。她只是觉得瓶子好看，拿起来看了看，司马焦看了眼，说这丹药味道还行，还说吃了平心静气，廖停雁就带回来了。她不知怎么的，从高烧中醒过来后就一直觉得心里躁躁的，做什么都心神不宁。她把这清热去火的小糖丸吃了两颗，果然觉得灵台一片宁静，甚至想念经拜佛。

司马焦找了个安静的房间炼器。那些防御法器被随意地堆放在一边，他一个个拆了看，琢磨，然后动手把它们熔炼成各种圆珠与花样。最后，他拿出那个之前当着廖停雁的面扔出去的璎珞项圈，将那些珠子和这法宝熔炼在一起。

廖停雁从平静中醒来，发现自己被挤在一边。司马焦大大咧咧地占据了她宽敞的宝座，让她躺在了他身上。

她爬起来，发现胸前多了点儿重量，低头看去，原来是多了一个瓔珞项圈。这瓔珞项圈原本就好看，多了些点缀的小圆珠和小花就更好看了。廖停雁爱不释手，心里想着：祖宗之前还装模作样说丢掉，现在还不是拿回来了。她仔细感受了一下，又发觉不对。原本这瓔珞项圈的功能是储物，对自带开辟空间技能的化神期修士来说有点儿鸡肋。但现在，它好像成了个防御法宝，附带储藏功能。她摸索着使用了一会儿，心里忍不住咂舌：司马焦究竟是个什么品种的神奇宝贝？他怎么还会炼器？

司马焦睁开眼瞧着她。

廖停雁捞起瓔珞项圈："你亲手炼制的？"

司马焦从鼻子里哼了一声，算是回答。

廖停雁好奇地问："你从哪里学的炼器？"她之前听的那些课也不是白听的，老师讲基础知识讲得还挺全面。据说炼器超难，和其他杂修比起来，大概就像现代学生课程里的数学、物理之类，没天分就弄不懂——反正她不行。她看了一会儿炼器入门玉简就马上识时务地放弃了。这位祖宗以前被关在三圣山，这些技能他从哪里学来的？

司马焦反问她："这么容易的东西，还要学？"这对他来说确实很容易。三圣山有流传的书籍和术法，他虽然不想学，但日子实在太长，他无聊时看了一些，稍一琢磨就明白了。他比一般的修士更有优势，因为他身怀灵火。

廖停雁：我被这人身上的骄傲光芒闪了眼。

"我是不是不用再往身上戴那些肩甲、铠甲了？"廖停雁捧着祖宗送的漂亮项圈，感觉逃过一劫。

司马焦说："稍一想想就知道，我难道真会让你穿那些东西？"

嗯……以司马焦神秘莫测的套路，这还真不一定。廖停雁朝他笑：

“你当然不会呀，你最好了。”

司马焦说：“你心里可不是这么说的。”

廖停雁说：“我的心情很平静，你应该听不到我在想什么。”

司马焦一掌按在她脑门，把她按倒在身侧，似笑非笑地说：“不用听，我能猜。”

哦，猜到就猜到呗。廖停雁一点儿都不怕他，还在低头仔细看那个璎珞项圈，数上面有多少防御禁制。除了融入已有的防御法宝，他好像还自己炼制了新的防御法宝。他利用原本的储存功能，微缩了很多防御类法器放在里面。越看越数不清，廖停雁躺下了。

司马焦说：“数完了？”

廖停雁说：“不数了。这么多，估计用不上。”

司马焦哼笑了一声：“很快就能用上了。”

廖停雁扭头去看司马焦，却见他闭着眼睛。

“过两天你就知道了。”

他做什么事儿都不爱说，总是等到他自己觉得差不多了，就突然开始搞事，廖停雁都习惯他这个做法了。要不怎么说他是祖宗呢？难搞程度就是祖宗级别的。要是换了别人，可能要被他逼疯，但廖停雁不同，她的好奇心最多保持十分钟，想要探索什么的念头也很有限，所以她懒得多问，一切等船到桥头再说。

这两日她心里抓心挠肺般难受，又找不到原因。她连睡都睡不好了，还很暴躁，是条暴躁的咸鱼。坏脾气的司马焦看到她这样倒是很淡定，偶尔还用一种稀奇的眼神看她暴躁。看他那样子，他就差鼓掌让她再发一遍脾气看看了。

廖停雁：我好想喝太太静心口服液。

这天晚上有大雨，还有惊雷。雷特别响，好像劈在人头顶一样，廖停雁心里莫名涌上一阵敬畏。她半夜醒来不是被司马焦推醒的，而是被雷声吵醒的，这是头一次。

我这是怎么了，做了亏心事开始怕打雷？廖停雁坐在床上，百思不得其解。

又一阵惊雷落下，她只觉得心脏狂跳，忍不住开始摇晃司马焦。司马焦又不睡，他只是闭着眼睛而已。廖停雁摇了他半天，不见他睁开眼睛，他的嘴角倒是一个劲儿地往上扬。廖停雁沉默片刻，手往他的某个部位一按。司马焦终于睁开了眼睛。

廖停雁满脸肃穆地说："我听着雷声感觉有点儿心慌，你说这是为什么？我以前都不这样的。"

司马焦说："把手放开，不然你马上就要被雷劈。"

廖停雁瞄了一眼他那里："您给我说说这是什么因果关系？"难不成您那玩意儿还带雷能劈人吗？她故意心情激动地在心里大喊。

司马焦翻了个身，大笑。他又被她莫名戳中了笑点。

他笑够了，勾住廖停雁的后脑勺，把她抱在自己身上："你快要突破了，很快会有雷劫，所以才会这样。"

廖停雁恍然大悟，这才想起来这回事儿。

对，她好像是快要突破了，她没有自觉也不能怪她，毕竟她不是自己一步步修炼上来的。之前因为奉山血凝花，她突破那么多次也没经历一次雷劫，一路顺风顺水，压根儿没有这方面的经验。这还是她头一回迎接雷劫。

她的修为上升得太快，之前她和司马焦双修，修为又提升了一截。他刚才那话的意思是要是现在再双修一下，她立马就要当场突破，那可不就是得在这里被雷劈了？

廖停雁吸了一口气，搓了搓自己的手指。好险，好险。不过，怎么要突破之前的状态那么像更年期提前？另外，她这才知道，祖宗给她搞这么多防御甲是为了给她挡雷劫，她还以为是之前她被欺负的事儿刺激到他了。

廖停雁想了一会儿，虚心请教："我不会成为第一个因为扛不住雷劫而被劈死的化神修士吧？"毕竟是走捷径上来的，她有点儿心虚。

司马焦还在那儿装："我不让你死，你就死不了。"

行，行，行，您最厉害。

第二天，廖停雁才发现祖宗是真厉害。

“知道我为什么选师余香吗？”司马焦拎着师余香本尊变成的那只白老鼠，对廖停雁说，“因为她也是化神期修士，快要突破了。”

师家人都有特殊待遇，他们家的人要突破，可以去一处庚辰仙府的秘地，雷鸣山谷。在那里，天然的屏障能阻挡大部分雷击，就算是最废柴的师家弟子也不可能被雷劈死。而且，那里还藏着一个秘密，能让在那里突破的修士的修为在几日内再增长一个小境界。修士修炼，越往后修为越难提升，这一个小境界，寻常人便要修炼几十年，甚至上百年。

司马焦要让廖停雁顶替师余香前往雷鸣山谷突破。

师氏一族十分庞大，他们的主支在内府，那里面数得上名字的本家子弟也有几百人，而这么多人又各有子女，越是修为低的，越是子女多。师家人出生，在血脉得到承认后，都会拥有一块代表身份的玉牌。这块牌子能让他们通行于内府里的几个被师氏一族把控的试炼以及提升之地，譬如能最大程度阻挡雷劫的雷鸣山谷，能治愈伤口、洗去沉疴的药潭，能压制心魔、令人安心修炼的静神台，等等。只要是师氏族中子弟，达到一定要求，他们就能进入其中。因为拥有许多这样的宝地，师氏一族才会人才辈出，牢牢地把握着庚辰仙府。这些地方因有其特殊之处，守卫也很严格，除了师氏一族的弟子，无人可入，连与师氏一族关系最亲密的，与之代代联姻的木氏一族的弟子都不能得到进入的资格。

廖停雁不知道这些内幕，司马焦从来不多说，他有什么安排，也不会详细解释。

她带着那只师余香小白鼠，成功走过重重守卫，进入了雷鸣山谷。

这处山谷与外面仙府的华美精致完全不同。这里仿佛是另一个空间，不见山水草木或灵巧鸟兽，遍布其中的只有深紫色的雷石，高的如楼房，矮的如公园长凳，高低错落，毫无规律，仿佛一个大型的采石场。

廖停雁是一个人进来的。她出发前，司马焦对她说："我不跟你一起，你自己去吧。"

行吧。廖停雁没什么感觉。直到她走进来，发现整个山谷只有她一个人，她才忽然想起，自己来到这个世界没多久就遇到了司马焦，之后好像就一直陪伴在司马焦身边，偶尔分开也不会超过三天。这回，她要突破，恐怕得在这里待上半个月。但她也没什么不习惯的，毕竟在遇到司马焦之前，她独自生活了很多年。哪个离家工作的"社畜"没有独自生活的经历呢？她别的优点没有，但适应能力超好。

雷鸣山谷很大，廖停雁在入口站了一会儿，张望着，寻了一个方向就走了过去。

她找到一块形状很像长椅的雷石，念个诀搞出水把雷石洗了洗，又用风术吹干，接着往上面铺了软垫，支了一把遮阳伞。她还没忘记被自己当作通行证带进来的倒霉小白鼠师余香，拿出一个罩子把小白鼠罩起来放在一边，这罩子还是隔音的。搞完这些，她琢磨了一下，用了一个示警的术法，把自己休息的地方圈了起来。毕竟一个人在外，多注意点儿总没错。其他人进来，紧张得赶紧找个地方盘腿修炼、巩固修为，廖停雁倒好，她做完这些准备就躺下了，当自己过来补眠的呢。

远处一块高高的深紫色雷石上，说自己不会进来陪她渡雷劫的司马焦，正坐在那儿。他远远地望着廖停雁，一手搭在膝头，一手把玩着一枚小小的深黑色雷石。见到廖停雁的行为，他忽然想起第一次见到她的时候，她也是这个样子。那么多人被人以各种目的送到他身边去接近他，其他人在担心紧张，只有她一个人在那儿偷懒睡觉。她到哪里都是这样，会把自己安排得妥妥帖帖。

司马焦玩了一会儿那块雷心石。天色慢慢暗下来的时候，他动作一顿，身躯微微向前。廖停雁那边有了动静，不是她醒了，而是离她不远的雷石底下钻出了长虫，不只钻出来一条，这些长虫有很多条，几乎快把她包围了。

这些长虫叫作隐声虫，会吞吃声音。因为雷鸣山谷里有许多这样的虫子，这里才会这么寂静，不然这样空旷又特殊的地形，有一点儿声音就会层层回响。这些虫子对化神修士来说不值一提，只是如果廖停雁手忙脚乱不知道怎么对付，大概要吃点儿苦头。司马焦就从来没见过廖停雁动手杀过什么，这个懒虫好像什么都不太会，也不愿意杀人，有时候司马焦觉得她和这个世界有种格格不入的感觉。

他的手都按在石面上了，身子往前微动，可是忽然间又顿住了。

廖停雁醒了。她看到了那些长虫，没有惊吓，没有慌乱，直接掏出几颗丹丸捏成粉撒了出去。接着，她还拿出一口宽口大缸，把那些晕乎乎的长虫都收进了大缸里。

司马焦发现她好像早有准备，这有点儿出乎他的意料。不过，她收这些长虫干什么？

那边廖停雁收拾完了长虫，洗了手和脸，敷了个面膜，吃了点儿东西。然后，她拿出一本书和两片玉简，翻看了一下。

司马焦看出来了，她现在是在为突破做准备，不过，临阵还翻那些东西又是做什么？

司马焦并不知道，现代应试教育培养出的考试人才最出色的就是心理素质。考试前先休息好，保持良好放松的心情才好迎接考试。都要考试了，当然要有前人总结的要点，考试之前翻一翻，求个安心，这也是廖停雁的习惯。

总之，她按照自己的想法准备妥当了，开始渡劫。

这个时候，廖停雁的心情还是很放松的。她之前在学府里看过些书，补了些基础知识。像她这样的资质和灵根算是普通里的中上级别，一般而言，从化神期到炼虚期，都是四九天劫。四九天劫指的是九道大天劫，每一道大天劫中间有四道小天劫。雷鸣山谷地势特殊，能削弱雷劫，她又戴着祖宗给做的超强防御，还有这一身修为挡着，怎么都出不了事儿的。

只是，这种放松的心情，在她功行圆满将要突破，天上应运生出雷云时，变成了不安。

她的雷云非常厚重，隐隐带着紫色，铺满了整个天空。云中有隐隐的电光，还没有雷劈下，就已经给人很重的压迫感。

廖停雁第一次经历雷劫，看到这样的大阵仗，心里觉得有些不对劲儿。这似乎比书上描述的要夸张很多。

第一道天雷比她想的还要恐怖，粗壮的雷柱带着万千气势直劈而下，那个气势是冲着把人劈个灰飞烟灭来的。

廖停雁心说：这才第一个雷劫呀，这个世界的修士太不容易了吧！

一轮过后，她惊了。这似乎不是四九天劫，而是九九天劫！九个大雷劫，两个大雷劫间还有九个小雷劫。她数了一轮，确认无误，心凉了半截。这天杀的九九天劫是哪儿来的？上面搞错了，派错了雷劫？

九九天劫是非常稀少的雷劫，不轻易降，多是大乘期的修士即将渡劫飞升时才有九九天劫。之所以这么严格，是因为以人身成仙神乃逆天而为，当应最严厉的雷劫。但像她这样的菜鸟，何德何能？这简直就是去考小学六年级数学，结果发了高数试卷。

廖停雁半天想不明白，只能看着雷劫轰隆轰隆地往自己脑袋上灌。电光、雷光亮成一片，让她连眼睛都睁不开。哪怕她身上有防御法宝，天灵盖还是被劈得隐隐作痛，肌肤都有种发麻的感觉。她还听到胸口的璎珞项圈传来隐隐的破碎声，那是防御爆发替她挡住雷劫，灵器支撑不住而碎裂的声音。这接连的破碎声和雷声交错，廖停雁毫不怀疑，等到防御法宝报废的那一刻，自己就会被雷炸成碎片。

可能是因为身在雷劫之中，她有一点儿连通天地的感觉。她清晰地感受到了雷劫之中的杀机，雷劫中带着那种“我用雷劈你不是考验你，就是纯粹准备劈死你”的意思。

廖停雁在这会儿想的竟然是司马焦。她想起自己来的时候，那祖宗还说什么“我不让你死，你就死不了”，一副矜贵又狂傲的臭屁样子。万一她真在这儿被雷炸成碎渣渣，他不就被打脸了吗？脸肯定特别疼。

她还是稍微挣扎一下吧。

廖停雁注意着那防御法宝的界限，自己运起身上的灵力，准备熬过一轮雷击。

她都不记得这九九天劫是到了第几道了，只觉得每一道都来势汹汹，没半点儿放水的意思，接二连三地砸得人没有喘息的机会。她感觉到胸口的璎珞项圈就剩一线防御的时候，心一紧，准备自己顶上。

就在这时，雷声猛然大作。廖停雁在满眼雪白的电光中，看到身前出现一道黑色的人影。他站在那里，长袖与黑发扬起，往上伸出的冷白手臂上缠绕着紫色的电弧，看着像是凸出的血管。

他凶恶地扯住了落下的天雷，狠狠一撕，直接把一道雷撕开了。

廖停雁：徒手撕雷？祖宗还是我祖宗。

廖停雁往前动了动，司马焦就好像背后长了眼睛似的，一手往后按住了她的脑袋，让她坐在原地。她在雷声中清晰地听到了司马焦的声音。他的声音很冷，带着戾气与愤怒，但那些情绪不是对她的。

他说："安静坐着，你不会有事儿。"廖停雁下意识就想问一句"那你呢"，只是没问出口，安静坐着了。

司马焦并不是那种健美先生的伟岸身材，可他站在那里就好像一座巍峨高山，仿佛能顶天立地似的，看一眼就让人生出畏惧之心，仿佛身上就明明白白地写着"你这种垃圾登不上我这座珠穆朗玛峰"。

廖停雁刚才发现雷劫不对头，心里多少有些慌乱错愕，但现在看着司马焦站在那里，她一下子就安心了。她自己都没发现，哪怕雷劫还没过，甚至比之前更加可怕，仿佛一个发怒的人，但她还是不自觉地安心了。

司马焦双目赤红，身上涌出火焰，冲天的大火迎上了电光与雷柱。有个词叫"天雷勾动地火"，用来形容两个人爱得非常热烈且迅速，现在廖停雁看到了真实的自然界版本的天雷勾动地火。

司马焦的火焰和天上的雷云一样铺开，如同爆发的火山，将雷柱裹紧。缠绕在一起的雷火声势浩大，动静也宛如天崩地裂一般，身在其中的廖停雁被这天地浩然之劫压得喘不过气。她甚至无法站起身，所以更加为司马焦感到惊艳。

他不仅一直站着，还撕裂、搅碎了一道又一道雷劫。廖停雁看到他的手指被雷电撕裂了。从他手指上洒出来的血珠飘浮在周围，被汹涌的雷势与火势挤压成花的形状，像是红莲，又忽而燃烧起来，那场景凄美得有些不似人间。司马焦往天上高高伸出的手臂上，鲜血蜿蜒流下，他好像整个人都在燃烧。

天上是紫色的雷云与紫白交加的雷电，地上是与雷电纠缠的火焰，他们周围的雷石因为雷与火的作用发出嗡嗡的轻响。深紫色的石面上，被雷火沾染的地方都绽出淡紫色的光华，像是石中开出的繁花。所有的光都在这里爆发。

第十二章

能徒手撕天雷的男人，帅气得无与伦比

终于，最后一道雷劫消散。天地间忽然一片寂静，耳边仿佛有耳鸣声，廖停雁有种陡然失聪的错觉。

天上的雷云还在滚动，好似很不甘心。司马焦放下手，看着天冷冷地笑了一声，那笑声里充满了怨愤与不屑。雷云里猛然又落下一道雷，不过这次并不是劫雷，只是普通的雷，它泄愤般地劈向司马焦。司马焦一挥袖子，将那道雷挥散。他手指上凝着的血珠因为他的动作溅在旁边的雷石上。

他转过身，看向坐在原地、仰头看他的廖停雁，用沾血的手指在她脸上抚了一下。他的手指是冷的，血是热的。

廖停雁听到了胸口咚咚咚的急促跳动声，不知是因为方才的雷劫阵势太大，让她至今心有余悸，缓不过神来，还是因为现在的这个司马焦太令人心动。

他刚怼了老天爷的大雷，现在一副冷漠嘲讽的表情还没转换过来。廖停雁看着他，感觉好像回到了最初相识的时候，那时他也时常是这副表情。

他的手指在她脸上抚了一下，最开始只是轻柔地蹭了蹭，带着点儿说不清道不明的亲昵与安抚。可是很快，他就笑了，然后把手上的血全糊在了她脸上，是那种手贱找打的糊法。

突然被糊了一脸血的廖停雁：你还有脸笑？就在上一秒，我心里的小鹿又啪叽摔死了你知道吗，给小鹿道歉哪！

拜他这一手所赐，廖停雁感觉自己的心脏功能恢复正常，脑子也能正常思考了。她拉住司马焦的手腕，把他拽到之前收拾出来的地方坐下，然后问他："这么大的动静，会不会引人注意？我们现在是走人还是怎样？"

司马焦随手洒了洒手上的血珠，用袖子擦了一下伤口上的血："雷鸣山谷很特殊，在这里渡雷劫，外面不会有异象。"

他是早有准备的。廖停雁脑子里闪过这个念头，注意力又被司马焦那不讲究的动作拉过去了。

他那邋邋遢遢的生活方式和当代的单身男青年没两样，他完全就不知道照顾自己。她一把拉过司马焦的手，给他把手上的血擦干净，准备上药。司马焦任她抓着手折腾，也不再说话了。他躺在廖停雁原本躺着的地方，像个做指甲的贵妇，摆好姿势，好整以暇地看着她的动作。

廖停雁擦着他手上的血迹，觉得特别浪费。他动不动就洒一片血出去，这要多久才能养得回来。伤口还在流血，十指连心，廖停雁看着都替他疼。她拿出从前收起来的治伤特效灵药，涂抹在伤口上，再用能帮助伤口愈合的药符包扎好。如果好好照顾，就算司马焦的伤口好得慢，应该也能在一个月内痊愈。

包扎好一只手，司马焦张开自己的五指在廖停雁面前挥了挥，神色又是那种意味深长的明了。他说："玉灵膏和灵肉药符。这些治伤灵药你以前不会带，现在存了不少，看来是特地为我而准备的。"

廖停雁说："对呀。"她头都没抬，干脆地应下了。

她这一应，司马焦反而不吱声了。两人安静了一会儿。

过了没几分钟，司马焦又动了动手指。他不舒服地拧起眉头，动手要拆手指上的东西："我不想包扎这些，麻烦。"

廖停雁看他，他去扯手上包扎的东西的动作让她想起从前和同事一起去猫咖啡馆"吸猫"。有只猫被人套上了小脚套，就是这个不喜欢的样子，那猫扯脚套的动作和司马焦是一样的。

猫猫扯脚套。廖停雁笑了："噗。"

司马焦的动作一停，他转头去看她："你在笑什么？"

廖停雁心情不激动的时候，她在想什么，他就听不见。像这样，他也猜不到她为什么突然笑，所以他用了真话 buff。

廖停雁一张嘴："觉得你很可爱，所以笑。"

司马焦好像没听清楚一样看着她，神情很古怪。半晌，他抬手捧住廖停雁的脸，把她的脑袋扯到自己脸前，用力揉了两下。

廖停雁被他揉得嘴都嘟起来了，艰难地张嘴："手！你的手！手不要用力！伤口会裂开！"

司马焦说："噗。你知道我在笑什么吗？"

廖停雁：我怎么知道？我又没有天生的真话 buff 技能。

她扯下司马焦的手，继续给他整理、包扎。司马焦要往回撤，她就按着他的手不许他动。

司马焦又不开心了。他不喜欢有任何束缚："我不包扎。"

这个祖宗虽然已经是几百岁的人了，但相处久了就会发现，他有些地方真的像小孩子一样任性，大概因为从小没人教过他，这么多年陪着他的就只有一条宠物蛇。

廖停雁拉着他的手轻轻地晃了两下，跟他撒娇："刚上过药，不包扎的话，伤口很容易裂开，就包三天，好不好？"

司马焦："……"

廖停雁说："包着吧，我看着就觉得好疼，等伤口稍微长好一点儿就不包了。"

司马焦："……"

廖停雁说："求你啦，我好担心哪。"

司马焦："……"

廖停雁看着司马焦的神情，心里笑得好大声，只因为祖宗的表情太可乐了，简直一言难尽。要说他不高兴吧，也不全是；说高兴吧，又怪怪的；说纠结吧，有一点儿；说犹豫吧，也有一点儿，反正就是徘徊在"听她的，忍一忍"和"不想听，不包扎就是不包扎，老子为什么要听别人的话"之间。

廖停雁不太会演戏，怕被他看出脸上快忍不住的笑，就干脆扑上去，抱着他的脖子，倚着他的胸口，将脸埋在他的颈窝。她稳了稳嗓音："你都知道我是特地给你准备的，你不用，我不是白准备了？我都用了你给我做的璎珞项圈。"

司马焦被她一抱，盯着自己的手看了一会儿，就把手放在了她背上。这是个回抱的姿势。

"就三天。"他妥协了。

廖停雁忍着，不让自己笑出声。

司马焦呵呵冷笑，很不屑地说："你以为我看不出来你在故意撒娇？"

你看出来了有什么用，该妥协的不还是妥协了。古人说枕边风有用，果然很有用。

廖停雁抱着他的脖子，感觉心里慢慢平静下来。方才的震耳雷声逐渐远去，只有司马焦平稳的心跳在耳边，她忽然觉得身体里漫过温热的水流，那水流浸过了心脏，温温软软的。她倚在那儿，有些恍惚，鼻端都是司马焦身上的味道——每个人身上都有特殊的味道，自己可能闻不出来，但别人能注意到。司马焦身上的味道带着一点点血凝花的淡香，混合着另一种说不出的气味。脖颈边血液流动的地方，味道更浓些，好像那气息是血液里溢出的。这个世界上，大概只有她曾这样熟悉而亲近地嗅到他身上的味道。

廖停雁自然而然地仰起头，亲了亲司马焦的下巴。司马焦低下头亲了回来。两人自然地交换了一个吻。分开的时候，司马焦还低头抿了一下她的唇瓣，一副身上的毛都被摸顺了的模样，手上又不自觉地抚着她的背。

之后，司马焦果然没有再动手扯手上包扎的东西，只偶尔不太高兴地瞄一眼两只手。他晾着手指的样子让廖停雁回想起童年看的《还珠格格》，紫薇的手也曾裹成这个样子。她心里想笑，可再一想又笑不出来了。如果换了别的人，这么高的修为，受这样的伤，吃点灵丹，很快就能好，可司马焦却不能。她想起上一回把司马焦从死亡边缘救回来的一颗小药丸。也不知道那是什么做的，那么有效。

司马焦说："那是上云佛寺的秘药，天底下只有一颗，若不是奉山一族当年与上云佛寺有些渊源，我又是司马氏最后一人，那颗秘药不会给我。"

廖停雁问："我问出声了？"

司马焦说："问出声了。还有，我说过不用担心，我不会比你先死。"

廖停雁：这直男还会不会说话了。

她坐起来："你特地选择这里，之前又特意炼制了那么厉害的防御法宝，还自己跟过来，你是早就知道我这次的雷劫不会简单吧。"

廖停雁早先在心里猜测着说不定是因为自己并非此世界中的人，所以这里的雷劫才会格外针对她。后来看司马焦早有预料的模样，她又觉得说不定是因为自己升级得太快，之前的雷劫她都没过，这次叠加起来了，所以才搞得这么狠。

可是，司马焦的答案不是她猜测的任何一种。

他说："因为你与我神魂交融，沾染了我的气息，才会有九九雷劫。"

廖停雁说："懂了。"根据十恶不赦大坏蛋被雷劈这种传统，这真的是反派待遇了。廖停雁的心态一片平稳。

司马焦说："气运天道那些说起来麻烦，但司马一族到今天几乎灭绝，和那冥冥之中的气运天道有关系。'它'要绝司马氏，要杀我。"

廖停雁说："啊。"原来是灭九族，一人获罪，家属连坐。

难怪之前面对霹雳，这祖宗就差没对着苍天比中指了。

廖停雁还是觉得不对："我记得庚辰史里有写，许多年前，司马一族有许多仙人大能飞升成神。"这样的话，司马一族也不能说灭族。

司马焦哈哈笑起来，满面讽刺。他对她说的那庚辰史不以为然："飞升成神不过是一个天地间最大的笑话罢了。从前每有仙人飞升，天地就会灵气充裕，你道是为什么？"

廖停雁照搬教科书上的标准答案："因为仙人飞升，神界与下界之门连通，灵气充入凡间。"

司马焦干脆地说："是因为那些飞升的仙人其实根本没能去到神界，而是消散于天地间，神魂与肉身变成了精纯的灵气反哺这个世界。"

廖停雁听傻了。等等，这、这是不是个惊天大秘密？他就这么说出来了？

仿佛是为了应和廖停雁的想法，天上又有了滚滚雷云，雷声隆隆，好似警告。

司马焦全然不理会，只接着说："这事儿由司马氏最后飞升的人印证，不然为什么之后许多年无人敢飞升。"师氏一族又为何敢毫无顾忌地算计剩下的司马氏族人，还将人圈养，一步步地鸠占鹊巢。这都是因为师氏从司马氏前辈那里知晓，那些所谓飞升成神的司马氏再也不可能回来了。所有的显赫风光都是笑话。

廖停雁一把捂住了司马焦的嘴："好了，我懂了，不用再说了。"再说下去，估计那雷又要来劈一劈，手还伤着呢。

司马焦拉下她的手，定定地盯着她的眼睛：“你怕了，怕我连累你？”不知出于什么计较，他没用真话 buff。

廖停雁说：“怕是不怎么怕，就是……我以后每次雷劫都这样？”要不是在这特殊的雷鸣山谷里，换成外面，估计这雷劫炸坏两座山都不是问题。

司马焦说：“我在，你就没事儿。”

面对司马焦突然凶起来的脸，猛然奓起来的毛，廖停雁反手一个顺毛：“我是想，既然渡雷劫这么麻烦，我修为还是不能涨太快。”

她偷懒不修炼的话，心理压力就没那么大了。偷着不做作业和有苦衷而名正言顺地不做作业是不一样的爽感，后面这种，就让人全然放下了包袱，立刻心安理得了。廖停雁暗暗觉得美滋滋，顺便在心里大声地说：双修也别了吧，双修修为涨好快呀。

司马焦：“……”

廖停雁想了想，决定把问题一次性问完了，不然下回都懒得再问：“祖宗，您这修为到哪儿了？”好像所有人都摸不透他到底是什么修为。

司马焦依旧没有隐瞒，直接说：“如果不是奉山灵火在我身上，刚才的雷劫一过，我就会立刻飞升——然后连人带魂变成天地间滋养万物生灵的精纯灵气。”

她明白了，这人的修为到顶点了。

虽然雷劫是司马焦代考过的，但廖停雁还是成功地从化神期修士进阶成了炼虚期修士。天地有规则，廖停雁原本的四九天劫变成九九天劫，是算在了司马焦的头上，所以司马焦挡了雷，这成绩也能算在廖停雁头上。她来考六年级数学，发现得到了高数试卷，又被外援闯进来把试卷做完了，廖停雁这一场渡劫有惊无险。

只看修为，她现在在内府也能算是一位大佬，但是廖停雁完全没有真实感。

如果她身边都是些炼气期、筑基期，她说不定还会有点儿飘，但身边的是个分分钟能飞升的大佬，在敌方阵营遇到的不是化神炼虚就是合体大乘，个个不比她差，还都比她多活了几百几千年。这种情况下，她实在是不觉得自己这个修为有什么了不起。

渡完劫，她还要在雷鸣山谷修炼几日。廖停雁倒是不想在这里待着，毕竟待在这里修为要涨，她现在最不想要的就是涨修为了。

司马焦说："在这里待着。"

廖停雁说："行吧。"

她有点儿怀念幽静的午睡地点和师余香那个开满了花的花香宫殿，不管哪里都比这光秃秃的石头场睡起来舒服多了，而且这里面可能有什么不一样的地方，那个直播镜子在这里也没信号，她一下子就少了很多乐趣，好比突然断网。

由俭入奢易，由奢入俭难哪！想她刚到这个世界的时候，什么都能凑合过，哪有这么多穷讲究。

司马焦做什么都有原因，他要在这里待着，肯定也有他的理由。廖停雁想着，问他："要在这里待多久？"

司马焦说："三天。"

廖停雁看向他包起来的手指，怀疑他根本就是报复她——她说伤口要包三天。这男的真的有可能做出这种幼稚的事情。不过算了，管他的。

他们渡雷劫用了很久，现在又是晚上了。虽然她到了这个修为，在夜晚也能看见，但廖停雁还是习惯光亮，所以她拿出了灯。她格外喜欢这种花型灯。灯外面的罩子有各种花的模样，映照出来的光落在周围，都像是盛开的花一样。

她挂上灯，搬出桌子，拿出准备好的食物，开始品尝美味。

廖停雁一直觉得，不管去到哪里，只要有条件，就必须吃好睡好。只要吃好睡好了，心情也会跟着好起来，这是善待自己的最佳方式。所以跟着司马焦辗转，每到一个地方，她都很注意这些。

她的空间里，有能让生活更加舒适的各种吃的喝的，而提升幸福感的用品是最多的。其中有她用习惯的最喜欢的小物件，像各种软垫、皮毛垫子、抱枕、长榻、竹席，还有烧烤架、炖汤砂锅、简易火锅盘，等等，多得能分分钟搞出好几个适宜居住的屋子。

与她完全相反，司马焦从来不在乎这些。不管是住在华美宫殿里，还是坐在荒野的大石头上，他都是那副模样，好像从来不需要任何东西来点缀，但他并不反感廖停雁安排生活，还十分喜欢看她做这些。

他看着廖停雁拿出她自己喜欢的软垫，她靠着腰坐舒服了，又拿出吃的喝的，在他的注视下吃了一顿悠闲的晚餐，完了擦擦嘴，她又掏出两个自己做的木头人。

有一种天阶术法，名为牵灵术，可以让死物暂时拥有生命，听从主人差遣，廖停雁现在用的就是这个。在司马焦给廖停雁的那本术法大全里面，牵灵术是比较难的那种。司马焦还没见过她学天阶术法，她翻看时大多是在看前面那些简单的，就算看那些，她也还是要抱着书扯头发，仰天直呼好难，学不会。他是第一次看廖停雁用天阶术法，而这个牵灵术，他自己都没用过，于是他饶有兴致地看着廖停雁点灵出来的两个木头人。

两个木头人在点灵之前是巴掌大的，点灵之后就长大了，差不多到廖停雁的腰那么高。它们的脑袋圆圆的，脸上的眼睛和嘴巴是廖停雁画的。那是她以前最常用的“颜文字表情”，一个木头人的脸上，两个“^”代表笑的眼睛，数字“3”代表嘟嘟嘴，另一个的脸上是圆圆的眼睛和躺着的“3”嘟嘟嘴。它们两个看上去就像是从漫画里跳出来的可爱圆胖的火柴人。

两个可爱的圆脑袋听话又勤劳，一个给廖停雁收拾了餐桌，另一个拿着廖停雁给它的小锤子嘿咻嘿咻地替主人捶背。

司马焦没见过这种奇奇怪怪的“人”，所以不能理解廖停雁为什么一脸慈爱地看着两个小人，还说它们可爱。他瞧了两个忙活的小人一眼，觉得它们怪模怪样的，一转眼看到廖停雁写在两个木头人背后的字。那是“1”和“2”。

“这是什么？”司马焦捉了一个小人，指着它后背的数字问。

被抓住的二号小人正在给廖停雁捶背，突然腾空，它咿咿呜呜地在半空中挥舞手脚和小锤子。

不要欺负小孩子！廖停雁把它放回地上，还摸了一把它的脑袋，这才回答：“是数字呀，那个是 1，这个是 2。”说完她才反应过来，祖宗是不知道阿拉伯数字的。

说到这里，她还有个疑惑，她和司马焦双修，偶尔会看到司马焦的一些记忆碎片，按照双向理论，司马焦应该也看到过她的，为什么他没有表现出过什么异样？如果他看到了她在从前世界的记忆，应该会砸出十万个为什么才对，可他没有半点儿异样。另外，之前她偶尔激动时心里想过以前怎么怎么样，说过一些她以前的世界的东西，但他都没反应。因此她有个大胆的猜测，关于她从前那个世界的一切可能被“屏蔽”了，所以司马焦根本不知道她的真实来历。

司马焦问：“一和二？为什么用这么奇奇怪怪的符号？”他没有要探究下去的意思，觉得这可能是魔域那边的说法，只是对牵灵术生出了一丝兴趣。他摊开手说：“《庚辰万法录》给我。”

《庚辰万法录》就是他之前给廖停雁带回去的大部头术法书。廖停雁拿出来给他，他唰唰唰地找到牵灵术，看了大约十秒钟，然后闭目五秒钟。接着他就从廖停雁那边拿了一个空白的小木头人，用了牵灵术点灵。

廖停雁：十五秒速成天阶术法？你知道我学了多久吗？我之前一直失败，还是到了炼虚期才终于成功的！我刚才还有点儿骄傲的！

现在她见识了学神的光辉，骄傲和小鹿一起殉情了。

司马焦点灵的小木头人也是和小一小二一样圆滚滚的样子，只是廖停雁还没给它画眼睛和嘴巴，于是它就呆呆地到处摸。司马焦一巴掌按着小木头人的脑袋，很坏心眼地看它在手底下打转。廖停雁觉得他像个玩玩具的小男孩儿。

廖停雁把小人提了回去，也给它画了个“颜文字表情”。那是个莫名嘲讽的表情，看着和司马焦有种微妙的相似。她又在背后再给它编号“3”。

虽然表情很嘲讽，但小三也是个勤勤恳恳的小人儿。廖停雁没什么事儿给它做，想了想，就拿出一袋坚果。这坚果叫什么她忘记了，总之挺好吃的，就是剥壳麻烦。她给了小三一袋坚果和一个大碗，它就抱着大碗坐到一边，开始老老实实地剥坚果了。它剥完一碗，上供，接着又剥下一碗。

司马焦说：“那是我点灵的。”

廖停雁说：“嗨，分什么你我呀。来，吃个坚果。”补脑子的。

司马焦被她塞了一嘴坚果。他本想说，一般而言，自己点的灵，只有自己能使唤，看一眼廖停雁完全没想到这一茬的表情，他就懒得说了。大约也是神交的缘故，她使唤得还挺开心。

他嚼了嚼嘴里的坚果，咽了下去才发现自己刚才吃了东西，就不大爽利地躺了回去。

他不喜欢吃任何东西，不是因为食物的口味。很小的时候，照顾他的多是师家人，他们给他吃过一些……不是很好的东西。总之，后来他就什么都不想吃，并不是廖停雁以为的挑食。

点灵的小人耗尽了灵力就会变回去，在廖停雁看来，它们就是充电机器人。廖停雁的小一和小二先变回去了，小三的持久度是前面两个的三倍，就是好像有点儿呆。廖停雁没叫停，它就坐那儿剥了一个小山那么高的坚果。廖停雁觉得，下回再点灵小三，就别让它剥坚果了，她存的那些差点儿不够它剥的。

他们待够了三天。廖停雁就是没修炼，也感觉自己的修为在这几天内源源不断地往上涨。

“是不是差不多该走了？”廖停雁问。

司马焦伸手：“拆了这个就能走了。”

廖停雁：行，行，行，给你拆脚套，你这个臭猫猫。

她这三天里把他照顾得很仔细，基本上没让祖宗动过手，所以这会儿拆开药符，她发现愈合程度比自己想的要好一点儿。她捧着司马焦的手，就像尔康捧着紫薇的手。她突然戏精附身，满面深情地说："答应我，要多注意不要撕裂了伤口，也不要磕到碰到，我会心疼。"

司马焦的表情就好像她在他衣服里扔了一条毛毛虫。

廖停雁说："等一下！我们不是出去吗，你往里面走干吗？"他不会是刚才听到她在心里笑话他，生气了吧。

司马焦扭头看了她一眼："拿个东西再走。"

廖停雁敢肯定，他这语气里仿佛是顺手一拿的东西绝不简单。

司马焦伸手，要拉着她带她过去。廖停雁先一步抱上了他的腰："我自己抱，你的手别用力。"司马焦就把手搭在她肩上了，他把廖停雁瞬息间带到了雷鸣山谷的中心。

他放开她，俯身，五指张开，按在了中央一块普通的石头上。天摇地动，但他们两人站立的地方纹丝不动。廖停雁的脚下一空，她迅速稳住身子，停在半空中。她发现自己和司马焦站在一条银河里。在一片空茫的黑色中，有星星点点的璀璨紫色光点像河流一样从她的脚下漫过。

"走。"司马焦顺着紫色星星河往前走，廖停雁跟在他后面，看着那些紫色的小光点。当那些光点飘到她眼前，她才看清，那是花形的光点。

在这条路上走了一会儿，他们眼前出现了一个好几条银河汇聚的点，这里就是它们的源头了。所有的璀璨光点围绕着一颗拳头大的紫色石头，紫色石头上缠绕着几圈小小的电弧。司马焦伸出手把它摘下来的时候，那些电弧吱啦吱啦地扎进了他的手指，又被他撕开了——就像是撕橘子瓣上的白色橘络。撕干净了，他把石头往廖停雁手里一放，非常随意。

"行了，走吧。"

"这是？"廖停雁翻来覆去地看石头。

司马焦说："雷石。"

廖停雁说："看它出现的这个环境，我不得不怀疑，这块高端、大气、上档次的雷石，是不是雷鸣山谷里很重要的东西？"

司马焦点了点那块光华内敛的石头："它是雷鸣山谷的'心脏'，雷鸣山谷能挡雷劫主要是它的作用。"

廖停雁：所以说你把这个拿走，雷鸣山谷就毁了是吗？

"会被人发现的。"廖停雁紧张兮兮地说着，把石头收了起来。开玩笑，既然这么有用，就算被发现也要带上啊，她下回还得用呢。

司马焦说："不会，等他们发现，已经过了一段时间了。"到那会儿，也没人会在乎这里了。他想到这里，心情不错地笑了一下。

两人离开的时候，廖停雁还觉得有点儿不真实："你就这么随随便便地过来，又随随便便把人家最重要的东西拿走了，这么简单的吗？"

司马焦说："雷鸣山谷，从前是司马一族所造，雷石也是司马氏所有。"

廖停雁说："难怪你能进来了！可是，虽然以前是你们的地盘，但师氏把持这么久，就没设点什么禁制之类的，让你们司马氏的人不能再来去自如吗？"

司马焦嗤笑一声："他们当然设了，但是，对我有用吗？"呵，垃圾，没用，他的表情明明白白地写着这几个大字。

廖停雁觉得，就凭祖宗这张嘴和这个表情，他至少能气死十个师家人。

司马焦给廖停雁炼制了个新的防御法宝，仍旧是以璎珞为基础，璎珞是师余香宝库里更加漂亮的一个璎珞项圈。他这回将那个雷石之心也一起熔炼了进去，就算是雷劈也劈不坏了。

司马焦的原话是："你就算是遇上了像师千缕那样的修士，跑不掉，躺下来让他打，对方用尽全力，也要打半天才能破开防御。"

这一点廖停雁是相信的。毕竟这次这个防具司马焦足足做了半个月，断断续续地改了好几次。能让他花这么多时间去做，做出的东西当然厉害。

廖停雁听他说了那话，就掂着那璎珞项圈问：“破开防御后呢？”

司马焦就嗤一声，廖停雁看到他的下巴微微地扬了一下，他还未完全愈合的手指撑在下巴上。他说：“在那之前我就会到，你可以继续躺着。”

“顶天立地”的祖宗目测身高一米八八，剩下顶天的那部分全是他的自信气场堆积起来的。不过，他确实有自信的资本。悟性高到离谱，实力强到逆天，慈藏道君天上地下只此一个，也是当之无愧的第一人。司马氏就剩他一个，还被关在三圣山里的时候他就让诸位大佬严阵以待，出来后则把这么大个庚辰仙府搞得人仰马翻还全身而退。他能让正道魁首师千缕掌门束手无策，还能手撕天雷。

可是，这么厉害一男的，偶尔的行为怎么这么低幼呢？

他趁她半夜睡着把她那些点灵小人的脸都涂掉了，画了堪称惊悚的奇怪人脸上去，还敢大言不惭：“这样看着不是更加自然好看了？”

呸，半夜起来看到立在床边三个面目全非的点灵小人，一瞬间生活片就变恐怖片了好吗？

廖停雁有那么一瞬间怀疑他的审美，但想想，他选择了自己，审美肯定没问题，所以他就是手贱。

“来，这些给你玩。你想怎么画就怎么画，别糟蹋我的小一、小二和小三。”廖停雁给了他一打空白的木头小人。那都是她之前没事儿用木片刻出来的，她刻了很多。

司马焦看也不看那些木片，只指出：“你口中的小三是我点出来的。”

廖停雁说：“我们还是别讨论小三的问题了，讨论多了容易吵架。”

司马焦说：“什么意思？”他顿了顿，“你还会跟我吵架？”

廖停雁问：“我为什么不会跟你吵架？”情侣嘛，都是会吵架的。他们现在没吵纯粹是没遇到事儿。

司马焦说："那你跟我吵一个看看。"他的表情动作就和当初好奇她骂人让她骂一个看看时一样。

廖停雁说："现在找不到气氛，下次再说吧。"

她只是随口一说，没想到这个"下次"会来得这么快。

他们这段时间住在师余香的风花城，城里面有很多师余香的小情人。小情人隔三岔五来一回自荐枕席，师余香和这些人寻欢作乐，私生活非常混乱，反正大家都是玩玩。她的秘密情人中的一个，木家的一位外府公子，也以风流著称，每次经过风花城都要过来和师余香厮混几日。

这次他也过来了，恰好这一日廖停雁在师余香那个花苑里午睡。廖停雁一觉醒来，就发现身边坐了一个陌生男人，那男人暧昧地摸着她的脸，凑过来就说了一句下流话。

"听说最近你都没找人了，怎么，那些人都满足不了你这淫荡的身体了？"这人的语气熟稔得意，他还试图去揉她的胸。

廖停雁被这个色情片般的展开吓了一跳，骂了一声，下意识地一脚把他踹飞出去，这才彻底醒过来。往常司马焦在她身边，这里的其他人也不会没有允许就过来，所以她压根儿就没防备。

她不知道，这人以往过来从来都是不需要这边守卫通传的，因为他和师余香算是偷情，他家中还有个家世相仿的妻子，很是凶悍。司马焦刚好离开了一会儿，恰巧这人撞上了这个空隙。

"嗞……你干什么！"木公子的修为没她高，被她一脚踹得痛叫出声，怒气冲冲地坐起来，骂了一声。

他的运气着实不太好，因为这个时候司马焦回来了。之后发生的事儿，廖停雁想起来就头疼恶心。司马焦当时笑了一声，强硬地按着她的手，不顾她的拒绝，强迫她捏碎了那人的脑袋。人的脑袋在她手底下迸裂的触感让廖停雁记忆深刻。她当时就吐了出来，在一边干呕了半天。

司马焦不理解她为什么反应这么大："只是杀个人而已。"

廖停雁知道他不理解。他们所生活的世界不一样，司马焦觉得杀人没关系，就像她觉得不能杀人一样，他们的观念都是各自所处的世界的普世观念，他们大概是无法互相认可的。她能理解司马焦，他生在一个不杀人就会被杀的环境，所以对他的嗜杀她不予评价，只坚持着自己不逼到绝境不动手杀人的想法。

司马焦这次并没有上次面对月初回时的生气，所以也没想折磨人，是那种看见一只不喜欢的小虫子所以随手弄死的态度，动手很干脆，都没时间让廖停雁蒙混过去人就死了。

看到廖停雁的反应，司马焦坐在旁边拧起眉："他冒犯你，我才要你亲自动手，只是件小事儿而已。我从未见过有人杀人反应这么大的。"他虽然知道廖停雁不喜欢杀人，但也只觉得她仅仅是不喜欢而已，就像她还不喜欢吃一种黏牙的焦糖，但硬要让她吃了，她也只是皱皱鼻子，灌几口水，在心里骂他两句而已。他生在妖魔窟里，怎么会知道在太平盛世里养出来的姑娘要接受自己杀了人这件事儿有多难？他又怎么会理解不喜欢杀人与不喜欢吃什么东西对廖停雁来说完全不一样？

廖停雁根本没听到他在说些什么，满脑子还是刚才溅到她手上的脑浆，她下意识地觉得恶心得不行，擦洗了许多遍手。

在她的世界里，杀人的人终究是少数，普通人和杀人扯不上什么关系。就算是打仗，也有许多士兵因为在战场上杀人而落下心理疾病，无法排解，廖停雁又怎么会毫不受影响？

她干呕了半天，擦擦嘴，站起身，径直进了屋，找了个地方躺下了。司马焦跟着她走进屋，看到她背对着自己躺下。那是个拒绝他靠近的姿势。

廖停雁现在很难受，生理上难受，心里又生气，就不想理人。如果司马焦只是那个杀人狂魔师祖，她不敢为这种事儿跟他生气，可他现在不是了，她把他看作这个世界上和她最亲密的人，所以忍不住和他生气。

司马焦去掰她的胳膊，廖停雁一把拍掉他的手。她连脸也没转过去，恹恹地说：“别跟我说话，我现在不想跟你说话。”

司马焦没意识到问题有多严重，盯着廖停雁的背，百思不得其解：“你究竟怎么了，就因为我让你动手？”

廖停雁沉默片刻，还是叹了一口气：“你不能这样，我从来没阻止或者强迫你做过什么事儿，所以你也不能这么对我。”

司马焦长这么大，从来没有人对他说过不能……不，有人说过，只是他从不在意。在他这里，只有想做和不想做，没有不能做。这天底下，没有他不能做的事儿。

如果面前的不是廖停雁，司马焦一句废话都懒得说。但现在他沉着脸，片刻后，还是说：“我知道你不喜欢杀人。你可以不喜欢，但是不能不会。你总要杀的，早晚有什么区别。”

廖停雁看着帐子上的花鸟纹出神。她其实知道。她想过或许哪一天自己会为了身后这个人杀人，但不能是现在这样，儿戏一样地杀人。

她就是不高兴，暂时不想理他。

她不高兴，司马焦也不高兴。他从来就不是什么好脾气的人，对廖停雁的态度已经是他这辈子从未有过的在乎和宽容。司马焦转身就出去了。

廖停雁没管他。她睡一觉，竟然做了一个噩梦，醒来后连往常的一日两餐都不想吃了，实在是没胃口。点灵小人举着小木槌靠过来，要给她捶背，廖停雁摆摆手拒绝了。小黑蛇爬过来要和她玩，廖停雁也没动弹。

司马焦在外面待了三天，消了大半的气才回来。他不想对廖停雁发脾气，但撒了气心里仍然是烦躁，好像回到了他还没遇到廖停雁时的状态。他沉着脸走在师余香的花苑长廊，衣摆和长袖的摆动都带着戾气。快走到门口时，他顿了顿，还是走了进去。

人不在。

他很快地走了出来，感受了一下，竟然没有在周围的任何地方感知到她的气息。

她走了？因为害怕，因为这种小事儿就离开他？

司马焦一挥袖子，一整个花圃中的锦绣花团都塌了下去。他看都不看，唇线绷紧，满身寒气地循着一个方向找过去。那个璎珞项圈上有能让他追查到人的术法。他一直追到云河畔才看到了那个熟悉的身影。

廖停雁坐在那里，握着一根钓竿，正在钓飞鳐。飞鳐是这片云河里的一种妖兽，寻常很难钓到。司马焦看到她身旁摆放的大桶里装了好几条飞鳐，而她用来钓飞鳐的饵是之前在雷鸣山谷抓的那些长虫。原来她那时候收集那些长虫是为了钓飞鳐。她是怎么知道雷鸣山谷里的虫能钓飞鳐的？

司马焦发现她并不是想跑，身上的怒意散了些。他站在不远处的树下，盯着廖停雁的背影，没有要上前的意思。他还是没觉得自己有哪里做错了，但能感觉到廖停雁很难受。他认识她之后，这是他第一次在她那里感受到这种沉重的心情。

他就站在树后看，看廖停雁钓了难钓的飞鳐，看她一脸抑郁，看她垂头丧气地在原地生火，串飞鳐肉，烤飞鳐。她把飞鳐烤得香气四溢，自己又不吃。她好像是想到什么，又觉得恶心，看了一眼自己的手，拿出水灌了两口。司马焦觉得很烦躁，把旁边大树的树皮剥下来好大一块。

廖停雁说："我不想吃。"她好像自言自语一样说，"之前你说要去雷鸣山谷，我翻到一本游记，里面说雷鸣山谷里的虫子能钓飞鳐，还说飞鳐肉很美味。我本来想跟你一起尝尝的。"

司马焦走过去，坐在廖停雁对面，拿起烤好的一串飞鳐咬了一口。

他面无表情地把整只飞鳐吃完了。

廖停雁还是很颓靡，丧着一张脸又给他递了一串。司马焦不想接，看着她的表情，还是伸手接了。

廖停雁说："你以后不能这样了。"

司马焦丢下飞鳐："为这样一件小事儿，你就跟我生气？"

廖停雁抹了一下眼泪，抽泣了一声。

司马焦把丢下的那串飞鳐拿起来："我知道了。我也没骂你，也没打你，我都答应了。"

廖停雁的眼泪往下掉，她说："我做噩梦。"

司马焦吃不下去了。他浑身都难受。他丢掉手里的一串飞鳐肉，一手勾着廖停雁的后颈，把她拉过来，用拇指用力地擦掉她的眼泪："不许哭了。"

廖停雁看他手指上的伤痕，眼睛一眨，又掉了一滴眼泪在他的手掌里。她侧脸靠着司马焦的手掌，眼睛看着他："如果以后再有什么事儿，我说了不愿意做，就是真的不愿意做，你不要强迫我了。"

司马焦看着她，凑上前贴着她的前额："我知道了。"他说到这儿，声音又低了一些，带了点儿懊恼，"你别哭了。"他用唇贴了贴她的眼睛，那是个很不熟练的安抚的姿势。

司马焦仍不觉得自己要廖停雁杀个人有什么不对，却也觉得有些后悔了——这还是他第一次体会到"后悔"是个什么感觉。这种感觉十分新奇，是和身体的痛完全不同的一种煎熬。

廖停雁好些天没再吃东西。往常她每天都要花时间吃两顿，有时候精致，有时候丰盛，有时候兴致来了，她还自己动手做。他还记得有一回她做了个说是什么火锅的，吃得屋里全是味儿。虽然他不知道那有什么好吃的，但她吃得开心，他也觉得心情好起来。看她这些天恹恹的吃不下东西，司马焦比她还不舒服。

而且，他还见识到了廖停雁说的做噩梦。他在她的灵府里休息，原本的蓝天白云变了样，司马焦在她的脑子里看到了一群人杀猪的景象，模模糊糊的，只有那头猪的模样特别清晰。那猪被绑起来，叫得惊天动地。

司马焦：真是别致，他这辈子还是第一次知道有人的灵府里会出现这种情况。他自己的灵府里恶劣的时候有地狱般的尸山血海，但一群身影模糊的人聚众杀猪……他真是开了眼界了。之后他的脑子里都好像循环了一整天杀猪时的猪叫声。

这不能怪廖停雁。除了前几天的事儿，她印象最深刻的场景就是小时候在乡下外婆家看到的杀猪景象。那景象给她带来的心理阴影堪比之前看到司马焦杀人，她潜意识里抗拒杀人，所以噩梦的源头就变成了杀猪。

廖停雁睁开眼睛，先给自己贴了个面膜。虽然修仙人士不会因为一晚没休息好就留下黑眼圈，但她总觉得自己现在好疲惫，脸摸起来都没那么水嫩了。司马焦把她抱到身上。

廖停雁捂着自己的面膜："嗯？"

司马焦神情莫测，他问："杀猪……可怕？"

廖停雁翻着白眼，看着帐顶不说话。她什么都不知道，别问她。

司马焦算是知道了，杀猪不可怕，杀人也不可怕，但廖停雁一旦吃不好、睡不好，那就很可怕。他的眉眼颜色很浓，又因为皮肤太白，整个人的容颜就显得尤为深刻。拧眉沉思的时候，他的气势就显得很锋利，像在思考什么有关生死存亡的大事儿。

廖停雁看他这样，反而先开口宽慰了他一下："我调整几天就好了。"

让司马焦等着？这是不可能的。他这个人擅长制造问题，同样也擅长解决问题。很快地，他带回来一只玉枕。

"用这个，只要做梦都会是美梦。"

廖停雁抱着那只玉枕，想起童年看过的某部很火的穿越剧，那里面也有个玉枕，但她忘记那部剧叫什么名字了。当天晚上，她就试了试这个玉枕，它没有她想的那么硌人，枕着还挺舒适的，也很见效。

这晚上司马焦在她的灵府里没再听到杀猪叫声了，只发现那些花香都变成了浓浓的甜香，像是什么甜食的味道，熏得他感觉自己的神魂都满是甜味。

廖停雁梦到自己的生日，她和久违的亲戚朋友在一起，吃了一大堆奶油蛋糕。她醒过来之后就感叹：“好久没吃过奶油蛋糕了。”她也好久没见过亲人朋友了。

“做了好梦开心吗？”司马焦问她。

廖停雁回味了一下自己的梦，梦里她想念的朋友和亲人都在朝她笑。大家吵吵闹闹，催着她切了蛋糕。那是特别大、特别好吃的一个蛋糕。一切都很和谐。梦里显然有美化的痕迹：她妈才舍不得给她买那么大的蛋糕；她爸也不会笑得那么和蔼；妹妹更不会乖巧叫她姐姐，不跟她吵架就算好了；朋友天南海北，甚至有一些已经不再联系，更不会聚得那么齐。

她还是点了头：“挺开心的。”只是她想到一句诗，“当时只道是寻常”，“这个枕头这么有用，你怎么自己不用？”廖停雁摸着玉枕上雕刻的纹样，觉得那看上去有点儿像是长鼻子的大野猪。

司马焦看她恢复了精神，也放松了些，从鼻子里哼了声出来：“对我没用。”他拥有特殊的能力和强大的力量，相对地，不少法宝灵药对他无用。

廖停雁现在看什么都感觉像猪，看司马焦也是。她问：“为什么要在这个玉枕上雕野猪？”

司马焦说：“这是梦貘。”

廖停雁说：“传说中的梦貘，就长这个样子？”

司马焦说：“区区梦貘，也能称传说？”

两人大眼瞪小眼地对看了一阵，司马焦坐起来：“走，带你去看梦貘。”

他雷厉风行，拉着廖停雁就掠了出去。廖停雁在发呆，她都不知道原来这个世界还有梦貘这种生物存活，一下子没能反应过来，等反应过来，她都已经被司马焦拽出几里地了。

廖停雁喊：“等等等——”她拢着自己的头发，“我还没梳头！我还没换衣服！”

司马焦停下来看她一眼，备感奇怪："你往常不就是这样吗？"

廖停雁：在家和出门能一样吗？在家我还不洗头、不穿内衣呢。

她好歹是把头发梳了梳，加了一件外袍。

梦貘并不多见，庚辰仙府里仅有的几只养在掌门师千缕私有的一座山里。听说那几只梦貘养在师千缕的地盘，廖停雁不由得问了句："我们就这么去？"

司马焦说："空手去就行了，你那个烧烤架不用带，梦貘皮糙肉厚不好吃。"

廖停雁觉得自己这句话白问了。这世上就没有司马焦不敢去的地方，也没他不敢做的事儿。

廖停雁太久没有关注外界，这回出门发现越靠近内府中心就越热闹："最近有什么大事儿？怎么这么热闹？"

司马焦扯了扯嘴角："庚辰仙府每隔百年有一次仙府祭礼，尤为隆重。在其他大小仙山灵地看来，庚辰仙府的师祖，也就是我，今年出关，恰巧遇上这次祭礼，这祭礼自然更该大办。"庚辰仙府的宫主还不敢将他的事儿公之于众，只能扯着脸皮忍下。这祭礼上，他们大约会告诉所有人他仍需要闭关，继续瞒着这件事儿。但是，他为他们准备的礼物都已经放置完了，到时候也好多添一分热闹。

廖停雁是两耳不闻窗外事，但听到司马焦的话，再看他的神情，她心里也猜到了。估计他之前说要搞的事情就是和这个祭礼有关了。

司马焦说了两句，也没说更多，掠过那些说说笑笑、满脸喜气的弟子。那些弟子看不到这巍峨仙府下的深渊，仍自豪而期待地讨论着不久后的仙府祭礼。

"我们是第一仙府，哪个门派敢不给我们面子？上一个百年祭礼，我还记得步云宗送的礼物是一只篁凤，不知今年会送什么……"

"送什么也就那样了，什么珍贵的东西我们庚辰仙府没有。"

廖停雁回头看了眼，见到那些弟子脸上的优越。第一仙府，庚辰仙府实在是站在顶点太久了，所有人都理所当然地觉得自己比"外面"

那些人高贵，不分天地四方，只分庚辰仙府内外。

毕竟是掌门师千缕的地盘，哪怕他们要去的不是主峰太玄，而是次峰太微，廖停雁还是有些担心。司马焦就不同。他和逛自家园子没两样，一边走，一边还偶尔和她介绍几句。

“师千缕喜欢珍稀灵兽、仙兽，特地开辟了一座次峰来专门饲养。听说他偶尔会过来看看，只是这里不是什么重要的地方，守卫稀松。”

就像司马焦说的，他们轻轻松松进了太微山，山底下的守卫没几个，还都懒懒散散的，甚至比不上他们之前去摸鱼的鱼池子的守卫。也对，毕竟这就是个动物园，放松心情用的，和花园也一样。要不是有几只特殊点儿的仙兽，这里估计连守卫都没有。

这座山看上去并不稀罕，只是灵气格外充裕。山中划分了各个区域，每一个区域里都养着不同的兽类。廖停雁要看的梦貘在这里不算什么很珍贵的灵兽，栖息地就在一片湖边。

它们果然长得就像长鼻子的小野猪，身上的毛是黑色的。它们在湖边咕噜咕噜地喝水。

廖停雁看了一会儿，怀疑地问：“它们能食梦？”

司马焦抱着胳膊说：“听说能，我不清楚，抓两只回去看看？”

廖停雁拒绝了。

司马焦说：“你怕什么？两只小东西而已，被发现了也没事儿。”

廖停雁耿直地说：“不了，我只是觉得它们长得不可爱，所以不想养。”这是她的真实想法。

司马焦哦了一声：“长得好看的，这里很多，你选几只带回去。”

廖停雁感觉祖宗就像是带人来逛商场，就算她不想买，也要带点儿东西走。盛情难却，还是那句话，来都来了，而且她也有点儿想养一只毛茸茸的宠物来解压，所以就默默同意了，跟着司马焦一路往太微山深处走。

司马焦看了几处地方，都不太满意，忽然问：“这里有没有水獭？不如养几只水獭。”

廖停雁在一秒钟内就拒绝了。

两人看到了一只羽翅金黄璀璨的凤鸟，它落在一树白色的繁花里。廖停雁感兴趣地问：“这就是箜凤？”

司马焦对这只高贵优雅的大鸟没有丝毫兴趣，眼睛四处看，想找长得像水獭的。他随口说：“凤族后裔，死得差不多了，大概也就剩这一只。”

廖停雁说：“看它独占这一大片山头就知道，它肯定是这里最珍贵的。”

司马焦说：“不管是人还是畜生，就剩一两个的时候自然就珍贵了。”

廖停雁：你说这话我没法接，毕竟你话里话外好像在影射自己。

两人顺着山道继续走，到了一片山崖边。这边的山崖长了瀑布似的一片垂藤，垂藤开着寻常的五瓣黄花。廖停雁随手摘了一朵，山风一吹，把她手里那花吹向了一侧的深林山涧。司马焦的目光顺着那花落下，原本懒散的目光忽而凝住了。

廖停雁半天没听见他说话，扭头看去，发现他的神情很奇怪：“怎么……”

司马焦伸出手，做了一个让她站在原地的手势。他向着山涧走出去，走得很慢，走了十几步后停了下来。廖停雁见他伸出手往前虚虚一探，他的指尖突然痉挛。与此同时，周围的风好像停了，鸟鸣也消失了。空气里莫名有种紧绷感。司马焦退了一步，转身走了回来。

廖停雁站在原地，不知发生了什么。她听到司马焦说：“你先回去，这几日都不要出门。不论发生什么都不要踏进内府中心一步，等我回去。”

廖停雁问也没问，直接点头：“行，我等你。”

司马焦难看的神情终于软和了一点儿，他拉过廖停雁的手，在她手腕内侧吻了一下，放开她：“去吧。”

廖停雁离开后，司马焦的神情再次冷了下来。他举目望向四周，这个地方有一个隐藏起来的结界，这个结界几乎不输当初困住三圣山的那个结界。要布下这样一个结界很不容易，所以布下结界的人想要隐藏在这里的东西肯定不会简单。这是师千缕的地盘，师千缕在这里藏的东西，司马焦当然要翻出来看看。

算着廖停雁大概已经离得远了，司马焦再度有了动作。这次他往前踏出一步，再也没有控制力量，脚下发出咔嚓的破裂声。一架桥突然出现在青翠的山涧之上，通向另一座更小的山峰。司马焦走了上去。这一架桥并不简单，他每走出一步，周身就是一阵灵气涌动，雾气沸腾着试图钻进他的身体里，仿佛有生命一般。人走在空中，就好像不会水的人走在水底，想要动弹都十分艰难。司马焦周身覆盖上一片赤色火焰，白色的雾岚在碰到火焰时瑟缩着退去，发出尖细的啸声。

雾里有能吞吃人灵力和血肉的虫子，这是一种修真界没有，只有魔域才有的魔虫。